U0518510

火与汐

まつもと せいちょう

起伏的潮汐之间，是摇摇欲坠的关系与反复无常的命运

［日］松本清张 著

叶荣鼎 译

火と汐

四川文艺出版社

图书在版编目（CIP）数据

火与汐 / (日) 松本清张著；叶荣鼎译. — 成都 :四川
文艺出版社,2021.3
ISBN 978-7-5411-5882-7

Ⅰ.①火… Ⅱ.①松… ②叶… Ⅲ.①中篇小说—小说
集—日本—现代 Ⅳ.①I313.45

中国版本图书馆CIP数据核字（2021）第024421号

HI TO SHIO by MATSUMOTO Seicho
Copyright © 1968 MATSUMOTO Yoichi
All rights reserved.
Original Japanese edition published by Bungeishunju Ltd., Japan, in 1968.
Chinese (in simplified character only) translation rights in PRC reserved by Sichuan
Literature and Art Publishing House, under the license granted by MATSUMOTO
Yoichi, Japan arranged with Bungeishunju Ltd., Japan through shanghai yuzhou culture
communication Co., LTD, China.

著作权合同登记号 图进字：21-2019-061

HUO YU XI
火与汐
［日］松本清张　著
叶荣鼎　译

出 品 人　张庆宁
责任编辑　彭 炜
封面设计　叶 茂
封面绘图　袁一嘉
内文设计　史小燕
责任校对　段 敏
责任印制　崔 娜

出版发行　四川文艺出版社（成都市槐树街 2 号）
网　　址　www.scwys.com
电　　话　028-86259287（发行部）　028-86259303（编辑部）
传　　真　028-86259306

邮购地址　成都市槐树街 2 号四川文艺出版社邮购部　610031
排　　版　四川最近文化传播有限公司
印　　刷　成都勤德印务有限公司
成品尺寸　145mm×210mm　　开　本　32 开
印　　张　9.5　　　　　　　　字　数　190 千
版　　次　2021 年 3 月第一版　　印　次　2021 年 3 月第一次印刷
书　　号　ISBN 978-7-5411-5882-7
定　　价　49.80 元

松本清张，日本社会派推理侦探文学的奠基人

〈代序〉

叶荣鼎

《火与汐》一书，收录了《火与汐》《证言之森》《种族同盟》与《山》四部中长篇小说，比较突出地反映了松本清张的社会派推理创作风格，被先后搬上了银幕，并改编成电视剧或录制成光盘，在日本国内的收视率名列前茅。四部中长篇的情节设计精妙绝伦，曲折离奇，升腾跌宕，一波三折，人的两面性刻画得淋漓尽致。内容涉及的是一个对于大众来说完全陌生的法治领域，有警官、法官、律师、检察官与评论家，是一部比较完整的司法故事会，读者阅后可大长见识。

《火与汐》主人公曾根晋吉与其相好芝村美弥子同赴京都某家酒店幽会，岂料其间芝村美弥子突然从人间蒸发，不日，她的尸体出现在曾根晋吉东京住宅附近的树林里。他面对警方一概推说不知，坚称自己既无作案动机也无作案时间，使案情

变得扑朔迷离，云里雾里。专案组新老刑警搭档，力排众议不放过任何疑点，深入实地反复排查，逻辑推理缜密，还原了案件的真相。

《证言之森》主人公青座村次涉嫌杀害妻子，面对警官、检察官和法官的调查讯问，反复翻供，前后经历了一审、二审、终审的审判过程，最终被判有罪入狱服刑。没过多久，有自称真凶的嫌疑人投案自首，却遭到承办该案的所辖警署的现任司法主任拒绝，并恐吓再提决不轻饶。最终，看似由涉嫌诈骗恐吓被迫脱去警服问责的原刑警找到了答案，涉嫌这起凶杀案的真凶却早已溜之大吉，而投案自首者与入狱服刑者似乎另有企图，他们之间却互不相识。

《种族同盟》主人公是充满善意、见义勇为、能说会道的律师，听说同行因母亲病重无法出庭为没钱请不起律师的被告人担任辩护，于是自告奋勇揽活出庭。虽开庭前没有与关押在拘留所的当事人见过一面，却在庄严的法庭上以无懈可击的辩护词，硬是凭着三寸不烂之舌把毫无希望的杀人案颠倒过来，让法官改判当事人无罪释放，让检察官放弃继续提起抗诉，名不见经传的小律师从此声名鹊起，赢来同行喝彩和刮目相看，迎来媒体竞相报道，但光鲜亮丽的光环却是灾难临头的象征。

《山》的主人公青塚一郎，因担任地方报社记者期间公然对女上司出手而被问责除名，后在一家汽运公司因挪用贪污公款不辞而别，但他仍没有收敛，在担任《新流》杂志主编期间逼迫社长为编辑部拨款，实质是供其中饱私囊，但他在工作上却是拼命三郎，积极物色名评论家给其滞销杂志写稿，赢得社会好评，不过评论家收到的一封读者来信，将其卷入白骨女尸案。

《火与汐》作者松本清张，以创作纯文学作品起家，荣获日本文学界最有影响的纯文学第二十八届芥川奖，被誉为深受日本民众喜爱的平民作家。松本清张主张，创作应由主题决定写作形式和表现方法；还主张，文学作品应该属于大众，无论纯文学作品还是通俗文学作品，检验标准只有一个，就是看作品能否拥有广大读者以及能否流芳百世。他创作的社会派推理小说《脸》摘得第十届日本推理作家协会奖桂冠，开创了日本社会派推理小说的先河，继首任会长江户川乱步之后担任日本推理作家协会第二届理事长，直至第七届理事长卸任。他一生创作了逾千部短、中、长篇文学作品，涉及纯文学、史传文学、侦探推理文学等多个领域，拥有不计其数的粉丝，在日本文坛与紫式部、夏目漱石、松尾芭蕉、森鸥外、芥川龙之介、太宰治、永井荷风、谷崎润一郎、川端康成、江户川乱步、三岛由纪夫、大江健三郎等齐名。

综观他的侦探推理作品，看重社会性，注重揭露日本上层建筑的黑暗内幕，诉说生活在底层的工薪阶层的疾苦。他博采众长，独辟蹊径，自成一家，翻开了日本文学多角化的新篇章，为日本文学多样化树立了新的里程碑，对于净化日本社会发挥了不可估量的作用。他的作品还有一大特点，描述的空间扩大到日本全国各地，不仅地点和方位描写得一清二楚，就连列车、电车的时刻表以及中途停靠站名和周围风景，甚至海上某个位置的经线和纬线交叉点都交代得与现实不差分毫，可见其严谨务实一丝不苟的创作态度。

他四十多年持之以恒的创作生涯，采用侦探推理手法撰写文学作品的新型创作模式，独辟纯文学与侦探文学融通而成的社会派推理文学，并为其走可持续发展之路做出了不可磨灭的贡献。在他家乡北九州市小仓北区，建有豪华的松本清张纪念馆和庄严的纪念碑供游人参观瞻仰。日本设有松本清张奖，每年举办一届评选活动，投稿者成千上万，通过此奖，推出了许多社会派推理文学新秀作家。

松本清张生于1909年12月21日，日本福冈县企救郡板柜村（现改为北九州市小仓北区）人，逝于1992年8月4日。他从小家境贫寒，只上过小学。读小学时三次转学辍学，15岁那年大龄毕业于板柜普通高等小学（现改名为清水小学）。小学毕业后，先后就职于川北电器有限公司小仓办事处和高崎印刷厂。20岁那年，因与文学同人宣讲无产阶级理论杂志被列为红色人物关押在小仓警署，拘留了十多天。释放后，相继在福冈市鸟井印刷厂和朝日新闻报社九州分社广告部工作，直到33岁那年才转为正式职工，可一年后被强行服役派去朝鲜战场当卫生兵，直到36岁即1945年回国，其间饱经风霜，尝尽了人间的辛酸和艰辛。

41岁那年，松本清张参加了《朝日周刊》主办的"百万人小说"征稿活动，小说《西乡札》荣获三等奖，崭露头角。两年后，他创作的《某小仓日记传》脱颖而出，被刊登在当时著名的《三田文学》杂志上，震撼日本文坛，在读者中间引起了轰动，并摘得日本纯文学界最有影响的第二十八届芥川奖桂冠；同年，他被推选为日本宣传美术协会九州地区委员。44岁那年被调至朝日新闻总社工作。1956年，也就是47岁时，他毅然辞去了朝日新闻总社工资待遇丰厚的工作，回到家里，置身于社会底层，以写作谋生，正式步入专职创作生涯。他的文学作品多样化，内容涉及面广，时空跨度大，拥有不同领域、不同年龄和不同层次的读者，许多作品已经成了世界经典。1989年，因作品丰厚而荣获了日本文坛颇有影响的朝日大奖。

松本清张虽只上过小学，可他勤奋好学、酷爱读书，迷恋于国内外文学名著和侦探推理小说。功夫不负有心人！锲而不舍、勤奋刻苦的他，继《脸》之后，又以力作《点与线》《日本的黑雾》等一鸣惊人，轰动了日本的侦探推理文坛。之后，他创作的《眼壁》《彩之河》《深层海流》《现代官僚论》《黑色福音》《黑影地带》《黑点旋涡》《火与汐》《证言之森》《种族同盟》《山》等作品，又在日本文坛独领风骚，在日本侦探推理文学和纯文学有机结合史上具有划时代的历史意义。在他的影响下，涌现了许多著名的侦探推理小说作家。东野圭吾说，他在高中时期已经读完松本清张所有社会派侦探推理文学作品，松本清张是他创作生涯中对他影响至深的大作家。

2020年国际劳动节　写于上海虹桥东华美寓所

目 录

火与汐

1

虽然只是住了一宿的客房，但是在外出返回的两位客人看来，仿佛像是充满温馨的家。床罩上的图案，兼作梳妆台的书桌，小圆桌，左右两把椅子紧挨着墙，墙上挂有木刻版画，展现了京都隽秀而又不失古韵的景色。透过窗前垂挂的白色窗帘朝外眺望，映入眼帘的是附近不远处的著名寺院，以及白色的墙壁与石砌的围墙。行道松树的跟前，停放着不多的观光巴士，也许是天色已入黄昏的缘故，数量明显少于昼间。这家寺院的参拜时间开放到傍晚六时为止，然而京都八月中旬的傍晚六时，头顶上湛蓝的苍穹却还是亮如白昼。

客房里，坐在椅子上的女人名叫芝村美弥子，她靠着椅背，正在隔着窗帘眺望寺院的屋脊。刚才外出散步，享受了炎热炙烤般的日光浴归来，走进酒店，空调冷气让她喘了口气，由于稍前在树荫下，时而绿叶挠耳，时而微风拂面，于是油然而生的倦意瞬间在体内蔓延开来。

男人名叫曾根晋吉，他走到衣橱跟前脱去上装，坐到椅子上打开烟盒，劝说芝村美弥子也抽一支烟驱赶困意，芝村美弥子只是回眸微微笑了笑，摇了摇头，显得十分知书达理。

曾根晋吉吐着烟圈，也像芝村美弥子那样靠着椅背，隔着旁边的小圆桌，他的眼睛可以看到对面芝村美弥子伸直的那双美腿。她那两条套着长筒丝袜的长腿相互紧挨，仿佛并成了一条腿，加之娇小的个头和妩媚的表情，透出芳龄二十六岁少妇的无限魅惑，让眼前这个男人的联翩遐想变得更加夸张。芝村美弥子身材苗条，窈窕淑女，因双腿并拢而彰显大腿的肉感，又因浅绿色连衫裙下摆微微上翘裸露出白色三角内裤花边而透显性感。

可是，芝村美弥子本人似乎并没有察觉，两手正在扶手上游来移去。也许她本人没有察觉才是最具情感外露之时，曾根晋吉也把目光投向了窗外。照射在寺院屋脊的阳光显得纤弱，宽绰屋檐下的荫翳变得浓郁。曾根晋吉心想，或许芝村美弥子不是没有意识到上翘的裙摆露出三角内裤花边，而是懒得伸出手去将平吧。通常，女人比较介意男人的视线。其实三个月前，芝村美弥子在他跟前就已经那样，要是如今还有些许介意，或许因疲惫而任凭裙摆卷起，或许已经习惯了曾根晋吉的视线。女人的害羞心理，通常在有那层关系的男人跟前反应会变得迟缓。

另外，兴许在她的潜意识里只剩今晚与他共度良宵，索性就那样开放大腿间的界线。芝村美弥子虽是有夫之妇，但她的意识里不会有算计男人的想法，而且也没有到那种献媚的程度。她陶醉于身体开放也是在与他相识之后，大凡是想跟曾根晋吉讲述她与芝村健介婚后四年里的点点滴滴。假设她本人也觉得裸露三角内裤花边有失礼貌而任由它去，似也盼望来自男人的情感反射。曾根晋吉这时的视线在寺院上空游移，心想她至少是在朝那方向靠近。

不过，曾根晋吉瞬间又推翻了这一想法。她那半放松的状态，可能只因酷暑徒步观赏京都多家寺院而已到了筋疲力尽的极限吧。并且，她任凭裸露大腿上三角内裤的花边，也许是半无意识所为，或许映入她茫然眼帘的，只有箭一般从绽开云间朝着大海西下的夕阳。此时此刻，水平线腾起了苍然的烟雾，与暗淡的天色浑然一体，紫色云雾与红色镶边相得益彰，美如仙境。透过黄昏的雾霭，无边无际的海洋上，奔腾着若干艘倾斜着白帆的帆艇。

芝村美弥子那浅绿色连衫裙下摆上翘裸露出的白色三角内裤花边，却被曾根晋吉联想为正在海上滑行的海鸟号帆艇上迎风飘扬的三角白帆，而不是基于她意识上的想象。其实，她那疲惫不堪的脸上显现出与他不同的忧郁神情，甚至忘却掩饰变得混乱的思绪。那是因为，她正在配合现在的时间，目不转睛地凝视着日暮下海上正在移动的白帆吧。

曾根晋吉也在思考：芝村健介的帆艇眼下正在哪里航行呢？他的脑海里展开了航海图。今天下午前，芝村健介理应围绕着整个三宅岛航行一周后正在返程的路上。眼下这时间，他操纵的帆艇多半是在三宅岛北部和新岛东部的附近海上。如果芝村健介操纵的帆艇落后于驶在头里的帆艇，那就是在更偏南的远洋上。不能说芝村健介有多高超的技术，他操纵帆艇的时间刚三年，参加远洋比赛加上这回也才第二次，与他乘同一艘帆艇的搭档上田伍郎，在技术上也与芝村健介相同。

说到新岛偏南的地方，是在神津岛东部的海上。从三浦半岛的油壶到三宅岛，也就是说，从北驶向那里的两岛之间，要依次经过俗称"伊豆七岛"的大岛、利岛、新岛和神津岛，以及三山、御藏和八丈三岛。神津岛，位于北纬三十四度十三分和东经一百三十九度十分。假若芝村健介的帆艇行驶在神津岛东部，要绕三宅岛一周，那里是北直线的赛道，约为东经一百三十九度三十分。

根据上述推断，芝村健介的帆艇到达出发地点油壶港的时间，多半是明日中午十一时或者正午前后。曾根晋吉的这一推定，是按照迄今为止的帆艇比赛得出的预定时刻。

从油壶港到三宅岛，夏日里去程约需四十个小时。虽说返程相当快捷，但再怎么满打满算，也不会少于六十五个小时。芝村健介前天即十四日晚上七时，与其他帆艇一起出发，离开了油壶港。芝村美弥子说，她也去那里为丈夫起程送行，一直目送到丈夫操纵那艘帆艇的背影完全消失。芝村健介是橄榄港帆艇俱乐部的成员，拥有一艘长达二十英尺命名为海鸟号的帆艇。这次帆艇比赛，是由橄榄港帆艇俱乐部主办，共有七艘相同尺寸的帆艇参加比赛，往返于油壶港与三宅岛之间的赛道。芝村健介与上田伍郎搭档，联袂操纵海鸟号帆艇参赛。

曾根晋吉与芝村健介的夫人芝村美弥子结伴前往京都酒店

幽会的时间，是昨日傍晚六点前后。芝村健介恰与他俩方向相反，正在从新岛朝着三宅岛的方向航行，眼下正是朝着油壶港方向挺进的时候，时值海上刮强南风的季节，返程的时速远在去程的时速之上。纵然乘风破浪，驶在赛道头里的帆艇，最快也只能在明日即十七日上午才可驶入出发时的油壶港吧。

曾根晋吉在脑海里展开的这幅航海图上，似有六七艘帆艇正在帆鼓风满，高歌猛进，但是队形已经打乱。抑或，芝村健介操纵的海鸟号帆艇为了超速而争先恐后，忽前，忽中，忽后，他一边掌舵，一边瞪大眼睛在寻找窗外芝村美弥子的身影吧。现实里的海鸟号帆艇，与曾根晋吉脑海里的航海图上浮现的海鸟号帆艇如出一辙。

曾根晋吉打算用若无其事的口吻跟芝村美弥子聊上述话题，探讨芝村健介操舵的帆艇此时此刻正在哪里行驶，可是这类话题对于芝村美弥子来说，也许过于残酷。当然，芝村美弥子也绝不会因聊此话题而从心底生出对丈夫芝村健介的歉意，进而鱼跃般起身一阵风似的从曾根晋吉跟前扬长而去。总之，芝村美弥子再怎么伤心且颇有谢罪意识，也依然会投入他的怀抱。今后的日子不仅会像现在一样，而且她还会怀着更深的感情如胶似漆地依附眼前这个男人吧。

不过，曾根晋吉也意识到现在聊此话题不太合适，宜在黄昏后或室外阳光全然消失华灯初上的时候。

"累了吧？"

曾根晋吉主动搭讪。

"嗯，有点儿。"

芝村美弥子的眼神仿佛刚被唤醒似的。瞧她那瞬间变换的眼神，曾根晋吉感到完全吻合自己的推测。此时此刻，最好还是聊日常的气候比较适宜。

"京都夏日的天气果然炎热哟，寺院周围的酒店不太适合旅行居住呀！"

芝村美弥子的这番话，也把曾根晋吉从刚才还在想象黄昏下的伊豆海景唤回到了现实。

"京都是盆地，夏季闷热像洗桑拿浴呀！即便到了夜晚，昼间的高温也从不下降半度。"

曾根晋吉接着说："那就让服务员送冷饮来房间吧。"

芝村美弥子望了一眼手表，道："不用了，差不多快到用晚餐的时间了，还是下楼去餐厅吧，与其在房间里，倒还不如去亮堂堂的餐厅喝冷饮。那儿气氛热烈，天花板上悬挂着华丽的枝形吊灯，周围的餐桌都坐着众多谈笑风生的客人。"

曾根晋吉赞同芝村美弥子的提议，离开椅子站起身来，从衣橱里拿出西服穿在身上，当正要将正系好的领带时，视线凑巧触及那幅挂在墙上的木刻版画，背景是古朴而又庄重的五重塔，蜿蜒而又平坦的山脉，绿色植被烘托着通红的"大字送灵篝火"。这幅画昨天已经见过，并不陌生，但还是给客人温馨感，每次外出回到房间，仿佛总在亲切示意欢迎回家。

"是晚上八点开始吧。"

芝村美弥子也朝着那幅画端详了好一阵子后问。

今晚，即八月十六日晚上，是观看大字送灵篝火之夜。京都是名闻遐迩的五山大字送灵篝火发祥地，距离这里不远的是东山如意之岳。

"慢慢地享用完晚餐能赶上篝火开幕式。"

曾根晋吉点了点头。芝村美弥子的心思，也因这番对话从刚才想象的海上空间返回到了现实里的两人空间。

芝村美弥子早就想来京都观看历史悠久的京都大字送灵篝火，曾多次跟曾根晋吉提起这一愿望，今天终于遂愿了。选择京都为他俩的旅游目的地兼幽会地，其实是芝村美弥子的主意，也是两人首次结伴离开东京之旅。为此，曾根晋吉特地提前十天联系了这家酒店，订好了两人套房。

当天晚上，这家酒店的客房因东京大量游客来观看大字送灵篝火需要寄宿而爆满。

"欣赏大字送灵篝火的最佳位置在哪里呢？"

芝村美弥子问。三年前，曾根晋吉曾在京都的今出川旅店大院里观赏过大字送灵篝火。

"我看，最好是去鸭川沿线的三条那里观赏吧，不过那里挨着山塞海边，非常拥挤。"

"我喜欢人多热闹啊，宛如身处祭神游行队伍中。"

芝村美弥子说到这里情绪高涨，抑或强迫自己尽快摆脱对伊豆之海帆艇赛的想象。

这当儿传来了敲门声，两名女服务员推开房门，其中一张脸伸入房间询问他俩：

"请问可以进房间清扫吗？"

"可以啊，请进！"

曾根晋吉说完，两名女服务员敏捷地走进房间开始清扫。

"你，你俩不去观赏大字送灵篝火吗？"其中的圆脸服务员朝着正要从曾根晋吉身后出门的芝村美弥子问道。

"嗯嗯，去的，吃完晚饭就去观赏。"

芝村美弥子微笑着答道。

"去屋顶广场也能一目了然呀！因为屋顶高出地面许多。"

女服务员用带有京都腔的普通话说。

"啊啊，原来是那样啊！"说这话搭腔的是曾根晋吉，"这倒没有注意，我也不想出酒店门观看大字送灵篝火，人山人海，你推我挤的。"

2

三楼餐厅里，用餐人数多于平日。乍一看，不光东京的游客多，还有不少是来自大阪等地的游客，似是都准备在餐厅里吃完晚饭，然后登上酒店屋顶广场观赏大字送灵篝火吧。

"这么多人看，屋顶广场会挤得无法转身吧。"

曾根晋吉环视了一眼周围。

"那我俩提前到屋顶吧。"

芝村美弥子因为心中多年的梦想即将成真而眉飞色舞。

芝村美弥子最初说起想看大字送灵篝火时，曾根晋吉曾问过她："为什么没有与芝村健介君一起去看呢？"

芝村美弥子答："跟芝村健介说过，他没搭理，打那以后我没再提起。"芝村美弥子补充说，"那是三年前提过的，自己越是积极想去，芝村健介越是消极敷衍。"

曾根晋吉看了一眼手表，表针指向晚上七时半。芝村美弥子的杯子里还剩下一半咖啡，却已迫不及待地从座位上站了起来。这当儿，他俩周围的许多客人都陆陆续续地走出了餐厅。

电梯门前人头攒动，相当多的客人手上都握有红色入场券。曾根晋吉心想，这是怎么回事？

"我们特地给上屋顶观看的客人发放限量入场券。"

酒店工作人员为防电梯超员而正在维持秩序，并回答曾根晋吉的提问。

"那么，我们也必须购买入场券吗？"

"不用，住宿客人就不用了。"

酒店工作人员问了房号，曾根晋吉出示了客房的钥匙牌。于是，酒店工作人员将两枚徽章递给曾根晋吉和芝村美弥子。这是入住酒店客人的证明。

他俩乘电梯到了十一楼，走完前往屋顶的楼梯后来到屋顶广场，忽然觉得自己与天空之间的距离仿佛近在咫尺，摘取星星只需举手之劳。环视周围，观看大字送灵篝火的客人大多集中在这里，其中还有带着孩子来看大字送灵篝火的外地游客。芝村美弥子和曾根晋吉一起走到屋顶广场上的建筑物旁边环视，四周围有高约一米的护栏，屋顶中央有小型建筑物，那里有用于暖气设备的烟囱和动力配电房，只是它们之间的空间格外狭窄。屋顶广场因中间隔有高耸烟囱和动力配电房而变成了左右两个分广场，都能清楚地看到京都不夜城的路灯和霓虹灯，再瞧瞧鳞次栉比的古风瓦顶建筑物旁边的路上，手持芭蕉扇的路人熙熙攘攘。

"大字送灵篝火再过十分钟就要开始了！"

芝村美弥子借助亮光看了一眼手表说。

"高处亮着的霓虹灯，晚上八时开始统一熄灯。"

从这里眺望前方，相同层高的酒店大楼和百货公司大楼的屋顶上霓虹灯光耀眼闪烁。曾根晋吉一边眺望，一边说。

"所有灯光都熄灭吗？"

芝村美弥子问。

"高处的灯光全都熄灭，是为了让地面的观众更能清晰地看到大字送灵篝火吧。"

"照这么说，我们所在屋顶广场的灯光也都要熄灭吗？"

"当然。"

"熄灯后是漆黑一团吗？"

"是的，将近一个小时里黑得伸手不见五指。"

"要黑一个小时？"

芝村美弥子一边嘴问，一边心想：反正自己与曾根晋吉在一起无须操心。

这当口，她发现星空下的东山一带已经漆黑得什么都看不见了，赶紧问道：

"大字送灵篝火从哪里开始呀？"

话音刚落，从屋顶广场某个角落传来了年轻女人的欢呼声：

"篝火点着了！"

屋顶广场上顿时欢声如雷，人声鼎沸，尽是关西口音。曾根晋吉向芝村美弥子解释道：

"是黑压压的东山那里燃起了红红的火焰。"

火焰，忽上忽下，忽左忽右，蹿起好些个红点，开始相互连接。说时迟那时快，周围猛然变得昏天黑地，从大字端部燃起的火焰开始延伸，火光变得鲜亮起来。哇！欢呼声又从观众中间雷鸣般响起。就在刚才屋顶所有灯光熄灭之际，芝村美弥子也发出轻轻的喝彩声。随即，之前亮着的所有的路灯与霓虹灯都熄灭了，京都城瞬间全变矮了。

"大"字的一个个送灵篝火点，开始在漆黑的山上相互间急速连接起来。火光映红的烟雾朝着天空猛地腾起，传来了焚木时噼里啪啦的爆裂般响声。

"瞧，好漂亮啊！"

芝村美弥子站在旁边发出感叹声。此刻，他俩周围挤满了黑压压的观众，不光寸步难行，还看不清各自长相，只有欢呼声和脚步声萦绕耳际。

火苗架构的"大"字完全成形后，火还在不停地燃烧，以保证"大"字篝火完整显现，不缺胳膊，不断腿脚。随后，人们开始朝别处移动，他俩周围渐渐地空旷起来。

"怎么啦？"

芝村美弥子不可思议地环顾左右问曾根晋吉。

"那边北山的左'大'字送灵篝火开始了！"

"北山？"

"就是白天祭拜过的那家金阁寺，从这里望过去正是相反侧，他们都去那里看了。无论是牌坊形火图，还是妙法文字形火图，或是船形火图，都最好去那里观赏可以尽收眼底。"

"我也想去那里看看！"

芝村美弥子说，声音里带有几分激动。

他俩朝着相反侧走去，在密密麻麻的人群中慢慢地挪动脚步。因屋顶广场中间有烟囱和动力配电房，他们不得不小心翼翼地从旁边经过，犹如羊肠小道，朦胧的光线只能依稀照见脚下。

他俩好不容易挤到屋顶广场的另一头，站在那里理应可以洞若观火，欣赏西山与北山的篝火全貌，然而那里现在已经人头攒动，黑压压的。瞧这架势，似乎人们早就放弃欣赏东山的大字送灵篝火，而是都抢先来到了这里，早早等待观赏西山和北山燃起的大字送灵篝火。这时候，看完东山大字送灵篝火的人们也陆续转来这里。霎时间身后的观众数量剧增，再加上天色漆黑一片，压根儿看不清楚蜂拥而至的来者长什么模样。要想比较清晰地辨别近在咫尺的人长相特征，只能借助从遥远地面射来的路灯光线和来自屋顶的些许照明光线。

曾根晋吉和芝村美弥子加入到漆黑人墙的背后时，他俩已经被挤得几乎贴在了一起。然而，由于前面人墙的遮挡，视线无法逾越不计其数的后脑勺，实在是难以欣赏到北山开始燃起的大字送灵篝火景色。从高三十米的酒店屋顶平视篝火的景色，确实与从地面仰视篝火景色的效果完全不同，视线还可与山呈平行，但现在如果不挤到密不透风的人墙前面，也无法看清楚大字送灵篝火全貌。

"美弥子，我在前面往前挤，你紧跟后面慢慢地向前挪动脚步。"

曾根晋吉叮嘱芝村美弥子。

"嗯，嗯。"

芝村美弥子在黑暗里点了点头。曾根晋吉好不容易挤到了人群的前面。这段艰难前行的路程，时而有人朝他俩抱怨，时而有人对他俩轻声吼叫。曾根晋吉只能一边向前挪步，一边连声说道："对不起，失礼了。"当他挤到眺望大字送灵篝火视线较好的地方时，打算让紧随身后的芝村美弥子与自己调换位置。不过，也不能说视线好到哪里，充其量也只能是勉强穿越前面人们的肩膀之间或脑袋之间的空隙。总之，还是很难看清楚大字送灵篝火的全景，尤其无法看清楚大字送灵篝火的左半边。左半边是反写的"大"字，左撇那一笔画显得很长。据说，只有看到左撇这一特征，才能充分体现亲身来到发祥地观看大字送灵篝火的价值。

曾根晋吉觉得自己已经尽全力了，因为再也无法向前移挪半步了，只能无可奈何地驻足观望。这时候，松之崎"妙法"

的横写字形，与西贺茂明见山的"船形"火苗开始衰弱下去。可是，这个"左大字"却越烧越旺，大约再过十分钟光景，火势可能就会从左侧以牌坊形向上蔓延。因观众之前已经移动片刻，前面的场地显得空旷了许多，现在可以与身后的芝村美弥子互换前后位置了，然而也与左右观众还是相互紧挨，根本动弹不得。

曾根晋吉只好作罢，索性以无法动弹的站姿，目不斜视地眺望眼前正在熊熊燃烧的"左大字"半边。很快，火焰的点与线连接构成了"大"字。在观赏火焰的点与线连接过程中，曾根晋吉的视觉不知不觉地又变成了幻影：眼前黑压压的平坦山脉，瞬间变成了夜幕笼罩的海面，火焰的点与线仿佛变成了相互连接的三角白帆。不用说，夜幕下的海上看不见白帆。但是，幻影里的七艘帆艇正在从三宅岛折回，因北风的推波助澜而电掣般加速航行，然而，唯有芝村健介掌舵的海鸟号帆艇的白帆在海上漂浮。

突然，海鸟号帆艇上的白帆颜色似乎变成了火红色，开始在黑沉沉的海上熊熊燃烧，火焰的颜色映射在烟雾上。糟糕！芝村健介掌舵的海鸟号帆艇遭到了大火无情地吞噬……曾根晋吉目不转睛地望着那里。

倘若芝村健介掌舵的海鸟号帆艇航行顺利，就能按照预定的日期即明天正午抵达油壶港。芝村美弥子已购买了明日早晨六时二十分京都始发的特快列车，上午九时稍过便可抵达东京车站，换乘横须贺线列车，中午十一时稍过便可到达油壶港……她可以提前站在那里迎接丈夫芝村健介胜利归来。真是天赐良机！老天眷顾他俩，不失时机地营造出了难得的两人时空，结伴来到京都。芝村美弥子跟丈夫说过：趁您参加七十小时远洋帆艇比赛，自己应邀去奈良出席高中同班老同学聚会，结束后前往油壶港迎接您胜利归来。据她说，芝村健介从不计较妻子外出聚会，不仅完全信任妻子，还绝不打听妻子参加聚会的有哪些男同学。

　　这当儿，曾根晋吉却又在幻想：假若海鸟号帆艇燃烧，那么……芝村健介不得不纵身跳入黑夜笼罩的大海。虽然芝村健介向来以游泳高手自居，但那是事先根本没有思想准备被迫逃命跳海，而且还是在伸手不见五指的夜幕下跳海，精湛的游泳技术又能怎样？迄今发生的帆艇遇难事故，纵然爱好帆艇运动的操舵手都是游泳健将，但多因垂死挣扎而最终难免溺水，很少出现生还奇迹。再说天黑得什么都看不清楚，救助船又必须在次日拂晓展开搜救。芝村健介的体力能坚持到那个时候吗？这是一起倾全力全速航行于海上的帆艇发生的遇难事故，夜间跳海九死一生，存活率极低，其结果大都是溺水身亡。

3

　　对于芝村美弥子明晨离开京都酒店赶往油壶港迎接丈夫的决定，曾根晋吉很不愿意，心怀不满。尽管深知她喜欢自己的程度远在其夫之上，但就是感到有一股说不出的难受。三个月前的某日，他俩发生了亲密的身体接触。其实，这也是曾根晋吉发自心底的期盼。自从那么一次体验后，芝村美弥子似乎跨越了那道不可逾越的坎，倒向了他的怀抱，有时一周内竟然开房两次。曾根晋吉尽管深知芝村美弥子深爱着自己，却对于她明晨前往油壶港迎接名义丈夫芝村健介归来还是感到不快。芝村美弥子曾说，她与丈夫芝村健介在一起，其实也只是尽名存实亡的妻子义务而已。即便如此，曾根晋吉的心里还是感到不舒服。当然，他也没有在她跟前流露出那种不快的表情，安慰自己：她去油壶港只是在芝村健介身边百无聊赖地滞留某个时期，也是不得已而为之。可是心里还是不快，芝村美弥子是去油壶港迎接丈夫被太阳晒黑的肉体。

毋庸置疑，曾根晋吉也没有到下决心挽留芝村美弥子在身边而不让她去油壶港的程度。假使她既不去油壶港也不回家，那她的妻子名分花落谁家，则取决于自己破釜沉舟毅然决定的瞬间。眼下，除了让她赶往油壶港也无他路可走，因为自己还没有鼓起迈出那一步的勇气。三十三岁是而立后的第三个春秋，明事理的成熟年龄，而非过去不计后果、事后追悔莫及的愣头儿青时代。

然而，芝村美弥子因担心明日上午去油壶港迟到而彻夜未眠，清早起床后便匆匆赶往京都站。曾根晋吉讨厌看到她那火急火燎的状态，当然也不是像有些年轻人从精神上痛恨有夫之妇擅长两面人伪装的心态，当然更不是打翻醋坛子那般心生嫉炉，而是大有幸福超越芝村健介之感，根本没有卑躬屈膝的心态，相反还有某种意义上幸灾乐祸的恶作剧心态。由此可见，这种心态，甚至希望芝村健介海难毙命致芝村美弥子迎接丈夫落空，而自己抱得美人归。

这当口，周围的人群中响起了"太美了！"的赞赏声，此起彼伏。

此刻，"左大字"送灵篝火还在夜空熊熊燃烧。牌坊形篝火的上演，似乎推迟了点燃的时间，观众里三层外三层，丝毫没有流动的迹象，大家屏住呼吸耐心地等候篝火点燃的激动时刻。然而这时，曾根晋吉却还在一边注视着那里的火点，一边想象眼前即将燃起的火点灼穿海鸟号帆艇上撑起的三角白帆。

顺便举例过往发生的帆艇火灾事故。

帆艇上有简易厨房，可用液化气罐烹调简易饭菜。平日里也常听说，普通家庭时有发生液化气罐爆炸事故，无疑帆艇简易厨房里也偶尔发生过。这样的事故，通常因帆艇操舵手等人操舵时间长达数十小时极度疲劳而致。那种时候，但凡稍不注意，就会引发事故。

可是迄今为止发生过的帆艇遇难事故，大多因为狂风突起和飓风猛刮的缘故。一般而言，因气象观测的进步与电台滚动播报气象情况，一般不会发生暴风所致遇难事故。不过即便在镜面般的大海上，狂风也会突然引发事故，而且往往引发帆艇的倾翻事故。

这当儿，凑巧大片火星碎屑朝着"左大字"送灵篝火点燃的夜空蔓延开来，天空几乎没有一丝云朵。无法想象，京都的天空与北纬三十四度十三分、东经一百三十九度三十分那里的气象截然不同。假设发生帆艇的倾翻事故，无须暴风，只要是出乎预料的突风来袭，而且还有可能引发猛烈转帆突发事故。像这样的事故，大多是帆艇因顺风推波助澜而不得不乘风破浪狂奔之际，逆风突袭而使帆桁以雷霆万钧之势撞击相反侧而弹回引发。当突风袭来时一旦出现上述状况，帆柱再怎么坚固也会咔嚓折断。更为可怕的是，人往往因脑袋遭受帆桁猛击而扑通掉落大海，帆艇运动员因此造成脑震荡的坠海事件时有发生，几乎无一生还。

曾根晋吉写过帆艇运动是生命组成部分的剧本，请教过芝村健介，因此具有上述的知识。

这当儿，前面的人群蠕动起来，五山大字送灵篝火进入了最后阶段，也就是曼荼罗山的牌坊形篝火开始进入组图阶段。左侧人群开始沸反盈天，右侧刚才还是坚如磐石的人群也流向那里。

曾根晋吉似从遐思中醒来，回顾身后，打算让芝村美弥子站到前面，自己则站到后面。

"左大字"送灵篝火还在燃烧，距离熄灭还早。可是，当他转过脸去的时候，察觉身后紧挨着自己的并非芝村美弥子，而是一个男性观众。他想，从好不容易挤到这里开始到现在，自己都一直以为芝村美弥子就默默地站在身后观看大字送灵篝火，没想到紧贴背后的竟然是一个陌生男人。他赶紧环视左右，虽光线昏暗，还是能够某种程度地辨别长相特征，但都是一张张不认识的脸庞。

芝村美弥子去哪里了？也许是去了能一目了然大字送灵篝火的地方吧。但按理说，芝村美弥子不应该连招呼都不打就离开自己呀，特别是在灯火完全熄灭的屋顶广场上。

曾根晋吉以自己的站位为圆心，一边绕圈寻找，一边仔细打量左右前后。片刻后又转而一想，别绕圈了吧，还是别离开原地为好，说不定她会过来与自己会合。

这里是他俩最初一起观看的位置。

然而，曾根晋吉左等右等，还是没有等来芝村美弥子。接着，他因内急去了趟洗手间，随即三步并作两步又返回原地，一边观察周围，一边耐心等待。这时候，"左大字"火势开始由强变弱，可她还是没有返回。

此刻，牌坊形篝火的火势越烧越旺，屋顶右广场人头攒动，曾根晋吉好不容易挤到那里，因担心叫喊芝村美弥子的名字打扰别人而没有出声，再说又不是找寻迷路的孩子，尤其当众叫喊女性的名字，总觉得别扭。不用说，观众都是背朝着曾根晋吉观赏前方的篝火，当然无法看清楚他们各自脸盘长什么模样。尽管通过背影特征的比较也可认出芝村美弥子，但还是没有从人群里找到她。

曾根晋吉一边观察，一边急忙穿过屋顶广场，借助远处射来的微弱灯光艰难地辨别脚下模糊的地面，好不容易摸索着找到了楼梯口，朝下走完连接屋顶的楼梯，来到十一楼电梯口。

但是，这里也还是没有芝村美弥子，电梯跟前挤满了提前离开屋顶广场的客人们。他们都是为了避开散场时拥挤的高峰。曾根晋吉六神无主，又赶紧返回屋顶广场。他一路走一路思考，芝村美弥子也许在自己离开的这段时间里回到了原来位置，正在望眼欲穿地盼着自己回去。他不停地告诫自己不要乱了方寸，自己眼下需要的是镇定，就算在这里没有见着芝村美弥子，她也不会离开酒店，最终还是会回到客房与自己会合，当然自己也不能这么消极等待下去。一想到芝村美弥子可能在原来的地方拼命地寻找自己，便更加忐忑不安了。

　　曾根晋吉回到屋顶广场原来位置的当儿，发现观众数量比刚才锐减。他瞪大眼睛扫视整个广场，压根儿没有芝村美弥子，哪怕一丁点儿与芝村美弥子相似的情影也没有。转眼间，刚才还在不停燃烧的牌坊形火势也开始逐渐减弱，屋顶广场的观众数量还在迅速减少。他神情沮丧地在那里漫无方向地转圈，耳边萦绕的尽是陌生的口音。冷不防屋顶广场的照明灯光宛如人睁开眼睛醒来似的，朦朦胧胧地亮了起来，紧接着路灯和霓虹灯也陆续地亮了起来。京都不夜城醒来了，五山大字送灵篝火庆典活动终于落下了帷幕。

　　顷刻间，周围亮如白昼。有了照明，寻找芝村美弥子也就轻松多了。可是，经过再次确认，芝村美弥子确实不在屋顶广场上。十一层电梯口那里沸沸扬扬，震耳欲聋，客人们正在等待电梯下到底层。曾根晋吉独自一人沿着楼梯徒步下楼，一级台阶一级台阶地向下走着，心想回到七楼客房理应可以见到

"久违"的芝村美弥子，届时，非得冲她吼一嗓子，发一通牢骚："不打招呼擅自离开多让人担心啊！"一路上提心吊胆，跌跌撞撞，那颗心就像七上八下的吊桶。

七楼终于到了，他赶紧朝亮着灯光的服务台那里走去，一边走一边思索："刚才，芝村美弥子莫非因屋顶广场漆黑一团而感到害怕，想跟自己打招呼先回房间，可是怎么也没有找到自己，也就顾不上打招呼赶紧乘上电梯下到七楼，然而房间钥匙还在自己袋里放着，好在七楼服务台那里有备用钥匙，不得已找服务员开门，此刻理应卧床休息了。"

但是，这番合理的想象也因女服务员的明确回答而瞬间化作泡影。女服务员答：

"先生，跟您结伴来的那位女士还没有回房间。"

这怎么可能！曾根晋吉迫不及待地用钥匙打开房门走进房间，首先查看芝村美弥子的行李拖箱是否还在原地，然后赶紧打开物品保管橱查看。奇怪！行李拖箱竟然原封不动地待在原地，黑皮革上镶有红线的行李拖箱，确实是芝村美弥子带来的。箱内，两套换洗衣服与其他物品还是原来摆放的模样。

曾根晋吉一屁股坐到床边的椅子上发愣，房门半开着，似乎走廊上马上会响起芝村美弥子咯噔咯噔的皮鞋声，随即传来"对不起"的道歉声，看到脸上堆满"擅自走散"歉意的笑容，可是曾根晋吉一边抽烟，一边等了足足一个多小时，还是没有等来芝村美弥子的脚步声。

这时候，女服务员从半开着的门缝朝里窥探，不可思议地瞅了一眼正在房间里抽着闷烟的男客人，随即经过门口而去。

片刻后，隔壁房间传来了一对外国夫妇回来的说话声音。

4

曾根晋吉打电话到总服务台询问。他是以其他姓名入住酒店，芝村美弥子也没用实名入住酒店。另外，他俩的家庭住址都改成了神奈川县藤泽市。他朝着电话机的送话口说：

"夫人好像外出了，她是否在总服务台留言了？"

"对不起，尊夫人没有留言。"

总服务台的工作人员答道。

这是在他百分之五十意料中的答案。

临近半夜十二时，自芝村美弥子在屋顶广场上人间蒸发后过去了将近四个小时。曾根晋吉依然保持着坐在椅子上的状态，一边直愣愣地望着路灯下变得寂寞的道路，一边做了许多假设。

也许芝村美弥子对于再与自己共度良宵感到恐惧而不打招呼地回到了东京。这是曾根晋吉的假设。另外，还不得不假设芝村美弥子与熟人不期而遇，被迫不辞而别离开了京都。因为在这家酒店屋顶广场上观看大字送灵篝火的观众中间，有不少来自东京。芝村美弥子感到尴尬而从京都回到了东京。

当然，这些都是牵强附会的假设。就算如上所述，芝村美弥子也没必要不与自己打招呼就返回东京呀！再说，芝村美弥子把放有替换衣服的旅行拖箱原封不动地留在房间里，带走的也只是手提包而已。

芝村美弥子来京都的借口是去奈良参加高中同班老同学聚会，就算说是顺路来到京都的酒店屋顶广场上观赏送灵篝火也没什么不自然。假设在这里见到熟人，也就是在屋顶广场上。过去，曾根晋吉与她外出未曾发生过这样的怪事。屋顶广场上昏天黑地，即便近距离邂逅相逢，互相也只能基本看清对方的长相特征。当时，曾根晋吉正在全神贯注地观赏"左大字"送灵篝火时，因着了迷而浮现海上幻景：仿佛芝村健介操舵的帆艇驶离三宅岛，航行在远洋上。并且，曾根晋吉坚信不疑地断定她站在自己身后的位置，只是忘了回头确认，忘了跟她说话。

假设她发生了什么不可预测的事，大抵就是那个时间段。也许是熟人突然出现在她身边，还轻轻地拍了拍她肩膀。芝村美弥子尽管感到惊讶，脸上也并没有惊慌失措的表情，而是举止泰然地离开了自己身后的位置，徒步走向楼梯，从屋顶下到底层。遇到那种场合，她理应不会当着熟人的面跟自己告别。

曾根晋吉持续不断地进行了一个又一个的假设。芝村美弥子遇见的那个熟人，兴许认识自己，于是不辞而别。自己不只是编剧作家，还是新锐编剧作家，因职业的缘故，在戏剧电影业界也认识了不少熟人，还因该行业结交面广而结识好多在报社和周刊杂志社的文化同人。

但从某种意义上说，因职业而人脉广，但是那些同人与她无关，皆非同一个圈子的朋友。

曾根晋吉心想：要是她遇上她与自己共同的熟人，那就只有她的丈夫芝村健介以及与自己共同圈子的熟人。芝村美弥子的丈夫芝村健介拥有一家继承父业的公司，属于中小型企业，业务向好，客户稳定，日子优哉游哉。有关公司业务的日常运营，芝村健介全权委托给公司"老人"打理，任命他为常务副总经理，自己则置身于公司外混日子，不是泡吧、喝酒聊天，就是切磋提高帆艇的掌舵技术。曾根晋吉与芝村健介是大学时代的同学，芝村健介明摆着大学毕业后是要子承父业，继续经营这家电气金属公司，但他却报考文学专业。从大学毕业走出校门后，曾根晋吉与芝村健介没有深交，只是偶然在酒吧相遇，芝村健介主动邀请曾根晋吉去他公司做讲座，"欢迎剧作家莅临敝公司跟员工们聊戏剧电影"。近来，企业界流行邀请学者、评论家和作家去公司做专场讲座。芝村健介经营的这家公司还定期举办员工妻子聚会，也顺便邀请曾根晋吉与员工妻子们聊戏剧，说电影，谈电视剧。曾根晋吉也爽快地接受了大学老同学芝村健介的邀请。该公司员工妻子讲座的召集人，自然由董事长夫人芝村美弥子出任。

由于那样的机遇，芝村美弥子与曾根晋吉相识，因而他俩共同的熟人，不仅包括芝村健介，还涵盖那家公司的全体员工及其所有的员工妻子。其实，曾根晋吉做那样的讲座，迄今为止也只有一次。确切地说，他跟芝村公司全体员工及其妻子们也熟悉不到哪里去，就程度而言，就算员工及其妻子们记得曾根晋吉的长相，而曾根晋吉并非记得他们。

可是，这也许在芝村美弥子看来，一旦与曾根晋吉在京都某酒店开房密会被他们发现，内心肯定有惊恐万状之感。此外，曾根晋吉自从结识芝村美弥子后带她去过剧场，那些员工妻子也凑巧在场，当然也没有谁敢于上前与芝村美弥子随便拉话聊天。这恐怕与其丈夫芝村健介是公司董事长的地位有关吧。

然而尽管有这样的原因，也不足以构成芝村美弥子不回房间的理由，再说无论遇上什么样的熟人，对方也不可能死乞白赖地老缠着她。

芝村美弥子就算无法在那熟人跟前与在屋顶广场的曾根晋吉告别，但是如果对方已经离去，按理说芝村美弥子也应该立刻返回曾根晋吉的身边。如果担心万一返回还是会遇上熟人而感到不方便，她理应回到七二八客房。

已经半夜十二点了！曾根晋吉必须假设芝村美弥子不再回到客房了。他又觉得，芝村美弥子很有可能遭到拐骗，但那是愚蠢的假设。芝村美弥子不可能与自己一刀两断而跟别人扬长而去，可是房间保留的状态却如她已遭到诱拐，因为她那行李拖箱还原封不动地待在原地。

此时此刻，曾根晋吉也不可能把这一突发事态告诉酒店工作人员。因为这是幽会之旅。不管遇到什么样的突发事态，也绝不能让自己与芝村美弥子的不伦关系浮出水面。一旦让酒店工作人员知道，他们很有可能立即报案请警方出面侦破。他们站在酒店立场，除此以外也没有更好的破案手段。

芝村美弥子不会是突然倒在酒店里无人注意的地方吧？如此惶恐不安的假设，也是来自曾根晋吉的心底。兴许她在屋顶广场上因心情不好而在返回客房途中……可眼下也已经证实丝毫没有这种可能性。该酒店的十一个楼层，层层都有服务台，每层楼的服务台都有工作人员，肯定会注意到芝村美弥子的奇怪表情。电梯也好，楼梯也罢，哪里都有酒店专职工作人员。也许芝村美弥子独自去了酒店里无人察觉的某个地方，可这假设也实在是空穴来风难以成立。从逻辑推理的结果来看，可以说上述所有的假设都是不能成立的。

现在是深夜十二时，如果芝村美弥子从那时乘上高铁，理应回到东京自宅。这一假设，也只要打一个电话就可立即知道是否成立。但在曾根晋吉看来，也绝不能从这里直接打电话去她家核实。尽管芝村健介尚在操纵帆艇驰骋海上，但是芝村健介与芝村美弥子所住东京自宅里有两个居家保姆。对于深夜来自京都的电话，保姆即家政妇肯定满腹狐疑，很有可能待芝村健介回到家后如实汇报。即便用冒名自我介绍，也肯定无法掩饰电话里的男人声音。他极其害怕与芝村美弥子的不伦关系暴露，内心也在无声地命令他千万不能打电话到芝村美弥子家确认下落。

此外，假设芝村美弥子回到在东京上马的自宅，理应打来电话跟自己通报近况，理应知道自己多么为她担心，理应打电话给自己解释不辞而别的原委，即便不在酒店也能感同身受。

然而，尽管到了深夜一点还是没有电话铃声响起，总服务台那里也没有任何留言。曾根晋吉心急如焚，犹如热锅上的蚂蚁，索性连睡衣也不换了，依旧穿着外套四脚朝天地躺在床上，几乎整夜没有合过眼皮，心脏也因不安和疑问而剧烈地跳动着。

曾根晋吉迷迷糊糊地进入梦乡，是凌晨四点过后，大凡是对于所有假设都不报一丝希望的时候，因实在经不住上下眼皮激烈打架而沉睡于梦乡，一直到清晨六点半才睡眼惺忪地醒来，直愣愣地望着天花板。

洗漱时，曾根晋吉看到自己映照在镜子里的脸上布满了无法掩饰的疲惫之意。洗漱后，还没等到八点便喊来服务生，除了自己的行李拖箱，还让服务生把芝村美弥子的行李拖箱也搬到了总服务台。

理所当然，他是不可能把芝村美弥子的行李拖箱放在酒店客房里而溜之大吉。眼前这个服务生的脸上，也因曾根晋吉的女伴没有出现在房间里而露出不可思议的神情。

曾根晋吉在总服务台结完账后走出酒店玄关，乘上出租车前往京都站，换乘九点始发的特快列车。在车上，他把自己的行李拖箱放在脚边，而把芝村美弥子那口黑皮革红镶线特征的行李拖箱举过头顶，放到行李架上。因为，倘若将两只行李拖箱并排摆地放在行李架上，也许会招来其他旅客的怀疑目光。

列车驶到新横滨站附近时快到正午了，也许芝村健介操纵的海鸟号帆艇此时此刻就要进港了，或许夺冠的那艘帆艇早已进港。他透过车窗极目远眺，映入眼帘的油壶港方向平缓的山脉正在逐渐消逝。

东京站到了，曾根晋吉打算把芝村美弥子的行李拖箱留在列车行李架上，只提自己的行李拖箱下车。其实，他从乘上列车那刻开始，心里就一直在盘算如何处置芝村美弥子的行李拖箱。就算把芝村美弥子的行李拖箱拿下车，但对于此后如何处置仍然伤透脑筋。假若伪造行李拖箱忘在行李架上的假象，也不会给自己带来任何麻烦，但又觉得自己不能那么做，总觉得周围乘客的目光都同时停留在行李架上与自己的脸上。要是喊来列车员保管芝村美弥子的特征明显的行李拖箱，又总感到易于使对方察觉自己是故意留下的企图。再者，有朝一日万一见到芝村美弥子被追问她的行李拖箱的下落时，也难以自圆不慎落在列车行李架上之说。

曾根晋吉的双手各拉着一只行李拖箱，从站台上朝着楼下检票口行走。一路上，他犹如热锅上的蚂蚁担心被人识破真相。因为，右手拉的分明是一只特征醒目让人过目不忘的女式行李拖箱。

当然，自己也绝不可能把女式行李拖箱拉回家里，更不可能拉到朋友家里寄放。要是寄放，也只有拉到车站行李寄放处。如此一来，即便见到芝村美弥子，行李拖箱也可切切实地交到她手上。

曾根晋吉把芝村美弥子的行李拖箱拉到车站行李寄放处，从保管员手中接过行李提取牌放在上衣口袋里，乘上出租车回到目黑自宅，这时候已经是中午十二点四十分。

曾根晋吉还是单身汉，外出时给他看家的是一位年过半百的家政妇。

"大姐，我不在家时有电话留言吗？"

"有，我都写在这上面了。"

家政妇拿来电话留言簿递给曾根晋吉，上面大约写了五个电话号码，左看右看，其中就是没有芝村美弥子的姓名及其电话号码，甚至没疑似其姓名拼音的平假名，尽是戏剧电影行业相关人士的实名和电话。

"电报也没有吗？"

"也没有。"

曾根晋吉走进卧室伸了个大懒腰，摘下手表顺便看了一眼，还差三分钟就要到下午一点了。这当儿，他眼前又出现了幻影，芝村健介驾驶的海鸟号帆艇好像正在徐徐进入油壶港，芝村美弥子好像站在油壶港口边上迎接丈夫芝村健介胜利归来。

5

芝村美弥子的失踪轨迹，仿佛被浓厚的雾霭遮挡得不见踪迹。曾根晋吉压根儿没有想到，她会如此绝情如此利索地切断与外界联系。查看打来的电话号码，都是来自别人，与她无关。

曾根晋吉想到这里，猛然感到全身虚脱乏力，可眼前又出现了幻影：芝村健介的帆艇已经到达油壶港。他本人这时也肯定已经上岸，如果芝村美弥子去那里迎接名存实亡的丈夫，抑或正是他俩有说有笑，边聊天边品佳肴的美妙时刻。曾根晋吉的最后期待，是希望芝村美弥子趁芝村健介离开座位的间隙给自己打电话或傍晚五点前打来电话。于是，他耐下心来翘首以盼。

曾根晋吉直愣愣地待在家里，内心愈发感到痛苦不堪，朝着家政妇打手势，示意自己晚餐没有胃口，让她傍晚六点提前下班回家。

接着，曾根晋吉摊开晚报，瞪大眼睛望着字里行间，然而还是无法静下心来专心致志地阅读，甚至连文章上面的小号铅字标题都无法进入眼帘。他的那颗心犹如七上八下的吊桶，报上的铅字在眼前时而不停地跳跃摇摆，时而黑乎乎地挤成一团，唯独广告栏里的大号铅字才能凑合着看清。这是一部名为《消失》的外国进口影片，故事大概是说一对新婚夫妇第一天在教堂里举行婚礼，第二天便在旅行目的地去向不明……今天，正是这部影片上映第四周的一天。曾根晋吉无法忍受独自在家的沮丧心境，何况这部进口影片的故事梗概仿佛和自己与芝村美弥子的遭遇如出一辙，说不定看完这部电影还可获得解开芝村美弥子失踪之谜的灵感，想到这里他赶紧起身夺门而出，乘上出租车直奔电影院。

途中，连一个熟人都没有遇上，走进有乐町的一家电影院，独自坐在剧场昏暗的角落里观看，剧场稠人广坐，好在刚开始放映，还可从片头看起。

终于看完了，一看手表花了近两个小时。遗憾的是，解开芝村美弥子失踪之谜的灵感根本就没有出现。虽然《消失》是一部拍摄非常成功的电影，但在现实里根本不会发生那类案件。曾根晋吉最终还是认为，故事情节架空虚构，大失所望，不过，两个小时姑且也给自己带来了娱乐性慰藉，怀着满足感走出了电影院。

也许，芝村美弥子在自己看电影的这段时间里打来了电话。这种牵挂，一直贯穿着他看电影的整个过程。但是另一方面，他对幻觉的否定也一直在抗争。离开电影院，他更是充满了强烈的否定。就算这样回家也想不出办法，也许会更加心神不定，于是他走进路过的大厦，上到屋顶露天啤酒店，一口气喝下了三杯生啤。这家店也因工薪阶层夜晚纳凉光顾而客满爆棚，门庭若市。从屋顶俯瞰，东京不夜城开始华灯初上，逐渐与京都不夜城的灯光夜景相匹配，心情也逐渐变得难受起来。于是匆匆下楼来到地面，喊上出租车回家。到家时已是十一点左右，途中与去电影院时相同，没有碰见一个熟人。

回到家里，昨晚积压的睡眠不足和筋疲力尽，以及啤酒下肚带来的昏沉醉意，使得曾根晋吉睡得很沉很香，以至于芝村美弥子其间是否来过电话也已变得无关紧要。尽管那样，梦里却尽是芝村美弥子的情影，梦中的她，独自在京都大街背后的小巷里漫无目标地走着。

曾根晋吉一直睡到早晨十点过后，芝村美弥子最终还是没有打来电话。其实，再怎么担心也于事无补，他打算此事告一段落。此时此刻，他头脑里掠过稍许不安，兴许芝村健介会打来电话朝着送话口兴师问罪："曾根君，为什么芝村美弥子没有去油壶港迎接？"

可是，这样的情况绝对不会出现吧。自己也只是最初认识时带她去过剧院，那以后也下过决心不再单独与她来往。芝村美弥子对芝村健介说过，她曾带着员工家属与曾根晋吉一起去过剧院。再说，芝村美弥子也没有单独来过自己家。按理说，芝村健介做梦也不会想到自己与其妻子会到远离东京的京都共度良宵，一起观看大字送灵篝火。

"早上好！"

突然，来家上常日班的家政妇走到跟前，把早报搁在曾根晋吉的枕头边。

"您看上去睡得很不错啊，旅途疲劳都消除了吧。"

家政妇每天早晨八点半来曾根晋吉家，用钥匙打开房门，径直走进厨房为他做早点。

"今天早餐，您是想吃烤面包还是想吃……"

"哦，哦，给我来份烤面包吧，身体懒得动，非常抱歉，能否把烤面包等端到我床边？"

他决定在床上享用咖啡加烤面包，一边翻阅早报，一边等待家政妇端来烤面包和咖啡。

早报头版整个一面，都是政治新闻报道文章。他只是瞅了一眼标题就算看完了，随即摊开社会新闻版面。就在这时，曾根晋吉的眼睛猛地瞪大了，宛如乒乓球那般。

社会新闻版面报道：芝村健介操纵的海鸟号帆艇发生了事

故，还刊登了遇害者上田伍郎的脸部照片。开头语简短扼要，芝村健介与上田伍郎搭档参加比赛的海鸟号帆艇回到油壶港之前，在海上不幸发生了猛烈转帆的突发事件，由于粗壮的木方构成的帆桁突然猛烈旋转，撞向他的搭档上田伍郎，将其撞到了海里。

曾根晋吉看到这里，忽然感到眼前一片茫然，自己前晚在京都那家酒店屋顶广场观赏"左大字"送灵篝火的时候，脑海里突发奇想浮现过这个事故场景，岂料居然在现实里上演了。当时空想的场面，只是帆艇开始起火，熊熊燃烧，强风突起而倾翻，导致帆桁猛烈旋转。现实里的事故是发生在昨天十七日上午，地点正是芝村健介的海鸟号帆艇在尚有能见度的三浦半岛海角附近的海上。

新闻报道如下：

这场帆艇比赛由橄榄港俱乐部主办，七艘帆艇参加往返油壶港与三宅岛之间赛道的比拼。最近是帆艇比赛的高峰期，各地都在举办。橄榄港俱乐部也举办了帆艇比赛，参加的帆艇都是清一色二十英尺长度级别。且说遭难的海鸟号帆艇路过事故发生地点时，是十七日上午十一点十五分前后。事故稍前，海鸟号帆艇因乘风破浪时速过快而在事发现场稍稍改变了方向。这当儿，说时迟那时快，帆艇忽左忽右地激烈摆动起来，右舷上方朝外突出的主帆因饱受逆风而猛烈弹回。当时，上田伍郎正在帆桁弹回撞击的场所作业，整个人眨眼间宛如抛球那般惯性甩到海里。这是当时海鸟号帆艇操舵员芝村健介的回忆。当时，他本人幸亏在船尾紧握着舵柄才免于坠海，为救助落海的搭档上田伍郎他放弃比赛，立即以上田伍郎坠海地点为中心绕圈搜寻。可是，由于规定帆艇参赛过程不能安装引擎，故而只能又是操舵又是操帆而难以快速绕圈搜救，最终还是没有发现上田伍郎掉到海里的身影。

此外，不幸的是，橄榄港俱乐部参赛的其他帆艇都不在海鸟号帆艇出事地点附近。出发当初，各帆艇相互保持着间距，可是行驶数小时后打乱了秩序，离开了各自视野，相互间失去了能见度。海鸟号帆艇发生不可预测的事故时，周边没有经过来自同一俱乐部的帆艇，就连一艘能协同海鸟号救助的帆艇都没有，以致掉落海里的上田伍郎失去了获救的黄金时间。而且连一艘在周围经过的渔船都没有。

为速报这起突发变故，芝村健介赶紧操纵帆艇回港，艰难地回到油壶港时已经是十七日下午一时半左右，从帆艇上岸向大家刚报告完毕，随即筋疲力尽地倒地昏死过去。

刹那间，岸上乱作一团，人们一方面急忙喊救护车把芝村健介送到横滨A医院急诊抢救，另一方面驶出多艘救助船前往上田伍郎的遇难地点组织营救。十七日晚上八时发回搜救速报称：从赶到出事地搜寻到现在，压根儿没有发现上田伍郎的踪影。并宣布，因夜色太黑而不得不暂停搜救，上田伍郎已无生还可能。

这篇报道的措辞，简直让人大有窒息之感。曾根晋吉看了这篇报道，再次因幻想的情况与现实里发生的情况惊人一致而仰天长叹。他全然没有想到，在京都那家酒店屋顶广场观看大字送灵篝火时奇思妙想的场景，居然在约十五个小时过后像魔术般变成了现实里的光景。狂风突起，液化气泄，猛烈转帆，三者巧合构成的事故是新闻报道的聚焦点。曾根晋吉甚至觉得，这是因为京都的大字送灵篝火，不由地令他毛骨悚然。

报上说，芝村健介因劳累倒地而被送到附近横滨A医院。照这么说，他目前多半还躺在该医院某病房里的病床上吧。操作帆艇近七十个小时的结果，没想到遭遇了一起重大事故，可以想象，他陷入了精神受到严重打击的困境。当时，他因独自为搜救坠海的搭档而操舵过程的精神苦痛和内心焦虑导致体力过度消耗，而从帆艇上岸须臾便倒地昏迷不省人事吧。

曾根晋吉继而满脑瓜子思考芝村美弥子的下落，大凡是在油壶港等待芝村健介回来吧。假若真是这样，她这时候理应在丈夫入住的横滨A医院病房里，尽管没有去油壶港迎接，但得知情况突变后立刻改道直接赶往那家医院了。然而，就算她知道丈夫出了事故，也不应该从不告而别到现在都不给自己打电话。如果不方便在医院里打电话给自己，也可以离开医院打长途电话到东京联络自己。为了打长途电话外出，暂且离开丈夫二三十分钟也情有可原。

这么看来，也许芝村美弥子没有去医院，或许丝毫还不知道芝村健介的海鸟号帆艇发生了重大事故。那么，她这时候会在哪里呢？从她在京都酒店屋顶广场失踪到现在，既没有回家，也没去油壶港，又不在横滨A医院，那眼下又在本州岛上哪个角落呢？

——直到现在，曾根晋吉都无法理解芝村美弥子的怪异行动，好像是什么出乎意料的灾难已经降临到了她的头上。扑朔迷离的真相，仿佛已经超出了自己的推理极限。

曾根晋吉感到迷茫，眼下已经因报上新闻而得知芝村健介住院，自己到底应该马上赶往横滨A医院呢，还是佯装不知而不去病房看望芝村健介呢？最佳方案究竟是前者还是后者？

他思前虑后，决定打电话去报上说的横滨A医院对芝村健介表示口头慰问。芝村健介因躺在病床上也不可能下床接电话，而接电话的理应是家属或护士吧。即便只是在电话里问，也可判明芝村美弥子是否在医院，而且还能传达自己不日去医院看望芝村健介的口信。这才是最佳方案。

曾根晋吉给横滨A医院挂去电话，说了住院患者芝村健介的姓名，要求总台接线员通知患者家属接电话。

也许电话那头会传来芝村美弥子的声音？曾根晋吉等待着，期盼着，心扑通扑通地跳个不停，可是电话那头传来的是男人声音。

曾根晋吉自报姓名后，说道：自己是在报上得知这一情况，立即给医院打来电话，想尽快知道芝村健介的现状如何。

"曾根先生，您好！在下是芝村金属公司的员工，感谢您特地来电慰问敝司董事长，诚惶诚恐。托您的福，董事长今天早上好像身体恢复了，都怪我们没有及时通报您等好友们。"

芝村金属公司就是芝村健介经营的公司，接电话的好像是他的秘书，正在病房里担任护理。

"得知他身体已经好转那就放心了，请转告芝村健介先生多多保重。"

"谢谢！在下一定转告给董事长。"

"那，他身边没有家属陪同吗？"

曾根晋吉毫不顾忌突如其来的心动过速，问。

"是啊，还没有。"

秘书似乎迟疑了一下才回答。曾根晋吉只是根据对方的口吻，便察觉到芝村美弥子既没有去医院也没有回家。

他接下来没有问夫人为何没有陪同的理由，担心说漏了嘴。

"那好，也请代我向夫人问好！"

"衷心感谢您特地来电慰问……"

没等到对方在电话那头说完，曾根晋吉已经迫不及待地挂断了电话，放心地松了一口气。但是芝村美弥子到现在都没有回家，这又加深了他的猜疑。

6

翌日早报上的报道说，发现了上田伍郎遇难的尸体。那具尸体漂浮到了三浦半岛的一端，被渔船上的渔民发现了。尸体后脑的侧面，明显有面积不小的磕碰伤痕。

海鸟号帆艇发生猛烈转帆时，帆桁猛烈弹回撞击，上田伍郎遭到连帆桁的下桁突如其来的重击而坠海。

遇难地点，是东经一百三十九度十一分与北纬三十五度七分的附近。从三宅岛返回油壶港，大致沿着东经一百三十九度三十分这条线北上，加之潮流和风向等，时而忽左，时而忽右，偏离了这条航线。海鸟号帆艇，就是因稍偏离了一百三十九度三十分经线，而发生了这起重大事故。事故地点，恰是相模川入港的地方，相当于平塚的附近海上。

报上刊登了记者与芝村健介的问答：

"帆艇到达该遇难地点时，我正在艇尾紧握舵杆。由于帆艇略偏西，打算朝东改变方向而转舵，说时迟那时快，逆风刮来，猛烈拍打主帆，上田伍郎此时此刻正在帆下作业。我也事先完全没有预料到会引发猛烈转帆。我刚以为因满帆朝左而致猛烈反弹的瞬间，上田伍郎便像被抛出的球那样坠海。我立刻刹住帆艇，遂以上田伍郎君的坠海地点为中心搜救，但是已经不见踪影。

"我从那时起一直在祈祷上田伍郎君能够死里逃生，但从刚才听说上田伍郎君的尸体被渔民发现那一刻起，心情难过得简直说不出话来。"

这是记者在横滨A医院与芝村健介的问答报道。

由此，曾根晋吉得知上田伍郎遇难的大致情况，也得知芝村健介还在横滨A医院里。那么，芝村美弥子现在是什么状况啊？不知她是否到了医院？可是，自己依然没有等来她的电话。

曾根晋吉开始举棋不定，自己是否应该去医院慰问芝村健介，他既然可以与报社记者对话，那看来身体也许已经恢复健康。如果真是那样，也住不了多少时间就会出院。昨天也在电话里与他秘书说过，不日去病房看望，眼下自己也不能继续装作若无其事。

曾根晋吉认为，必须亲自去医院慰问。可是，万一芝村美弥子在病房里，那场面会很难堪，还是等到弄清楚芝村美弥子的现状后再去，同时自己也需要做好与芝村健介会面的心理准备。于是，他打消了今日去横滨A医院慰问的念头改为明日，也许明天去之前可以打听到芝村美弥子的下落。

现在，曾根晋吉开始担心寄放在东京站行李处的芝村美弥子的行李拖箱，特别显眼，黑革红线，不会被知道芝村美弥子物品特征的熟人发现吧。行李寄放处的窗口跟前，因寄放人和领取人多而总是拥挤不堪。在这不得不排队的过程，行李架上那口特征明显的行李拖箱上不会停留着来自熟人的怀疑视线吧。即便得知芝村美弥子失踪的人，也不会来到寄放行李处窗口跟前吧。如果发现杳无音信的芝村美弥子的行李拖箱寄放在这里，那么行李寄放人当然要受到盘问。曾根晋吉感到，从自己手中接过行李拖箱的寄放处工作人员，男性，年约四十岁，脸型四方，忙碌中目不转睛地注视着自己好一会儿，也许自己的长相特征被他记得一清二楚。

曾根晋吉很想赶到东京站取回那个行李拖箱，但是那么一来，又要让工作人员看到自己的脸。虽取走行李拖箱后不必担心被人察觉，但镶有红线的黑革行李拖箱因芝村美弥子去向不明而成为问题拖箱，行李寄放处就会变成警方首要排查地。因此，自己去取行李拖箱时绝不能给工作人员留下深刻的印象。

　　其次，曾根晋吉对于芝村美弥子的行李拖箱取回后怎么处置感到茫然，不知所措。要说为何将行李拖箱寄放在东京站，就是因为觉得不知如何处置，既不能拿回家，也不能拿回家藏匿在家政妇不知道的地方。万一自己处在被警方怀疑的立场，自宅就有可能被翻箱倒柜地搜查。

　　芝村美弥子身上到底发生了什么情况？曾根晋吉因突发如此不可思议的乱象而魂不附体，束手无策，思路变得愈发奇异。最近大街小巷流行"人间蒸发"一词，但是现实中尚未发生类似事件。联想到海上航行的远洋轮船船员及其家属突然失踪的实例，虽说那是发生在外国，但是芝村美弥子下落不明却是发生在自己身边，以致曾根晋吉心急如焚。他独自思考又独自苦恼，总感到假设的现象也会在自己身上上演，似乎自己患了神经衰弱症。

　　第二天，曾根晋吉最终还是没有去医院探访，因为电话里自己是说可能去医院慰问，于是取消了去医院的打算。再说，自己与芝村健介的交往并非亲密无间，只是偶尔在酒吧相遇。而且那次见面还是在走出校门时隔十多年后，从那时起才开始有了交往，屈指数来时间不长。所谓时间不长，指自己与芝村美弥子好上后，为尽量避开与他相遇而几乎没有正面接触过。

到现在，还是没有来自芝村美弥子的联络。她绝不会从京都那家酒店屋顶广场坠楼而被警方作为身份不明死者处置吧。如果真是那样，媒体当时就会竞相报道，那家酒店员工也不可能什么都不知道。曾根晋吉越想越觉得，自己在这个现实世界里已经迷失了前行的方向。

今天，是从芝村健介遭遇海上事故算起的第五天，也就是从曾根晋吉与芝村美弥子一起在酒店屋顶广场观看大字送灵篝火的十六日起计算相当于第六天，现在是二十一日上午十点多。当曾根晋吉被家政妇告知芝村打来电话之际，混乱与希望犬牙交错，让他感到一时语塞，呆愣了许久才缓过神来，问：

"是女性打来的电话吗？"

"不，是男性打来的电话。"

当得知打来电话的不是女性芝村而是男性芝村时，曾根晋吉的内心险些崩溃，满脑袋瓜子取而代之的是剧烈不安和心惊肉跳。这当口，芝村健介打来了电话，曾根晋吉感到，该来的终于来了。他怀着正面迎战漆黑海上狂风呼啸的心情，把电话听筒受话口紧贴着耳朵。

"你好，好久不见。"

芝村健介粗犷的声音格外爽朗。

"你好！原来是你打来电话啊！"

曾根晋吉说完，骤然想不起下文该怎么说。

"啊，听说你前些日打来慰问电话了，衷心感谢！"

芝村健介先说，曾根晋吉终于缓过神来。

"不，不用谢！我看了新闻报道好着急啊，你已经恢复了吧？"

曾根晋吉连自己都感到这话问得有点莫名其妙。

曾根晋吉赶紧暗示自己，不能这样慌里慌张，必须从容应对，以免芝村健介产生不必要的怀疑。可是，正因为是他打来电话出乎自己意料，心情怎么也无法马上恢复到平静的状态。

"托你的福，已经完全恢复了，让你担心了，都怪我没有及时通报。"

芝村健介还是持续声音爽朗地说道。

"衷心感谢回电告知现状，可是报上说你搭档不幸身亡，我非常难过啊，深表同情。"

曾根晋吉终于可以用接近平日打招呼的口吻说话了。

"这回完全没辙了，操纵帆艇航行本是小菜一碟，却没有意料到会出现那么恐怖的事故。现在，我完全不知道怎么应对上田伍郎君的不幸遇难，尤其无法面对失去丈夫的遗孀啊！"

说到这里，芝村健介头一回从喉咙里发出伤心的哽咽声。

"是呀，灾难已经过去了，人死也不能复生呀！这也不能完全怪你，从某种意义上说，那是近似不可抗力的自然原因。"

曾根晋吉安慰道。

"我根本不应该去参加那样的帆艇比赛，真是后悔莫及啊！"

芝村健介那么说完，冷不丁儿地沉默不语了，让人感到似乎是欲言又止。曾根晋吉一旦明白对方没有说出的意思后，又咚咚咚地心动过速起来。

"你听我说，其实啊！"

芝村健介这时候的说话声变得与刚才截然不同，用不可言喻的极低嗓门儿一个字一个字地说道：

"其实，我夫人已经离开人世。"

曾根晋吉好像骤然感到头部遭到石头重击那样，虽也想过芝村健介总有一天可能说出这番话来，而其实那是开玩笑，现实里根本没有那回事，或者万一有那么回事，届时关于应该怎么回答也早就悄然想好了。

然而，芝村健介刚才的说话声音在自己心里产生的震撼，远远超出他说的芝村美弥子已经离开人世这一决定性事实，让曾根晋吉感到眼前猛然暗淡下来。

"原来是这样啊！"

"是呀，我想你打来慰问电话的时候，可能已经知道，也有可能还不知道她去世的消息。"

曾根晋吉赶紧说出自己的想象：

"这到底怎么回事？是不是尊夫人因小两口吵架而擅自离家出走呢？"

"不，不是那么回事。她说过，趁我出席帆艇参赛期间去奈良参加什么高中同班老同学聚会，而且十五日那天就出门了。即便把今天计算在内也应该是第七天了吧，我派人四处打听，才知道她说去奈良参加老同学聚会纯属虚构，根本没有那回事，实在不可思议哟！"

说到这里，芝村健介阴阳怪气地笑了，随即挂断了电话。

7

最初发现芝村美弥子尸体的是一群苍蝇。

住宅团地背后近在咫尺的是尚存的杂树林，这立目黑一带几乎已经都是鳞次栉比的住宅，稀奇的是附近还保留着这片难得的树林。也许土地主人在等待那片土地大幅增值吧。虽面积巴掌大小，但夏草疯长，枝叶茂密，遮挡着刺眼夺目的阳光和炙烤般的炎热，那里成了一片荫地，成了孩子玩耍的好去处。最近，夏草中间地带有大群苍蝇飞来舞去，孩子们每次经过那里，大批苍蝇犹如扬起的灰尘都会嗖地飞向空中。有孩子回到家里向妈妈报告：一定是有人把餐厨垃圾偷偷扔在那里了。

那以后不久，又有家犬在拼命地拽着手牵缰绳的孩子，执着地带着小主人前往苍蝇聚集地，家犬一走到那里就朝着那地下不停地吼叫。

接到报案后，警察来到那里挖开地面发现了异常情况。这时，已经距离家犬向小主人报告过去约五个小时。不过，家犬叫唤的地方没有长草，面积也仅一丁点儿大。瞧那小片土地，好像是不久前被胡乱挖起再覆盖的状态，开始腐烂的女尸已从松软的泥土冒出裸露在外。

经过验尸，死者是芝村美弥子！接到警方通知，丈夫芝村健介急忙赶来现场辨认。有关妻子芝村美弥子的失踪，芝村健介刚于前天向警方提交了寻找妻子的申请书。法医根据尸体推定，死亡时间应是五到七天前，系罪犯用绳索或布带之类的作案工具紧勒颈脖窒息而死，但是现场没有发现紧勒受害人颈脖的绳索或布带等物证，也没有找到挖土工具等物证，可见凶手具有很强的反侦查能力，把作案凶器都带走了，现场也没有留下任何可供破案的线索。尸体被送到刑事监察医院再行解剖的结果，与法医在现场根据尸体的初步推断完全相同。

对于警方的查问，丈夫芝村健介如下陈述：

"——从八月十四日起，本人参加了橄榄港俱乐部主办往返油壶港与三宅岛之间赛道的帆艇比赛。出发时，夫人芝村美弥子送我参赛，还说她十五日应邀参加高中时代的同班老同学聚会，聚会地点在奈良。因预定十七日正午前完赛回到油壶港，她说在那里迎接本人。

"十七日上午，本人在海上遭遇了报上报道的帆艇事故。因该事故而返回油壶港的时间是当天下午一点半，却不见妻子前来迎接，本人也因极度劳累而昏倒在地，被救护车送到了附近的横滨A医院。苏醒后，请护士打电话到家通知妻子，我家聘用的家政妇接电话回答说夫人还没有回家。因此，本人住院期间都是由公司的员工们轮流来病房护理。

"我安排员工打电话到处询问，虽然没有打听到夫人的下落，但是得知夫人所说去奈良参加高中同班老同学聚会子虚乌有。根据家政妇回忆，夫人芝村美弥子从家里出发时所携行李拖箱里，放有家政妇为夫人准备的两套换洗衣服，行李拖箱的特征是黑色皮革表面镶红线。

"我也不知道夫人为何没说真话而出门旅行，自己也不曾想到夫人会有反常行为，因为平日里我们夫妻俩相处非常和谐，所以也实在想象不出夫人为何虚构事实离家外出的理由。"

"照这么说，关于尊夫人行踪有可能提供有价值线索的朋友那里是否都问过了？"

承办警官问。

"我能想到的朋友那里都问过了，连平日不太交往的朋友们也问了，例如平日里来往不太密切的剧作家曾根晋吉，他家住目黑，我也问过了，理所当然也不知道夫人的下落。"

他回答有朋友家住目黑的这一内容，停留在了承办警官的耳际。警官详细打听了曾根晋吉住所的具体地址后，了解到那里距离发现埋有芝村美弥子尸体的杂树林空地不远。

对于曾根晋吉从十五日起至十七日的行动轨迹，承办警官展开了秘密侦查。从家政妇那里，警方了解到他从十五日起外出旅行，旅游目的地是九州方向。可是，家政妇说不出具体地名。她继续说：曾根晋吉回到家里是十七日中午十二时半左右，到家时显得筋疲力尽，手上提的还是出门旅行时携带的茶色行李拖箱。打那以后，总觉得曾根晋吉的表情反常，跟往日旅行归来大相径庭，每天总是陷入沉思，少言寡语，脸色也很难看，即便坐在写字桌跟前也不是工作状态。虽说手头上还有交稿期限迫在眉睫的脚本，但他已经多次在电话里要求对方延长交稿日期。他向来是守时交稿的剧作家，迄今不曾发生过交稿一拖再拖的情况。

承办警官将曾根晋吉作为嫌疑人传唤到警署，查问十五日起外出行踪。曾根晋吉脸色铁青，回答支吾，前言不搭后语。在承办警官穷追不舍地一再询问下，剧作家曾根晋吉的最后心理防线终于土崩瓦解，竹筒倒豆子似的坦白了自己与芝村美弥子的不伦关系，以及十五日那天双双直奔京都一家酒店开房偷欢的情况，还坦白了那家酒店的名称和地址。

"至于芝村美弥子失踪的原因，我也是一头雾水，不知所以然。"

曾根晋吉陈述：

"十六日晚上，我与芝村美弥子在观看大字送灵篝火时，芝村美弥子连一句话也没有留下就在黑夜里从人间蒸发了。"

说到这里，他从上衣袋里拿出寄放在东京站行李寄放处的行李提取牌交给了警方。曾根晋吉事先想过，如果受到警方传唤，最好在接受询问时坦白真实情况，以免继续遭到怀疑。

警方去京都那家酒店调查取证，证实他陈述的内容与事实没有出入。

酒店方面如是说：

"我们酒店方面尚不清楚芝村美弥子是否失踪，因为曾根晋吉根本没有向酒店通报。我们酒店也无法查实芝村美弥子的失踪情况，只能证明七二八房间从十五日晚上开始入住一对男女，而十七日早晨唯有入住男性旅客在总服务台结完账后，双手各提着一只行李拖箱走出玄关，乘上出租车离开了酒店。那只行李拖箱特征是黑革上镶有红线，是入住七二八房间女性旅客带入酒店的。十六日那天傍晚到九点半左右，无论是总服务台跟前，还是玄关那里，都是人山人海，当时就算貌似芝村美弥子的女性旅客外出，酒店方面也无法察觉。"

曾根晋吉陈述：

"自己是在京都站乘坐特快列车返回东京的。"

警方根据他的这一陈述向那趟列车乘务员核实，回答说没有旅客曾根晋吉的印象。

于是，警方拘留了曾根晋吉。根据曾根晋吉交代，警方在东京站行李寄放处找到了四方脸型、年龄四十左右的工作人员核实，工作人员回答：每天接待大量旅客，没有关于曾根晋吉的印象。

8

警方专案组根据如下几个方面，认定剧作家曾根晋吉是杀害芝村美弥子的嫌疑人：

曾根晋吉与芝村美弥子有不伦关系，趁其夫芝村健介外出参加帆艇比赛期间，结伴直奔京都某酒店开房偷情。曾根晋吉虽供认不讳没有隐瞒这一事实，但他却说：在从酒店屋顶广场观看大字送灵篝火过程，丝毫没有察觉到芝村美弥子从身边突然消失，该陈述逻辑不通。

假设芝村美弥子独自一人去了哪里，离开前必然跟曾根晋吉打招呼。关于这一点，嫌疑人曾根晋吉本人也说不可思议。就算是在屋顶广场上碰上熟人害怕暴露与曾根晋吉在酒店开房事实而一时逃逸，事后也必然返回房间与他会合。何况，芝村美弥子的行李拖箱还原封不动地留在酒店客房。这一现象连同曾根晋吉的坦白交代，警方感到嫌疑人身上疑点重重。

然而，芝村美弥子从屋顶广场失踪的事实却没有第三个人知道，只有嫌疑人曾根晋吉一人的供词。再说，他也没有及时向酒店通报。从翌日早晨八点左右在总服务台办理退房手续，到他本人双手提着女伴行李拖箱和自己行李拖箱从酒店出发，都没跟酒店总服务台透露一点儿口风。

警方认为，嫌疑人这一举止极不自然。当然，也不是不能理解曾根晋吉的托词，是秘密幽会之旅的缘故，所以不能告知包括总服务台在内的任何人。可是女伴芝村美弥子不在了，况且她本人在京都人生地不熟，两眼一抹黑，曾根晋吉理应知道这一情况。她在屋顶广场上不辞而别并且又没回到东京自宅，按理应该认为她身上发生了重大变故。奇怪的是，曾根晋吉却没有制定任何对策。按理说，曾根晋吉至少应该把该情况通报给酒店服务员，让他们在整个酒店帮助寻找。然而，他却连这最起码的义务都没有尽到，只是打电话到总服务台说：夫人好像外出了，是否有什么留言。而这些说法，也只不过都是曾根晋吉一人的说辞，总服务台工作人员也说没有他打过电话询问的印象，还说他第二天早晨好像逃难似的离开了酒店。

到达东京站，曾根晋吉将芝村美弥子的行李拖箱委托车站行李寄放处保管。他为什么不把芝村美弥子的行李拖箱拿回家而是寄放在车站？也许行李拖箱无法随意处置，或许扔在某个地方迟早会露出蛛丝马迹，是想等到风声过后去车站取回行李拖箱再作处置吧。而且，他直到现在还没有去车站取回死者芝村美弥子的行李拖箱。

更何况，被曾根晋吉用似绳索勒死的芝村美弥子尸体还是出现在他家附近杂树林空地上。

再说，他最可疑的行动是回到东京的十七日那天。

家政妇说：

"曾根晋吉回到家里是十七日中午十二时半左右，到家时显得疲惫不堪，手上提的还是出门旅行时携带的茶色行李拖箱。"

这是犯罪的典型表现。可以认为，嫌疑人的犯罪时间是十七日晚上。

曾根晋吉陈述：

"傍晚六时左右离开自宅，乘上出租车前往有乐町，走进一家电影院观看电影《消失》花了大约两个小时，之后来到街上，登上位于某大厦屋顶的露天啤酒店喝了三杯啤酒，晚上十一点前后乘上出租车回到家里。"

曾根晋吉对此解释：

"电影院与露天啤酒店里都是稠人广坐，没有遇上一个熟人。"

经过排查，当晚那家电影院与那家露天啤酒店都确实客满爆棚，尤其露天啤酒店更是摩肩接踵。露天啤酒店服务员反映，根本没有曾根晋吉来过的印象。电影院售票窗口的女售票员、剧场的女引座员和观众也都反映，没有见过曾根晋吉的印象。一般而言，只要他外表没有特别引人注目的地方，以及没有什么稀奇古怪的言行举止，他那平凡的外表如同空气理应不会给周围人留下任何印象。电影《消失》是上映好长时间的影片，曾根晋吉在出发去京都之前很有可能看过。假设他陈述电影情节与画面，也不能绝对证明他十七日晚上看过那部电影。出租车司机反映，记忆中也没有该乘客的长相特征。总之，上述状况不能构成他没有作案时间的条件。同时，也不是嫌疑人曾根晋吉可以主张没有作案时间的条件，假设曾根晋吉是刻意伪装自己也符合逻辑。

曾根晋吉单身居住，家政妇白天来他家，傍晚离开他家。曾根晋吉十七日晚离开电影院和露天啤酒吧后回到家里，完全是他一个人独往独来，也不会有人知道他或问他做了什么。假设那晚八点左右按照事先制定的杀人计划诱骗芝村美弥子来到他家待上一段时间，然后在十一时过后街上没有行人的时候，带她到附近杂树林里去散步，然后将她勒死……

警方专案组认为，曾根晋吉有杀害芝村美弥子的作案动机。通常，一旦与有夫之妇产生不伦的关系，易于引发这样的案件。女人婚外恋，是因丈夫的背信弃义，而足以让她耽湎于外面那个男人而燃烧自己的生命，不道德和不健康的行为始终伴有甜美的绝望感。

在这方面，男人却自身保护过于强烈，婚外恋最初往往反其道而行之，事后又往往一百八十度逆转。因为，男人害怕女人歇斯底里地纠缠。其结局多因事态发展到不可收拾而陷入不得不让曾经心爱的女人从身边永久消失的绝境。迄今为止，类似这样的案例举不胜举，尤其中年男性文化人，常常讨厌如此没完没了的情感纠缠。

本案又是怎样的情况呢？首先，曾根晋吉为什么独自一人从京都回到东京？其次，芝村美弥子为什么在观看大字送灵篝火当晚没有继续与曾根晋吉在京都那家酒店共度良宵？

这样的结果，不就是曾根晋吉最初想要而为此精心设计的吗？这就是说，倘若一起去京都那家酒店偷欢后结伴返回东京，那谋杀芝村美弥子的犯罪踪迹清晰可见。假设从屋顶广场突然失踪后再也没有见着，事后就可辩解为芝村美弥子的失踪对自己而言也是谜团。为此，曾根晋吉故意拉着芝村美弥子的行李拖箱离开京都那家酒店，乘坐特快列车回到东京，随后将她的行李拖箱寄放在东京站行李处。此可解释为，他完全是为了伪造芝村美弥子在京都那家酒店突然消失的假象。

曾根晋吉根据这一计划，给芝村美弥子一个合理的借口，也就是让芝村美弥子独自去邻城大阪那里的某个酒店住宿吧。在芝村美弥子看来，但凡曾根晋吉说的，便毋庸置疑盲信盲从。

虽然京都那家酒店无法确认芝村美弥子走出玄关，但是总服务台和玄关那里，当晚因上屋顶广场观看大字送灵篝火的游客众多而拥挤不堪，即便入住酒店貌似的女性旅客外出也无法辨明。因此，芝村美弥子按曾根晋吉吩咐的时间外出，无疑是大字送灵篝火开始时的晚八点到九点之间。由此可以推定，芝村美弥子次日即十七日按照约定到达东京，当晚八时或九时左右独自去了曾根晋吉的住宅。由此也可以推定，芝村美弥子从京都那家酒店屋顶广场上失踪的行动，对于第三方而言，越是不可理解，曾根晋吉的策划越是具有现实性。

以上是警方专案组对于嫌疑人曾根晋吉犯罪踪迹进行的推理。

可是，也有意见反对上述推理：虽大致符合逻辑，但没有一例实证。不仅如此，应该还会有其他人犯罪吧。

这就是说，假设曾根晋吉有杀害芝村美弥子的动机，那么，比起他杀害芝村美弥子动机更强烈的人，难道不是芝村美弥子的丈夫芝村健介吗？如果芝村健介事先知道妻子芝村美弥子与曾根晋吉秘密约会的行程及其目的地，尽管芝村健介矢口否认毫不知情，也完全有可能杀害妻子并嫁祸于情敌曾根晋吉。

警方专案组举行的侦查会议上，许多警官听了某刑警的这一说法而哄堂大笑。对于这一假设，大家在作案动机上姑且意见一致。但是，芝村健介驾艇回到油壶港是下午一时半，汇报了同艇搭档上田伍郎坠海不知踪影的情况后，因过度疲劳和伤心而失去意识昏倒在地，被送到横滨A医院，在病房里躺了三天。由此可以认为，他在芝村美弥子遇害的十七日那天下午之前都在一望无垠的海上操纵帆艇参赛，此后都是在医院病房里度过。进去病房的除了医生就是护士，此外就是他经营的金属公司员工轮流护理，他绝对没有机会脱身溜出病房。

纵然身为董事长的芝村健介串通员工伪造自己始终在病房而没有作案时间的假象，要是只有一个员工护理，也许可以攻守同盟，但与多个员工合伙制造假象则非常困难。那样的堡垒易于不攻自破，而且串通造假也易于被警方各个击破，况且合伙串通造假的员工中间如果某日出现对董事长反感的人……芝村健介不可能不知道这样做的后果有多危险吧。

还有，从横滨乘出租车到目黑，无论时速多么快，至少也需要两个多小时吧。如果路况拥堵更花时间，再加上作案时间至少得有二三十分钟，则必须离开病房三个小时左右。这么长时间，再怎么让那些员工共同伪造没有时间在作案现场的假象，也很难骗过时而进出病房的护士眼睛。另外，芝村健介因疲惫而身处不省人事的状态，如果当天还能溜出病房杀人行凶什么的，也太牵强。芝村健介的杀妻之说，也就在逻辑上显得苍白无力了。

警方专案组对于曾根晋吉的查问紧锣密鼓，而他什么都一概否认。当问及芝村美弥子在酒店屋顶不知去向而没有及时告知酒店的理由，他强调取决于当时所处的特殊环境。对此，他还详细阐述了自己当时的心理状态。无论是没有把芝村美弥子的行李拖箱留在酒店房间，还是将芝村美弥子的行李拖箱寄放在东京站，他都絮絮叨叨地辩解说：是那种心理状态的持续，自己绝对没有像警方专案组推测那样谋划杀人。十七日晚上，自己先去有乐町电影院观看外国电影《消失》，后去露天啤酒吧喝啤酒。总之，他自始至终地强调上述辩解都是真实的。当天那个时候，自己是在家附近喊出租车前往有乐町，以及在有乐町喊出租车回到家里，还说警方如果能找到那两名载自己的出租车司机，就可以轻松证明自己所说的话都是事实。

　　警方也向出租车协会打听了，可是那两名司机至今没有出面为他证明。

　　对于曾根晋吉，警方专案组也没有掌握具有说服力的确凿证据，他的涉嫌杀人几乎都是警方推定构成。要是像这样的公诉状交到检察官手里，别说公开庭审，无疑是退回不予公诉。

　　然而尽管那样，警方专案组还是不能释放嫌疑人曾根晋吉，因为比他更有犯罪倾向的嫌疑人尚未出现。但凡像这样的嫌疑人浮出水面之前，想要让曾根晋吉在短时间内供认不讳也不太可能。

　　曾根晋吉在拘留所里亢奋不已，不少刑警任其亢奋，期待他稍不留神从嘴里漏出犯罪真相。要是换作二次世界大战前那些看似非常职业的刑警们，多半会朝着曾根晋吉大吼大叫：你这个浑蛋，正因为是下三烂的剧作家，才会写出那类践踏底线的剧本，赶快从实招来！

　　更窘困的是，警方压根儿就没有掌握被害人消失后的轨迹。她从京都那家酒店广场消失后去了哪里？假设芝村美弥子犹如警方推定那样，按照曾根晋吉的吩咐移住到邻城大阪那里的酒店，但目前还是没有来自大阪任何一家酒店与旅店有关貌似芝村美弥子的女人入住客房的情况通报。而且，假设芝村美弥子回到东京后入住东京或横滨那里的酒店或旅馆……但是这些假设都没有事实印证。警方向那晚上行线特快列车的列车员打听，结果也是竹篮子打水一场空。

另外，假设芝村美弥子十六日晚上在京都被曾根晋吉杀害后运送到东京，但从他独自回到东京的现象来看似也不能成立。至于假设曾根晋吉将尸体打包成行李从京都发送到东京，而后在东京悄然取出埋入目黑杂树林的空地，从迄今侦查得到的线索来看也更不现实了。

9

就在案情走进死胡同时，专案组的神代警官与东警官商定把侦查重点聚焦于芝村健介。

芝村健介被置于天衣无缝没有作案时间的保险箱里。在警方专案组的分析案情会议上，有人提出再排查芝村健介的踪迹时，便引来一阵失笑声。可是，神代警官却坚持认为芝村健介在作案动机方面远在曾根晋吉之上。曾根晋吉与芝村美弥子卿卿我我只经历了三个月，这么短时间里不管闹出什么状况，也难以想象曾根晋吉已被置于非杀芝村美弥子不可的困境。要说曾根晋吉有杀人嫌疑，那只是因为他有许多暧昧模糊的行迹。相对而言，芝村健介的行迹无懈可击，丝毫没有模棱两可之处。他从十四日傍晚与其他帆艇一起参加往返三宅岛的比赛，直至十七日下午一时从远洋行驶到油壶港，上岸后被救护车送到医院，在病房里众多视线的包围下躺在病床上。他从油壶港上岸到被送进横滨A医院，交通工具是救护车，途中没有停留。

不过，神代刑警觉得，对于芝村健介的行踪应该再进一步详细地调查。如此建议可能会引来其他警官的热嘲冷讽，还会引来他们的忠告：对于芝村健介明摆的行踪再次排查，其本身就是无稽之谈。

神代刑警一意孤行，先是去了横滨A医院，会见了最初为救护车送入医院的芝村健介诊断的医生。他是内科主任医生酒井，四十多岁，为人诚实，对于刑警的提问作了如下回答：

"芝村健介君被送进急诊室的时候，是极度疲劳而致心跳衰弱，失神是其过度疲惫形成的脑贫血所致，原因也在于心跳衰弱。从他十七日下午三时半住院开始，一直给他注射强心剂，还让他临时吸氧。当晚，他也依然处在重症观察状态，始终配有护士值班，他麾下公司的员工也是通宵达旦守护。虽然从十八日早晨开始，他的身体逐渐恢复，但是体内的疲劳还没有完全消失，上洗手间还需要有人搀扶。从十八日傍晚开始，他稍稍恢复到普通状态，血色也变得正常了。这里有芝村健介这次急诊的病历卡，敬请御览，仅供参考。"

酒井主任医生把护士拿来的病历卡递给两位刑警看。那上面的字龙飞凤舞，写的是刑警们根本看不懂的德语。作为医生，他们是用德语表示自己想说的话。

资深的神代刑警与年轻的东刑警处在根本无法提问的状态下走出了医院。诚实的内科主任解释说：芝村健介是自己的病人，不能再说更多的情况。关于他的病情，十七日与十八日是重症观察。

对此，刑警们也无法再提多余的问题。

"芝村健介君昏倒在地不会是演戏吧？"

年轻的东刑警说。

"果然是我们想多了吧。"

神代刑警抚摸着长得略长而又懒得刮的胡须答道。

他俩的笔记本，接下来是去记录他俩与橄榄港俱乐部主任之间的问答，幸好该主任家住油壶港附近的别墅，于是顺便从横滨去了油壶港那里。

俱乐部主任叫井原，也会操纵帆艇。对于刑警们的提问，他拿出当天的帆艇记录解释说：

"当时参加比赛的帆艇，包括芝村健介和上田伍郎的海鸟号帆艇在内一共是七艘，十四日晚上七时一起离开油壶港。

"起航后经过四个小时，各帆艇的间距打乱了。那是因为，海上刮的是季节风即南风，也就是说各艇逆风而行，无法取得直行路线，被迫呈Z线前行。有的帆艇是呈大Z线航行，有的帆艇是呈小Z线前行，还有的帆艇随风任性地在远洋上航行，变成相互看不见对方帆艇的状态。从油壶港到三宅岛，像这样逆风前行非常艰难，Z字形航行需要四十个小时左右。要说到达，不是在三宅岛的某个地方入港后请当地人证明，而是要到港后沿着岛岸航行半周后再朝着油壶港返回。沿着三宅岛绕行的时段，大约是十六日上午九点到十一点之间。毋庸置疑，最前面的第一艘与最后面的第七艘之间会有相当大的距离，时间相差也许是三四个小时。

"十六日上午绕行三宅岛的帆艇，大抵十七日上午十时到下午一时之间回港。去程需要四十个小时，回程只需要二十四个小时，那是因为南风变成顺风。

"芝村健介操纵的帆艇比预定时间要迟许多，俱乐部成员们都十分担心。正在这时，他有气无力地操纵着海鸟号帆艇摇摇晃晃地回来了，大家乱成一团，将有气无力的芝村健介从帆艇抬上栈桥时，他上岸后说了同艇搭档上田伍郎因猛烈转帆而落水的情况，刚说出落水地点，随即倒地昏死过去。"

刑警们听了井原主任的解释后又继续了如下提问：

"您说，帆艇来到远洋变得间距凌乱起来，那时相互间还能看到近距离的帆艇吗？"

"参赛的都是二十英尺级别的帆艇，桅杆上额帆高七米左右。因此，近距离的帆艇能互相看见白帆。但是四小时过后，就连白帆的形状都看不见了。即便七米高的白帆，也因大浪而看不清楚了。这与在狭窄的琵琶湖和伊势海静悄悄的水面上航行的情况截然不同，尤其油壶港与三宅岛之间是需要航行七十小时的远距离的往返赛道哟！"

"这么说，就算其中一艘帆艇发生了事故，其他帆艇也不可能知道吧。"

"是的，不可能知道，正如这次发生的情况，海鸟号帆艇尽管发生了猛烈转帆，可其他帆艇也还是一点儿也没有察觉啊！遇难的事故地点，大致是在真鹤岬与三浦半岛的中间地带。"

井原主任说到这里，就猛烈转帆事宜进行了连外行刑警也能听懂的详细说明。

"那事故是掌舵方法不当而引发的吗？"

"那也不能一概而论，为了改变方向而操舵，正如刚才所说，是因为向外凸出的主帆受到瞬间猛烈的突发逆风，有可能是不可抗力所致。"

"虽有可能是不可抗力所致，但多少也有些许操舵上的失误吧。"

"也许有吧，但也不能只说是失误吧，那是因为操舵者无法预期逆风突然强袭哟。"

井原主任如此强调，好像是在有意袒护操舵失误的可能。

"海鸟号帆艇引发猛烈转帆事件，致使上田伍郎君坠海后，你说芝村健介赶紧操纵帆艇围绕落水地点展开搜救。那么寻找需要相当时间吧。"

"正如刚才所说，帆艇比赛过程不能安装引擎。就这一点而言，确实会使帆艇操舵与操帆的难度增加。芝村健介君也在事后反省，当时径直操纵帆艇回港尽快通知救助船迅速驶往出事地是上策，但是眼看上田伍郎落水不实施救助而回港的行为，从道义上不能容忍。"

话题很快转移到了因猛烈转帆而坠海的上田伍郎尸体上，两天后尸体漂流到了三浦半岛一端，那里是距离帆艇决胜点港口仅偏南一公里的地方。

"据说上田伍郎桑的后脑有击伤处，是因猛烈转帆而遭白帆下桁弹回撞击所致吧？"

警官问。

"是的。主帆受到逆风突袭而猛烈旋转，当然也与维系着主帆的粗壮桁架一同旋转，而迎面受到撞击的人则不堪一击呀。"

主任答。

"法医验尸后说过那后脑伤是致命一击吗？"

"没有，他说那伤也未必致命。上田伍郎君坠海后多半因被迫喝下许多海水而溺水身亡吧，身负那样的重伤后手脚无法动弹，即便没有负伤，在那种场合坠海通常很少有人生还。"

"海鸟号帆艇的帆桁是折断的状态吧？"

"我们检查了帆桁，但是还没有达到折断的程度，不过出现了裂痕哟！"

"那种裂痕可以人为吗？"

"人为？不合情理，是否猛烈转帆造成的自然瑕疵，请专家一看便知道所以然哟！"

"芝村健介君的帆艇操舵经历有几年了？"

"超过三年，技术属于中级程度，但他的操舵腕力无疑在新手中拔群。"

"这么说，他也是正确操舵的吧。"

"那当然！他操舵技术靠得住，因为是参加远洋帆艇比赛，有无资格我们都充分讨论过。"

——总之，听了俱乐部主任的上述介绍，芝村健介的帆艇也好，他的搭档不幸身亡也罢，可谓没有任何不自然的地方。

作案时间，有可能是芝村健介在海上操纵帆艇及其在病房里住院的两个时段。面对上述绝对的不可能，神代刑警与东刑警不得不完全放弃渺茫的期待。

对于芝村美弥子被杀案的侦查工作，不得不因止步于此而搁浅。

10

神代刑警和东刑警无精打采地回到东京。根据两方的回答情况，虽曾计划讯问芝村健介，但现在连那直面的勇气都不翼而飞了。

可是，与婚外恋情人在京都某酒店开房的有夫之妇第二晚却与对方不辞而别，还在客房里留下了行李拖箱，然而回到东京，却成了一具尸体出现在目黑的杂树林里，这可能吗？

当时，她的丈夫正操纵着长度二十英寸的海鸟号帆艇航行在与伊豆七岛并行的远洋上，还与另一名搭档上田伍郎一边注视倾斜的水平线耳闻满帆风声，一边心情痛快地享受着来自海浪的飞沫淋浴。双方各自发生的情况，尽管时间高度一致，但却隔着绝对距离的空间。

芝村健介操纵的海鸟号帆艇在相模湾因猛烈转帆而致帆桁撞击上田伍郎落水的不幸事故的时间，谁都不知道芝村美弥子当时在什么地方，但可以肯定的是她在陆地上，与海鸟号帆艇这里也有遥不可及的空间距离。

即便那样，神代刑警与东刑警的心里还是飘浮着接踵而至无法驱散的阴云。尽管井原主任通俗易懂的解说连他们这些外行都听懂了，但心情还是不能像晴天气候那样从根本上明朗。

之所以这样，是因为他俩都意识到，从屋顶广场上哑然消失的芝村美弥子与上田伍郎坠海身亡的海鸟号帆艇事故之间，隐隐约约地有着某种奇妙的关联。

他俩的内心，在反复实验不自然且不合理的操舵动作，在反复寻找那上面的黏合剂。

橄榄港俱乐部主任井原桑说，猛烈转帆属于不可抗力，但他又是俱乐部高管，当然要安慰帆艇选手。尽管那样，他还是婉转暗示警方，猛烈转帆也有百分之几的操舵失误所致。

操舵失误是人为所致。人为，有过失与伪造的微妙分歧点，并且是在谁都看不到的大海上，再说帆艇上只有两个当事人。

两位刑警首先把目光投向这里，也并非完全抱有希望和期待，姑且慢咽细嚼般思考。

尽管这么说，还是谁都无法判定是完全过失还是完全伪造，因为没有目击证人，而且从事故发生后的状态看，无法类推哪一种情况，都是芝村健介一人之词，他不会作出不利于自己的解释。

神代刑警想到了：难道不能从上田伍郎尸体的角度推测属于哪一种情况所致吗？于是他邀请年轻的东刑警再次前往横滨。

神奈川县警本部鉴识科，保存着最近发生的所有死于非命的尸体验证照片，卷宗里有上田伍郎的尸体验证写真。躺在草席上的上田伍郎写真，赤身裸体，从各个角度拍摄的。最重要的是从背部拍摄的照片，后脑勺有猛烈磕碰造成的裂伤，犹如头巾缠在后脑勺的正侧面。尽管他俩对鉴定尸体的知识了解得不是那么详细，也可一目了然那种磕碰不是简单的木刀打击所致。

可是鉴识科的科员说，这种磕碰不至于造成致命伤，坠海时生命体征正常，死因是溺水身亡。这是比之前听到的解说更为详细的确认。当然，无法从这张照片辨别导致上田伍郎死亡的猛烈转帆系芝村健介操舵过失还是伪造过失所致。

鉴识科的房间相当宽敞，科员都在各忙各的。年轻的东刑警还在紧盯着上田伍郎的尸体照片，但是神代刑警已经万念俱灰，离开了存放尸体照片卷宗的档案架，朝窗户跟前走去，他眺望窗外看似十分凉爽的蓝天，也好像是让自己的心累得到休息。总之，无论怎么从意识上连接京都与相模湾之间的时空，但现实还是在顽固地嘲讽他俩接连不断的推测和假设。

神代刑警离开窗前，不经意地看了一眼旁边科员的桌上翻开的摄影杂志。这名鉴识科的科员似乎视摄影爱好为工作之一，把摄影杂志作为参考知识。刑警自身拥有的参考书，充其量是侦查指导要领，或是刑事诉讼要领之类枯燥无味的参考书。神代刑警不知为何，却一边微笑，一边站在那里欣赏摄影杂志里刊登的照片。

这是一张摄技达到专业水准的照片，大地天空隔成两半。上半部分是天空云朵层层叠叠，下半部分是树木草丛茂密繁盛，中间是湛蓝的大海。由于草丛的位置高于水平线，可以认为摄影者是从海岸悬崖上俯拍。茂密的草丛里有一条小路，那路上有一个人正朝着前面行走，人拍得很小，在草丛里经过，好像是沿着悬崖朝崖下行走，一边走着，一边在寻找什么。这张照片，令人回想起少年时代的景色。神代刑警回忆起自己的孩提时代来，经常在老家像这样的田间小路上行走。

神代刑警觉得，照片抓拍得好，构思也好，陶醉般望了一眼照片下的命名——《真鹤岬的早晨》。

这时候，满脸灰心神情的东刑警走过来了，也与神代刑警并肩观看左右两页展开的照片。但是，东刑警的内心因侦查搁浅而万分焦虑，眼帘似乎没有映入这张充满诗情画意的照片。

他俩走出县警本部，相互没怎么说话，都是一副愁眉苦脸的表情。

东刑警在樱木町车站检票口买了两张前往东京的车票，神代刑警按了一下他的肩膀说："跟我到那里去一下！"

东刑警被他拽到候车室墙上挂有神奈川地图跟前，上面有邻接东京都与静冈县的一部分。

"真鹤岬是这里吧。"

神代刑警用手指着地图上的一个点。

"还有，油壶港是这里吧。"

东刑警心想神代刑警可能要说什么，开始观察前辈神代刑警的表情和地图。

"芝村健介的海鸟号帆艇发生猛烈转帆就是这个位置。"

神代刑警指着相模湾的中央，那是真鹤岬与油壶港连接的中间部位，北面凑巧是茅崎或是平冢，真鹤岬与平塚之间的连接线即便在地图上也是正侧面。

"是的。"

东刑警说，但他好像还是不理解神代刑警说这番话的真意。

"还连着大岛呢！"

神代刑警说，那大岛偏东位置标有东经一百三十九度三十分的蓝线。

"三宅岛在这东经一百三十九度三十分的正上方。因此，绕三宅岛半周后返回油壶港的帆艇，大致沿着东经一百三十九度三十分的线路径直北上。这好像是橄榄港俱乐部主任井原桑说的吧。从油壶港到三宅岛的去程，途中因南风而顶风航行，各帆艇取Z字形线路航行，但是回程因顺风而没有必要那么航行，改为径直航行的线路吧。回程时间恰是去程时间的一半，于是海鸟号帆艇在远离这经线一百三十九度三十分的西侧航行，听说遇难地点就在那里吧。"

"然而，那肯定是受到大风或潮流左右吧。"

"多半有那样的原因吧，好照片！那上面的人独自沿着真鹤岬海角朝着海边行走……东君，我们暂时不去东京，掉头去真鹤岬，那里距离芝村健介发生猛烈转帆的相模湾很近，我真不明白啊！他的海鸟号帆艇也许在真鹤岬抛锚？他到达油壶港不是很迟吗？我俩姑且去真鹤岬排查一下，看看那里有什么蛛丝马迹。"

11

神代刑警和东刑警到达真鹤站是下午两点。

他俩在站前喊了一辆出租车，朝着低矮的海边城镇疾驶而去。警部补（一级警司）派出所，在散发着鱼腥臭味的街道上。神代刑警叫出租车停下，与警部补见面后要求派出熟悉当地的巡警（警员）协助排查。警部补直率地说：要是协查一个小时可以。遂安排年龄四十岁左右的吉冈巡警协查。行驶路线再次向上延伸，朝着北海岸边疾驶。路的一边是丘陵地带，大片旱地里种有一望无际的蜜柑。从这里到半岛尖，路开始变得宽敞起来，周围是悬崖。

神代刑警取出50000∶1的"热海"地图说：

"芝村健介操纵的海鸟号帆艇发生猛烈转帆的位置是

相模湾的稻村远海，那里好像是北纬三十五度七分和东经一百三十九度十一分，可以推断芝村健介悄然上到真鹤岬。那里海角最突出的地方相当于北纬三十五度八点五分和东经一百三十九度十分，抑或是比那里还要偏向西海角的相同纬度与东经一百三十九度九点五分，那里是叫内袋的地带。

"真鹤半岛北侧的西半部也没有悬崖，海岸平缓，有渔村，那里大概有帆艇靠岸的目击证人。"

"照这么说，作为可以秘密靠岸的地方，不是没有渔家的海角凸端，就是内袋附近。"

对于这一推断，他俩观点一致。出生汤河原的吉冈巡警，向神代刑警打听到实情后也说：

"是那样的，假设罪犯不想被人发现，除了那里，大致就没有其他可以不被发现的地方了。"

说完，他点了点头，脸色黝黑。

他们仨让司机把出租车驶到海角的凸端停下，下车后从悬崖上朝着远海方向眺望，那里有无数凸起像小岛那样的岩礁，岛上遍地荒野，没有见到停靠着的船只。

"那大块岩礁叫作'三块石'，还是这一带著名景点。"

吉冈巡警解释。天气晴朗的大海对面，理应能看见房总山，但是今天起雾了，朦朦胧胧。

刑警们伫立着的道路两侧有杂树林，还夹杂着竹林，附近只有面向游客出售蜜柑和饮料的凉棚小卖店，连一户住宅都没有。

吉冈巡警向凉棚店主打听，回说每天约十点开始营业，下午约五时打烊返回镇上。当问及十七日是否见过帆艇在这下面海岸停泊时，她摇了摇头回答，实在想不起来，帆艇与渔船不同，即便没有日期、时间与记忆，也应该有清楚印象。不过，她说半年前见过一回帆艇。

三个人回到出租车里返回。途中，在与羊肠小道交叉的路口下车。三个人沿着杂树林和竹林的谷间小路来到南侧海岸。这里也在悬崖的上面，其右侧沿着相模湾的海岸延伸至崖下。大海的正前方依稀可见的山脉是网代一带，传来渔船的引擎声响。

神代刑警认为，由于悬崖位于海湾的深处，因而帆艇如果要靠岸多半是在这一带吧。东刑警也是相同观点，但是陪同协查的吉冈巡警则歪着脑袋说：

"门川住宅多，那里多半会有人见过停靠的帆艇。"

门川，顺着吉冈巡警手指的方向望去，距离相当于右侧汤河原的渔村，现在也可从这里清楚地看到小渔船正在忙碌进出。

"假使不想让别人发现帆艇靠岸，那大概只有刚才去过有三石的海角凸端吧。如果是那里，无论是从真鹤岬眺望，还是从门川眺望，都是难以被人发现的视角盲区。"

"但是，那个海角的凸端经常会有游客光顾，停靠在那里的帆艇会触及他们的视线吗？"东刑警提出疑问。

"那是完全可能的吧，只要能躲过来自那里的游客视线，在那里停靠帆艇要安全许多哟。"

三个人又在途中驻足停下，朝出租车返回。一路上，神代刑警渐渐地焦虑起来。如果帆艇在这里靠岸不是事实，他的推定也就无法成立。

乘上出租车，他们决定再让司机把出租车开到海角凸端。那家凉棚小卖店除了雨天，几乎每天营业，但凡店主能实话实说就会有线索。如果就这样放弃，心中会有说不出的一丝遗憾。

再次来到凉棚小卖店的跟前，出售夏蜜柑的中年女店主正在与六十岁稍过的老太太站着聊天。那老太太的旧哺乳车上装载着一些枯树枝。神代刑警在车上问吉冈巡警，您认识那位老太太吗？巡警答：她是真鹤某渔师的母亲。说完，三个人先后下了车。

"您好！阿姨。"吉冈巡警八面玲珑的语气，笑着朝老太太跟前走去。

"您总是精神抖擞啊！"巡警用当地方言打招呼，"今天也捡柴火吗？"

"嗯，嗯，三天或者第四天，就这样常来这里捡柴火。"老太太眼角堆起皱纹答道。

"阿姨来这里捡柴火，平日里从什么时候开始啊？"

"人多从下午一点开始捡，大约两个小时左右。"

吉冈巡警按照神代刑警交代的内容继续问老太太。

"八月十七日，阿姨来这里捡柴火了吧。"

"八月十七日……啊，啊，那天来这里捡柴火了。"

"好记性啊！那天也是从下午一点开始的吗？"

"不是，那天上午八点就来这里捡柴火的哟。"

"什么？是八点左右？"

吉冈巡警目光如炬。

"阿姨，当时这里除了您还有其他什么人吗？"

"嗯……"

老太太回忆。

"好像没有其他什么人啊，这家小卖店也打烊了啊！吉冈警官，您为什么要问那情况啊？"

"我们在调查那天的情况，当时有人在这一带转来转去吗？"

"好像没有发现那样的人哟！"

"真没有吗？想请您再仔细回忆一下。"

"没有那样的人呀……不过，好像见过手持钓鱼竿的男人沿那前面的小路朝着悬崖下行走。"

神代刑警走上前去问道：

"您知道那男人的长相和年龄吗？"

"我见到时，他已经沿那前面的林荫小道到下面了哟，因离得太远看得不是很清楚。"

吉冈巡警解释："大清早也有钓鱼超迷者手持心爱的钓鱼竿从东京来到真鹤岬。"

"身着什么样的服装？"

"在我的印象里，那男人好像上身穿的是茶色短袖衬衫，头上戴的是茶色登山帽，下身穿的是黑色裤子哟，另一只手上提着的不是鱼篓就是装有便当的深蓝色包裹哟。"

"原来如此，那是放有几根折叠式鱼竿的袋套吧。"

"不是的，他只拿了一根长鱼竿哟！"

"阿姨的记性好呀！那，您为什么记得这么清楚那天是八月十七日早晨呢？"

"八月十七日是盂兰盆会结束的第二天啊！我女儿嫁到静冈那里，盂兰盆会结束后的第二天是八月十七日，那天下午她带着孙子来娘家玩哟！因为事先知道她俩要来，所以我那天比平时提前来到这里，上午八点就来这里捡柴火。因此，那日子是不会弄错哟！"

神代刑警点点头。

"刚才，阿姨所说的那条去悬崖下面的小路是哪一条路？"

神代刑警离开小卖店后问吉冈巡警。

"就是那边，一起去看看！"

那里是宽马路的尽头，从弯曲的地方朝前大约百米前面，有条小路在杂树林间向前延伸。

三个人沿着那条小路边行走边寻找。从丛林之间穿过后，周围的树木猛然变矮了，变成了一片灌木丛。大海近在咫尺，小路紧贴悬崖崎岖伸展，一直延伸到波涛拍打在悬崖下的岩石上溅起白银般浪花的地方。透过海面凸起的三石岩礁，彼岸连绵起伏的房总山弗如天边淡淡的云雾。

"来到这里的游客，是一直沿着这条小路下到小路尽头的吧。"

吉冈巡警回答了神代刑警的提问：

"钓鱼爱好者们沿着这条小路艰难地一直下到海边，唯独观光的游客深感危险而不会下到那里。是呀，通常下到我们现在站的这个位置便返回呀。"

神代刑警俯视良久，尽是悬崖和岩石，不是帆艇可以靠岸的地方。

他们仨回到等候的出租车里返回镇上，出租车在派出所门前停，神代刑警向吉冈巡警致谢后让他下车返回。

"我之所以说那样的地方有钓鱼男子独自行走，是因为那张照片里的这个背景！"

只剩下他俩后，东刑警对神代刑警说。

"嗯，钓鱼爱好者去那里钓鱼并非稀奇事啊！"

神代刑警说完，一脸失望的表情。

"早晨八点这个时间钓鱼好像稍稍有点早吧？"

"如果钓鱼，那是越早越好。东京或者横滨一带的人都是大清早乘电车来真鹤站的吧，再从真鹤站换乘出租车来到真鹤岬这里的吧。"

12

对于芝村美弥子在京都那家酒店屋顶广场趁曾根晋吉被大字送灵篝火吸引的间隙，一声不吭而销声匿迹的情况，东刑警很感兴趣。

"我也常与妻子一起上街，妻子说去那里购物而又突然不再复返，也会感到满腹狐疑。也许现代人始终抱有那种不安的意识吧。"

东刑警对神代刑警说。

"那种奇妙的不安是在于现在这一时代吧。你喜欢看小说，希望跟小说里的情节对号入座，但本案里的情况都是史无前例。我也不明白，芝村美弥子为什么会在酒店屋顶广场上不跟曾根晋吉打招呼就从他身边消失呢？无法想象那是暴力集团绑架所为。曾根晋吉还说，就算芝村美弥子遇上自己与他共同圈子的熟人后，也理应回到他的身边会合。这是理所当然的吧，她为什么再也没有回到情人身旁呢？该案谜底好像就在这里吧。"

"那她不回到情人身边的理由是什么呢？"

东刑警那么说完，视线投向可以望见真鹤车站的窗户。

"啊！"

东刑警看到两个男子与一个年轻女子正在从车站朝道路行走的情景，突然从嘴里叫喊起来，神代刑警刚以为东刑警要问什么，转眼间东刑警若有所思而欲言又止，少顷开口问道：

"神代前辈，芝村美弥子没有向曾根晋吉打招呼，大凡是丈夫芝村健介出现在屋顶广场上的缘故吧？"

"你说什么？"

"芝村美弥子连解释也没有就神秘消失，我想，除了芝村健介出现外没有其他原因。这种场合一旦丈夫出现在跟前，芝村美弥子理应不可能跟情人打招呼。那是因为芝村美弥子跟丈夫说过，参加老同学聚会而去奈良旅行的吧。如果只是那样，顺便从奈良来到京都那家酒店屋顶广场观看大字送灵篝火的辩解就能自圆其说吧。但是，如果与芝村健介的校友曾根晋吉同在那里，芝村美弥子当然也就无法解释。于是，为了不让丈夫察觉曾根晋吉也在这里，她也就连招呼都不打以及行李也不拿而跟丈夫芝村健介一起悄然离开了屋顶广场吧。"

东刑警因自己的突发奇想而渐渐激动起来。

"当时屋顶广场电灯都已熄灭，我想芝村美弥子是利用那种黑暗悄然离开那里，当时曾根晋吉也在全神贯注观看大字送灵篝火而没有注意到背后发生的事情。"

"嗯……你原来是这样分析的。"

"……是的，你说的很有可能。从芝村美弥子的立场，无论如何都不想被丈夫知道自己的不伦关系，也无法辩解独自住在那家酒店。为了不让丈夫察觉曾根晋吉，而不动声色地跟着丈夫离开了酒店。这种场合，假设芝村健介催促妻子离开酒店也顺理成章。酒店员工提供的证言，当时正值酒店因大量游客来京都观看大字送灵篝火而挨山塞海，故而没有察觉住宿酒店的芝村美弥子与其他男子走出玄关。酒店方面这么解释，系因当时特殊情况，符合逻辑。"

正如东刑警所说，芝村美弥子在屋顶上为何没有与曾根晋吉说话而离开的原因就在于此。

然而，芝村健介究竟能否来到京都那家酒店广场呢？因为那个时间段，他正在操纵帆艇航行在东南方向的远洋上。

"那是我的奇思妙想，遗憾的是与现实不相吻合吧。"

神代刑警对东刑警的想法持有同感，理解他的这番推理。

"因为芝村健介当时正在海上操纵帆艇从三宅岛朝着油壶港航行呀，但是你的奇思妙想很有价值，只是在真相没有出现之前是毫无意义的哟。"

该时间段，应该是芝村健介操纵的帆艇正在海上从三宅岛朝着油壶港行驶。这一事实不容推翻。

"是的。"

东刑警脸上露出失望的神情。

"我的这个突发奇想很有现实意义吧。"

"我也是那么认为哟。"

出租车途中驶入去汤河原町的岔道，汤河原町的背后耸立着箱根的外轮山。

"哎，神代前辈，只要芝村健介的身上没有长出像鸟那样能飞到那里的翅膀，就不可能从航行在伊豆七岛的帆艇上起飞，而后在京都那家酒店屋顶广场上降落。"

东刑警眺望的那个方向，一群麻雀正在飞翔。

神代刑警没有回答而是陷入沉思。

芝村健介在帆艇上无法前往京都，于是雇佣其他人从屋顶广场上诱骗芝村美弥子离开酒店，但是那不太可能。那是因为，如果是芝村健介雇佣的同案犯，芝村美弥子必然寻找机会与曾根晋吉商量。假设芝村美弥子不能在芝村健介雇佣的同案犯跟前与曾根晋吉说话，此后回到他的身边或回到客房时也可以跟曾根晋吉详细解说。而且，即便是芝村健介雇佣的同案犯，芝村美弥子也不会那么惊恐万状，完全可以找到机会开溜，金蝉脱壳。

芝村美弥子没有向曾根晋吉打招呼而离开屋顶广场，是一个无法理解也不合逻辑的疑点。总之，还是要芝村美弥子的丈夫芝村健介本人出现在她跟前，她才会与曾根晋吉不辞而别。

正如东刑警所说，只要芝村健介不能从驰骋在远洋的帆艇上像鸟那样起飞，上述推定都不可能成立。

"——那么说，是乘飞机吗？"

神代刑警低声吼道。

于是，他俩前往热海，顺路来到站前广场的旅行咨询台，在那里查阅全日空航班时刻表。

从羽田机场到三宅岛的航班：下午两点二十分羽田机场起飞，下午三点降落三宅岛机场。

这架飞机休息三十分钟后，三点半从三宅岛起飞，下午四点二十分在羽田机场降落。

假设芝村健介将帆艇停靠三宅岛，从那里上岸在三宅岛机场乘坐下午三点半的航班飞往羽田机场，那他的海鸟号帆艇下午三点半已经结束三宅岛半周后正经过北面神津岛的东侧近海。

也可假设帆艇停靠在三宅岛，仅芝村健介秘密上岸后，由上田伍郎操纵帆艇前往油壶港。

神代刑警翻阅笔记本，上面有自己打听来的简短扼要记录，与帆艇相关的人阐述如下：

——当时的帆艇没有停靠三宅岛，而是绕道近海半周后回到直奔油壶的线路。途中也因帆艇而异，有的顺路驶到折返点的港口请当地住民出具证明，帆艇比赛是君子协定，尊重各自帆艇参赛者的任意选择。

"假设只有芝村健介在帆艇停靠三宅岛后一人上岸，乘坐下午三点半前往羽田机场的航班又会如何呢？芝村健介也有办法在羽田机场换乘飞往伊丹的航班而前往那家酒店。"

东刑警在前往东京的电车座席上说。

"不过，那办法也很难实现吧。那是因为上田伍郎在帆艇上呀！假设芝村健介把他留在帆艇独自爬上三宅岛，那也因无法躲过上田伍郎视线而放弃吧，倘若拉他入伙就有可能。"

神代刑警一边那么说，一边意识到自己说的那番话的重要性。与此同时，东刑警也叫喊起来。

"芝村健介肯定收买了上田伍郎为同伙吧，此后为封口而故意猛烈转帆杀人灭口吧。"

猛烈转帆也肯定有可能人为引发吧。通常，猛烈转帆是在突然改变方向之际，主帆因遭强风猛刮而致木结构桁架猛烈旋转所致，存在操舵失误的可能，也存在人为故意的可能。

用帆艇俱乐部主任的话说，芝村健介操舵技术拥有相当水准，如果芝村健介因猛烈转帆伪造失误的假象而致帆桁将上田伍郎撞到海里，就可隐瞒此后将帆艇停靠三宅岛上岸的事实。

东刑警对神代刑警说了这番意思，神代刑警表示有同感。

然而，神代刑警尽管那样还是产生了疑问。

"可以吗？东君，你那推测非常好，但是说到底还是假设啊，如果芝村健介独自上岸，接下来的海鸟号帆艇，当然要由上田伍郎独自操纵沿着前往油壶港的路线航行。可如果芝村健介从三宅岛乘坐飞机前往羽田机场，再换乘交通工具到达京都，那他就没有必要装模作样地再乘上已朝油壶港返回中的帆艇吧，除非他会耍什么神魔术，否则也不可能做到。"

　　"是啊……"

　　东刑警好不容易为自己先知先觉的推理而兴奋，可眼下又因不合逻辑而抱着脑袋感到苦恼。

　　"还有，芝村健介是怎么在比赛过程从帆艇上到三宅岛岸的？这也无法解释哟！"

　　"是呀，如你所说。"

　　东刑警显得有点垂头丧气，但是神代刑警说：

　　"东君，首先还是——直面解决疑问中的难解部分，现在想一揽子解决也不现实，那是因为推理如果不合逻辑，就会出错而偏离侦查方向呀！"

　　"接下来怎么办呢？"

　　"回警视厅请求侦查科长允许我俩乘飞机去三宅岛。"

　　　　　　　　　　　　13

　　翌日下午三点稍过，神代刑警与东刑警乘坐的航班在接近三宅岛的三池浜小型机场降落，机上乘客满员，50%左右是全副钓鱼装备的东京乘客；50%左右是岛民，其中有出差联系工作的公务员，有四个貌似公司职员，还有一对新婚夫妇旅行结婚。钓鱼师们装束简单，互拉嗓门儿讲述引以为自豪的钓鱼故事。神代刑警望着他们，脑海里突然浮现出十七日清晨那个手持钓鱼竿在真鹤岬海角向下行走的男人身影。

驻岛刑警前来机场迎接，请他俩乘上警车前往岛上警署。东京都警视厅驻三宅岛警署位于伊豆，机场位于岛东。前往岛北的伊豆，要沿着位于岛中央雄山脚下的柏油路绕行十公里左右。

自从开通羽田到国内各地的航线后，东京与岛上之间的交通变得十分便捷，过去傍晚乘船从东京港出发，翌日早晨六点才能到达岛北的大久保浜。通常前往那里的轮渡，也要三天一班。

从车窗朝外眺望，左侧台地那里几乎没有住宅，原始的黑松林在熔岩原野上郁郁葱葱，连绵不断。右侧可以看到小海湾，海滨沙滩，风平浪静。驻岛刑警解释，这里是三池浜，有不少石花菜晒场。接着，出现了御藏岛，车不久驶入海角凸端，与海岸线有一段距离。

"这座海角名叫萨德多岬。"一位刑警说。

但是，车一驶过那里便是无边无垠的原始森林，一派红黑色熔岩的荒凉凄景。路，是在熔岩间开挖敷设的。

"这一带叫赤场晓，昭和十五年发生过雄山爆炸，熔岩流淌，涌向大海。现今，也经常是怒涛大浪朝那里的岩石疯狂猛扑，白沫般浪花朝四处飞溅哟。"

"宛如青井泽的鬼推石啊！"东刑警说。

这时，神代刑警想起曾几何时去过的樱岛熔岩。右边，仍然是延绵起伏的红黑色熔岩流，部分是宛如沙漠咕噜咕噜滚动的沙石地。

"那沙地里有温泉，是野外露天浴场，喷火时自然形成的。"

驻岛刑警解说。但是，那里见不到一户人家。

"附近的人们偶尔来这里洗温泉，但没有游客，附近也就没有建造旅店。"驻岛刑警又说明。

离开熔岩地带，经过名叫马野尾的小村庄，少顷进入岛北，附近的海岸线都是悬崖。须臾，车驶入熔岩地带，经过那里后便是神着村庄。

"这里有东京都驻三宅岛市民办事厅。"一名当地刑警说。

这里是小海湾，有港口。路从那里开始变成上坡道，新岛清晰地展现在眼前，沿那里朝下行驶，便是伊豆村庄，驻有三宅岛警署。这当儿，时针快指向四点。

神代刑警和东刑警向三宅岛警署署长行礼打招呼后，被带到刑警办公室，署长在那里摊开详细的三宅岛地图让他俩看。

三宅岛几乎是圆形，中央有名为雄山的火山。雄山的半山腰那里仿佛把岛分成了两半，东经一百三十九度三十分线从那里经过，北纬三十四度线在岛南的海上通过，与经线交叉。道路沿着山脚的海岸线迂回，乘车绕岛一周约需一小时。古时候，岛民间相互说到外出旅行，就是绕岛一周，习惯上都要做好中途露宿风餐的准备。

"岛上哪里是帆艇经常出入的地方？"

"据说是西边阿古附近的锖浜与位于南边的坪田，尤其来自东京的帆艇俱乐部运动员，他们经常出入锖浜，帆艇上还会屡屡出现著名演员。"

"除此以外，是西边的大船户和东边的三池浜。"

"其他怎样啊？"

"除了那些地方以外，其他都是悬崖海岸线，不适宜帆艇靠岸。"

神代刑警对驻岛刑警们说出自己来这里的意图，要求他们找到从八月十六日上午九点到十一点左右之间看到帆艇进入三宅岛的目击证人。这种线索，拜托驻岛警官寻找往往最能奏效。来自东京警视厅的刑警跟岛上居民不熟悉，即便上门走访也很难收集到有价值的情报。

"我们希望尽可能在明天离港的三点半前知道这个结果。"

署长表示理解，答应安排刑警们协助他俩走访当地居民。

"现在乘车绕岛半周看看好吗？你俩还没有到过岛西，最好转一下，一个小时足以往返。"

快到六点了，可夏天的太阳还是日光明媚，他俩不得不乘车出行，由当地刑警们陪同。

离开伊豆村，车沿着雄山的山麓柏油路围绕岛西海岸行驶。

顷刻间驶入伊豆村庄，这里有岛上朝里凹得最深的大船户湾。从那里到阿古，山脚呈斜坡，石墙层层构筑的台地上出现了村庄，海上有与三宅岛距离最近的神津岛。

"这里有朝海岸喷涌的温泉。"当地刑警说。

车驶过阿古村庄后，来到了稍稍偏离的岔道上，随即驶入凹得很深的错浜渔港。听当地刑警说这港口经常有帆艇驶入。于是，他俩仔细眺望，但现在还是见不到一艘帆艇。车再驶向岛南，从薄木村向南端的坪田驶去。海岸是清一色的岩石悬崖，岩石上有钓鱼师的身影。路上除了公交车，还有牧牛悠闲行走，岛上盛行挤奶业。途中，有成为雄山的侧火山新澪和大路池等。但是名护兰等水草群生的大路池，只是以往听说过，还没有从车上眺望过。路上，见到两个貌似游客的身影。他们决定让车朝坪田折回，接着从机场前面经过，路与来三池浜的时候相同。陪同的当地刑警们，因神代刑警要求协查目击证人，而在坪田下车。

返回阿古的时候，目睹了西边海上气势恢宏的日落壮观景色，燃烧般的金色太阳躲进了紫色雾霭里，须臾摇身一变，披着霞光朝着红彤彤的海面徐徐降落。

他俩当晚入住与酒店同名的旅店，但其白铁皮屋面与自炊小旅店格格不入，然而比东京之夜要凉快许多倍，他们睡得又香又熟。总之，目前只有等当地刑警明天送来他们走访的结果再说。

早晨，神代刑警睁开眼睛后又突发奇思妙想，决定再绕岛一周观察。这回，他希望只有他俩绕岛一圈看看。喊来出租车，像昨天的行驶路线那样朝着岛南出发，但是今天目睹的光景与昨天相同，没有一点新的收获。也许是不熟悉当地的缘故，没有找到有价值的线索。在经过萨德多岬熔岩地带的赤场晓，因变幻的景象而下车走到跟前观看，周围没有见到一个行人。传说，右侧是露天浴场，周围是熔岩沙地，连一个钓鱼师的影子都没有见着，寂寞冷清，天地荒芜。他俩向司机打听，回答与当地刑警们昨日解说相同，附近渔村的村民只是偶尔来露天浴场，但是没有任何人在露天浴场里泡过澡。不用说，由于岛西海岸也喷涌温泉，都说没有必要到如此不方便的露天浴场泡温泉。

"可惜啊！要是在东京，这座温泉可是门庭若市吧。"

东刑警擦完汗说。

在旅店里用完午餐后，昨日两位驻岛刑警前来通报走访情况。

"汇总了有关走访各村的情报，十五六日整个上午所有地方都没有帆艇靠岸的踪迹，也没有找到一个目击者。"

希望落空了，神代刑警和东刑警都感到失望。

"那是完全没有见到帆艇的踪影吗？"神代刑警问。

"也不是，有人见过几艘正在比赛的帆艇。所有出海渔船都亲眼看到在岛南海洋上航行的帆艇，也看到在岛东航行的帆艇。不用说，时间都不同，恐怕看到的是队形打乱无序航行的帆艇吧。但是，没有人看到岸边停靠的帆艇。"

14

一起离开油壶港的帆艇群，从离开三浦三崎的近海开始，相互逐渐拉开距离，直到看不见对方的踪影。神代刑警想起在帆艇俱乐部收集到的情况，芝村健介在这里与上田伍郎操纵的海鸟号帆艇，多半也确实混迹于渔师们在渔船上见过的帆艇中间绕岛行驶半周。

"东君，越来越没辙了啊！"神代刑警等驻岛刑警通报完情况离开后说道。

"伤脑筋啊！"东刑警愁眉苦脸。

"但是，你脸上的表情并不那么困惑哟。"

"神代前辈的表情也不是那么悲观啊！"

"嗯，这就是说，你我都还没有因为这样的结果而垂头丧气呀！"

"是的，我没有失望哟，是因为在等待确凿无疑的线索。神代前辈不也是那样吗？"

"嗯，照说是那样，姑且再努力查找一下芝村健介的'上岸暗道'在何处。虽然收集到的材料看似皆无什么价值，但是内心总觉得已经发现了什么，而且这种感觉越来越强烈啊！"

"是的。虽伪装巧妙，但我也总感到发现了什么哟，交集必留痕迹哟，这回就能找到吧。"

他俩目光炯炯，毫不气馁，现在必须赶上三点半起飞的航班，因此起飞前二十分钟必须到达机场。他俩下午一点稍过便离开旅店出发了，途中顺路去了伊豆警察总署向署长致谢告别，再从那里驱车直奔三池浜附近机场，途中又经过了熔岩地带。

"这一带，不管看多少遍，都是寸草不生，遍地红黑色熔岩。反观其他场所，都是绿山沧海，景色绮丽，形成了天堂和地狱般鲜明的对照。"

"那一带朝着海上凸出，格外阴森森的，令人毛骨悚然啊！"

左侧出现了有露天浴场的沙滩，到达机场了。

神代刑警与东刑警前往检票台。

"请问，十六日那天有没有乘客购买从这里去羽田机场的单程机票？"

他们向检票员出示警官证和记事本，要求查阅。

检票员查阅的结果，四十名乘客中间购买单程机票的只有五名，来自东京的客人几乎都是购买往返双程机票，再者，岛民去东京也要购买回程票。总之，购买单程机票的乘客不多。

调查了五名从该岛到羽田机场的单程乘客，其中四名是身份清晰的当地岛民，因为去东京办事需要两三天时间，姑且购买了单程机票，另外一人来自东京，姓名田中安男，年龄二十七岁。

"这名乘客长什么模样？"

"请等一下！"

飞机票的申领表格，填有地址中野区××番地，职业杂货店店员，联络人好像是乘客的妻子姓名。

"这是乘客在池袋交通公司购买的呀！"

检票员手指着表格里显示详细内容的栏目。

"您还记得这名乘客长什么模样吗？"

"哎呀，记不清楚了呀！出发前二十分钟，乘客一下都在这里排起了长龙般队伍等着检票上飞机，忙得我不可开交。因为飞机等候时间只有三十分钟。"

这个叫"田中安男"的乘客好像是混在拥挤的人群里上了飞机。

"东京乘客出示单程票从岛上去羽田机场的情况并不罕见，来岛时乘坐汽船，回去时乘坐飞机，像这样来岛观光的乘客司空见惯呀！"

检票员似乎是阐述自己没有留意那名乘客相貌特征的理由。

"田中安男多半是芝村健介吧，虽遗憾的是检票员没有记住乘客长相，但年龄大致吻合。"

东刑警离开检票台前面，坐到候机室的椅子上对神代刑警说。

"是吧，眼下只有他的身份无法确认。那好，我们现在去池袋交通公司向出售那张机票的售票员打听。"

神代刑警解开衬衫上半部位的纽扣后说道。

飞机飞过与岛并列的大海降落在羽田机场，他俩回到警视厅立马向侦查股长报告，接着马不停蹄地径直去了池袋。到达那里时，那家交通公司所在百货商场还差五分钟就要打烊。

田中安男，确实于八月十四日在那里办理了购买单程机票的手续。两位刑警面面相觑。这名旅客提前两天预约了飞往羽田机场的机票。他俩来到柜台跟前询问，售票员答道：

"可是，长什么模样已经没有印象了，那天申购机票的旅客特别多，记得那位旅客的鼻梁上还架着一副墨镜哟。"

他歪着脑袋一边回忆，一边说。

神代刑警和东刑警交替说出芝村健介的长相特征，暗示售票员完整回忆当时的情况。

"不，那旅客不像是你俩所说特征，但要我确切回忆出那人长什么模样，现在还真答不上来。"

他手搔了一下脑袋，满脸困惑的表情。

机票申购表格上，写有日文"田中安男"，住所与联络地址当然相同，笔迹显得十分熟练。

"这是那旅客亲笔填写的吗？"

神代刑警问，售票员朝着字迹打量了好一会儿说：

"哦，这是我的字呀！啊，想起来了，那位旅客右手的食指和中指上绑有绷带，对我说因受伤而无法握笔，吩咐我按他说的写，我低下头代他填写，也就没有记住他那张脸的特征。"

他又一次歪着脑袋说。

"连笔迹也隐瞒，还真是一个反侦查高手。戴墨镜，年纪轻，是芝村健介不会有错哟！"

东刑警走出百货商场说。

"我也那么认为。"

"这还真是一个不好对付的家伙。"

他俩顺路绕到中野，在当地警署巡警的协助下找到了"东中野××番地杂货铺田中安男"，但是果不出所料，查无此人，也无此杂货铺。

接下来，他俩在附近找了一家餐馆边喝啤酒边围绕案情聊了起来。

东京天气闷热，他俩的座位在远离其他客人的角落里，神代刑警说：

"假设田中安男是芝村健介，那他为什么要在十七日下午一点半左右操纵海鸟号帆艇回到油壶帆艇专用港口呢？依然是一个谜哟！"

"是呀，这也是我一直在思考的问题，我这样的想象，您觉得怎样啊？"东刑警有点腼腆地说，"芝村健介从羽田机场乘坐航班前往京都，当晚出现在那家酒店的屋顶广场上，从曾根晋吉身边神不知鬼不觉地带走了芝村美弥子。芝村美弥子的尸体是在曾根晋吉家附近的树林里发现，至于尸体怎么搬运到树林之谜姑且不论，要是思考芝村健介单独作案，那他为了操纵海鸟号帆艇回到油壶港，就必须乘坐当晚从伊丹起飞的航班到达羽田机场，或者必须乘坐次日清晨的航班飞到羽田机场，毋庸置疑，海鸟号帆艇与此同时也在海上一路朝着油壶港行驶，而操纵海鸟号帆艇的人无外乎只有上田伍郎一人。由此可见，芝村健介要想乘上正在海上行驶的海鸟号帆艇回到油壶港，除了从直升机上索降到海鸟号帆艇上，没有其他办法吧。"

"直升机？"

"这就是说，回到羽田机场的芝村健介觉得，只有预约直升机才能及时将自己索降到海鸟号帆艇上。倘若请直升机运送，就可以安全地索降到正在大海上航行的海鸟号帆艇上哟。"

神代刑警微笑着点点头。

"突发奇想，这想象似乎有趣，但没有什么现实意义吧。"东刑警说。

"不，其实我也在那么想。"神代刑警答。

"假设托付直升机索降到海鸟号帆艇上，那情况事后就会不胫而走，直升机飞行员也不会参与攻守同盟，还有直升机在海鸟号帆艇上低空飞行，也会被附近的帆艇发现吧，诡计立刻就会暴露无遗哟。"

——他俩次日还是没有因此屈服，尽管没有在三宅岛上得到线索，但还是对于如下的推定确信无疑：十六日下午八时左右，芝村健介出现在大量游客观看大字送灵篝火的酒店屋顶广场上，无声无息地从那里带走了芝村美弥子。

他俩又假设如下：

芝村健介是在三宅岛机场乘坐三时半起飞的航班。随后调查，得知到达羽田机场后可以赶上下午五点起飞前往伊丹的航班，降落在伊丹机场的时间是下午五点四十五分。由此可以断定，芝村健介在机场出租车站乘上出租车，沿名神高速公路直奔京都那家酒店，大约行驶一个小时后可于六点五十分左右抵达那家酒店的玄关。这与观看大字送灵篝火的时间吻合。

芝村健介登上那家酒店的屋顶广场，在黑暗中找到了芝村美弥子。站在人墙背后的芝村美弥子背影特征，被其丈夫芝村健介发现则是易如反掌吧，他接着轻叩妻子的肩膀，芝村美弥子转过身来回顾倒吸了一口冷气，宛如看见幽灵出现在眼前，除了恐惧还是恐惧。

受到芝村健介无声催促离开的示意后，芝村美弥子根本无法与近在咫尺背朝着自己的曾根晋吉吭声，简直像被蟒蛇围困的青蛙，乖乖地跟着丈夫乘电梯下到了底层。为了不被丈夫发现自己与曾根晋吉之间的不伦恋情，她连留在客房里的行李拖箱都没有时间取出带走。

当晚，芝村健介与妻子芝村美弥子返回东京。一路上，芝村美弥子脸色苍白，全身虚脱，默默无言地跟在丈夫身后行走吧。调查了一下航班时刻表，下午九点有伊丹起飞前往羽田机场的航班，还有四十分钟后起飞的航班。总之，芝村健介有足够时间带她乘上其中某个航班降落在羽田机场，回到东京上马自宅。这过程，也许芝村健介因内心充满了对妻子复仇的快感而高兴得发抖吧。

芝村健介乘坐的航班在羽田机场降落后，带着妻子乘上出租车驶入东京都内。这时，芝村美弥子在丈夫身边还在一个劲地担惊受怕吧，也不在乎丈夫采取任何惩罚行动系因过分害怕而失神落魄吧。她的内心当然清楚，丈夫的沉默示意已经知晓自己与曾根晋吉的不伦恋情。

一路上，芝村健介始终不问妻子与曾根晋吉那种不可饶恕的关系是明智的选项。那是因为，一旦言及妻子那破事，妻子的态度反而会一百八十度转弯，当即决定与丈夫分道扬镳。

理应乘上了帆艇的芝村健介，为什么会突然出现在京都的那家酒店屋顶广场上呢？芝村健介找到妻子芝村美弥子后多半找机会说：帆艇比赛因途中发生事故而不得不中止，于是立刻搭乘航班飞到京都前往奈良寻找，还好在观看大字送灵篝火的屋顶广场上找到了，真是太幸运了！我还有急事要立刻返回东京，咱俩一起回家吧！

但是，芝村健介在返回东京的途中直至杀妻的整个过程没有吭过一声，似在炫耀自己吧，你芝村美弥子背着我干的那些风流韵事，我都了如指掌。这种冷暴力对于芝村美弥子而言，除了惶恐不安还是惶恐不安。

到此为止的整个推理过程，神代刑警与东刑警完全一致。

15

然而，再往后面的推理也好，假设也罢，就变得举步维艰了。

"芝村健介操纵海鸟号帆艇回到油壶港，帆艇俱乐部在那里迎接的人都说芝村健介当时因筋疲力尽而昏倒在地不省人事呀。"

东刑警双手支撑着脑袋，虽然甚至提出过直升机索降之说，但连自己也根本不知道此说是否有现实意义。这当儿，神代刑警说出"芝村健介说的海鸟号帆艇引发事故是在相模湾发生"这句话后，忽然欲言又止没再说下去，推理仿佛到了蝴蝶在空中迷路时偶然发现一朵花而即将柳暗花明那般境地。

"按你刚才的假设，虽说不知芝村健介采用的是什么办法，总之，他是在返回赛道的相模湾海域故意转舵人为造成猛烈转帆事故。我想，芝村健介是在那时候杀害上田伍郎的吧。"

"是的。"

东刑警脸朝下双手抱着脑袋回答。

"但是呢，那也有不可思议的地方哟。"

"说说看！"

东刑警抬起头来凝视神代刑警的嘴角。

"这就是说啊，假设芝村健介为了永远不让别人知道自己在三宅岛上岸后飞到羽田机场的事实，伪造猛烈转帆假象杀害上田伍郎达到杀人灭口的目的，应该是在远离真鹤岬的海上实施的吧。"

"……"

"他那么做，是因远离海岸而安全。事实上，芝村健介也说过，海鸟号帆艇发生猛然转帆的地点是在相模湾附近，也就是在东经一百三十九度偏西一百三十九度十一分的海上。"

东刑警朝着神代刑警点了点头，似乎示意是那么回事。

"真鹤岬的凸端，是在大约东经一百三十九度一分。这就是说，那里与引发猛烈转帆的海上位置非常接近。芝村健介说过的吧，他因失误而操舵过于偏西。"

"……"

"但是，向该帆艇俱乐部的伙伴们打听，都说芝村健介的操舵能力相当强啊，还说他返程也是远离规定的航线，也无法相信因操舵失误而发生猛烈转帆事故，愈发怀疑他是为了封口而杀害了搭档上田伍郎，把海鸟号帆艇驶到其他帆艇不会航行也难以发现的赛道外侧哟。"

"不明白您说这番话的意思。但是，没听说有人看到真鹤岬十七日那天早晨有帆艇停靠哟！如你所说，也向当时航行中的其他帆艇的伙伴打听过了，没人看到有帆艇接近过真鹤岬呀！"

神代刑警闭上眼睛沉思。

他觉得，问题还是在真鹤岬，他一边沉思，一边回忆那本杂志上刊登的那张名为"真鹤岬的早晨"的照片，而且捡柴火的老太太也说，那天见过一个身着短袖茶色衬衫的男人手持钓鱼竿沿着悬崖下边的小路行走的背影。多半是芝村健介十七日上午沿那条小路朝着凸端行走吧。

他俩就那样苦思冥想，许久没有交流，各自都在使出所有解数从逻辑上还原案件真相。

终于，神代刑警开口了。

"芝村健介操纵的海鸟号帆艇，既没有在三宅岛靠岸，也没有在真鹤岬靠岸哟，而是在……这应该是我俩观察那两个海岸后的结论。三宅岛那里人少，帆艇也因悬崖峭壁而无法停靠，看上去帆艇可驶入的海湾，但附近有渔村。我俩观察的熔岩海岸，那里虽无人，但帆艇不能靠岸。至于真鹤岬的南端，也是悬崖峭壁，岩礁又密，不是帆艇可以驶入之地……我俩之前曾认为芝村健介将帆艇停靠三宅岛从那里上岸，但现在看来不是那回事，而是从帆艇上跳到海里游到岸边再爬上岸。"

"跳到海里？"

"操纵帆艇驶到三宅岛附近离岸约有三四十米的海面，然后他是跳到海里游到三宅岛岸边的吧。那样的秘密岛岸，至少具备两个条件：一、附近几乎没人；二、距离机场不远。"

东刑警赶紧摊开三宅岛地图。

"是地图上哪个位置？"

"听我说呀，要说距离三宅岛机场最近，还几乎看不到什么人，又看似帆艇无法靠岸的位置，应该是在萨德多岬的北侧。那里，是荒无人烟且熔岩遍地的赤场晓海岸吧。"

"原来是这样。"

东刑警全神贯注地思考起来。

"照那么说，芝村健介是将衬衫裤子脱下扔在帆艇上跳到海里游到岸边的吧。"

"当然是那样，穿着衣裤的状态是无法在海里游泳的吧。还因为，芝村健介回到油壶港时，与操纵海鸟号帆艇出发时的行装完全相同。"

"但他出现在京都那家酒店时是身着笔挺西装的呀，那又是在哪里换装的呢？"

"是在三宅岛上吧？"

"是在三宅岛上？"

"东君，芝村健介不光是在京都那家酒店，而且之前在三宅岛机场飞往羽田机场的航班上也是西装笔挺，因为身着泳装是不可能被允许上飞机的吧。"

"这就是说，与出现在京都那家酒店时的西装全然一致。"

"是的。"

"那么，他有同案犯吧，同案犯在赤场晓熔岩那里等候芝村健介身着泳装到来，他脱下泳装后换上同案犯准备好的衬衫和西装吧。"

"我觉得没有同案犯，这就是本案最难推理的地方。"

"不管在哪里，都是芝村健介单独作案的吗？"

"我是那么认为哟。"

"但是，假设芝村健介有同案犯，那就更有利于解决我们一直想弄清楚的本案核心问题。"

"是的，芝村健介怎么知道妻子与曾根晋吉十六日晚在京都那家酒店幽会？就这里吧。"

"是的，芝村健介知道他俩在京都那家酒店开房约会的秘密后，精心谋划了'没有时间在现场作案'这起错综复杂且史无前例的犯罪方案吧。假使有同案犯，他事先知道芝村美弥子与曾根晋吉秘密去京都那家酒店偷欢的情报后向芝村健介告密，谜底就能立马真相大白。"

"同案犯是怎么知道曾根晋吉与芝村美弥子的密约呢？"

"……"

"假设同案犯跟踪芝村美弥子或跟踪曾根晋吉来到京都，直至亲眼看见他俩进入酒店客房后，打电话向芝村健介告密。问题是，芝村健介当时已经操纵海鸟号帆艇来到海上，而且芝村美弥子是亲自去油壶港欢送芝村健介操纵帆艇离港的吧。再说，芝村美弥子前往京都是在去油壶港送走芝村健介之后。"

"纵然有同案犯，也不可能事先得知芝村美弥子与曾根晋吉商定的密旅。不用说，同案犯也不可能跟踪他俩到京都那家酒店的客房后向芝村健介告密。"

东刑警大幅度点头。

"东君，我断定芝村健介没有同案犯，整个案件都是他一人自编自导自演的。"

神代刑警说到这里，用嘴吐掉变短了的那截烟。

"不能说上田伍郎是同案犯。从这个意义上说，上田伍郎充其量是芝村健介在海鸟号帆艇绕行三宅岛半周后直至人为发生猛烈转帆事故这一过程的帮手。不过在那时段，上田伍郎还压根儿不知道芝村健介杀害妻子芝村美弥子的谋划，因此只能说是一个普通的帮手吧。"

"那么，只是作为芝村健介普通帮手的上田伍郎，在本案起到了什么样的作用呢？"

"首先，他在三宅岛的某个地方……按照我的推定是在赤场晓，让帆艇在离那岸边附近的海上停下，帮助芝村健介跳到海里，接着由上田伍郎改任操舵手，操纵海鸟号帆艇驶向返回油壶港口的海上回程赛道吧。"

"嗯，其实后面的推定还是非常模糊，也就是芝村健介从东京飞到京都那家酒店屋顶广场上，带着妻子芝村美弥子飞回到东京，作案后飞到航行在海上返程赛道的海鸟号帆艇上。"

"芝村健介为什么能说服上田伍郎担任自己的帮手呢？按您的推定，芝村健介当时还没有向上田伍郎公开他的杀妻计划。"

"是的，他那时候没有向上田伍郎公开。"

神代刑警说到这里语速突然放慢。

"那么，他是怎么跟上田伍郎说清楚的呢？"

"芝村健介大抵只说了从三宅岛乘飞机去东京羽田机场的话吧，但不知道是否对上田伍郎说了乘飞机往返京都的话，不过，说好了回到正在远洋航行朝着油壶港返回的帆艇上。至于理由可以编造许多，例如，让上田伍郎惊讶的说法是最容易的吧，当然不会让他无偿帮助自己，否则上田伍郎也不会俯首帖耳。芝村健介腰缠万贯，最终是用钱让工薪族的上田伍郎充当帮手吧。"

"是的，总之到这里的推定是符合逻辑的吧。可见，是上田伍郎帮助芝村健介在三宅岛上岸去岛上机场乘飞机去京都机场……但他又是怎么回到正在航行的海鸟号帆艇上的呢？"

"是这样的吧。"

神代刑警似乎知道东刑警会提出上述疑问，用手掌拍了额头几下，再晃了几下脑袋。

"那，正是一筹莫展的地方。"

于是，东刑警突然开口说道："神代前辈，芝村健介十六日深夜带着妻子芝村美弥子从京都回到东京的吧。他本人当然否定这一事实，然而我们只能这么推断。"

"这推断不会有错。"

"假设十六日晚上芝村健介在东京，难道就不能杀了芝村美弥子将她埋土里后前往真鹤岬吗？"

"原来是那样啊。"

神代刑警眼睛朝上望着。

"于是，芝村健介为了不让别人发现自己的行踪，也许在树林里或者草丛里通宵达旦吧，或许在那小卖店的凉棚里熬上一晚吧。因为是夏日，不必担心伤风感冒。"

"原来如此。"

"然后，正如捡柴火老太所说，芝村健介从悬崖上沿着高低不平的羊肠小道朝崖下行走。这时间大致与上田伍郎事先商量好的，他走到海岬凸端之际也是正值上田伍郎操纵帆艇靠近岸边的时候。那里与三宅岛的地形相反，他是沿着下面的岩石涉水下到海里，而后游到停在离岸不远的海鸟号帆艇边上，上田伍郎将他拉上帆艇，接着操舵离开驶向远洋吧。"

"嗯，嗯，那么，接下来由芝村健介操舵，让上田伍郎站在他实施预谋的位置，伪造失误假象引发猛烈转帆事故，致帆桁急剧旋转撞击上田伍郎而使其坠海……应该是这样的吧。"

神代刑警说。

"按您的推定就是那样的结果，但在三宅岛机场，他在帆艇上穿的服装又怎么能换成西装了呢？答案是，他必须在真鹤岬换下西装后换上原来的服装游到帆艇上。这两个变化他又是怎么做到的呢？并且，我们在真鹤岬那里，也没有发现芝村健介脱下扔在地上的西装等遗留物呀。还有，穿西服时是需要配套穿上皮鞋的呀。"

"操纵帆艇的家伙都是游泳高手，抑或芝村健介也是游泳高手。虽说这只是我的推定，但是可以假设芝村健介在三宅岛附近，从帆艇上跳到海里游到三宅岛的赤晓场之前，已经将西装、内衣裤、衬衫领带、鞋子与袜子等衣物卷成团放入可密封的塑料袋里，绑在脑袋上游到岸边，大致是这么做的呀！毋庸置疑，他游泳时没有穿泳装，而是上身赤膊下身短裤。"

"啊，原来是这样啊！"

东刑警轻声吼道。

"他以那模样爬上三宅岛赤场晓，卸下绑在脑袋上的衣物迅速穿在身上。这当儿，上田伍郎操纵海鸟号帆艇驶离那里，朝着返回油壶港的赛道驶去。芝村健介换上西装，一副来自东京的游客打扮，朝着机场走去。你也觉得是这样吧。"

"上述情况还没有调查，因为我们只是委托三宅岛警方寻找见过帆艇的目击证人吧。因此，不清楚帆艇是否在海岸附近的海上停留过。但是，可以优先考虑几乎没人去的赤场晓。因为那里距离机场仅两公里左右吧。"

"是，好像就那么点距离。"

"我俩接下来再去一次三宅岛警署，请他们打听十六日下午二时到三时半之间是否有人见过在那一带路上经过的男子。也许能找到目击证人吧，但目击证人的大脑里也不会留有很深的印象，就像许多钓鱼师乘飞机从东京来到三宅岛那样，游览三宅岛的观光客人也不是稀奇的吧……"

说着说着，神代刑警的语调变得格外慢吞吞了，连说话的方法也似乎故意拉长了间隙，声音也变得轻了。东刑警感到奇怪，观望神代刑警脸上的神情。突然，神代刑警瞪大眼睛道："是的，就是那个身着茶色短袖衬衫在真鹤岬小路上行走的男子。"

东刑警问："您是说身着茶色短袖衬衫的男子？"

"就是捡柴火老太说她见过那个男子，一手拿着钓鱼竿，一手提着藏青色包袱。日期是十七日，时间是早晨八点左右……"

"理由呢？"

"理由就是茶色短袖衬衫和藏青色包袱。当时，那就是芝村健介脱下西装后的那般换装。你赞同我这推理吧？他在三宅岛的海岸附近，从海鸟号赛艇上跳到海里之前，已经把茶色短袖衬衫与西服套装等一起放到塑料袋里密封。总之，茶色短袖衬衫、蓝色裤子和登山帽等与西服套装以及皮鞋等卷成团放入塑料袋，再把塑料袋绑在脑袋上游到岸边。是这样吧？"

"……"

"芝村健介从京都回到羽田机场，正如东君所说，是与芝村美弥子一起走下飞机乘上出租车，驶到曾根晋吉住宅附近，趁黑暗以迅雷不及掩耳的速度紧勒芝村美弥子的颈脖，她无疑连喊救命的声音都来不及蹦出喉咙就一命呜呼了。勒死芝村美弥子后，芝村健介将尸体埋在土里。芝村健介复仇完毕，拿出事先准备好的钓鱼竿，来到路上喊了一辆出租车前往横滨，再换乘其他出租车前往真鹤岬。我是这么推测的。在真鹤町那里特地下车，再徒步走到真鹤岬的凸端。他为何在镇上下车？是因为半夜里让出租车驶到荒凉的赤场晓会让出租车司机心生疑窦吧。而在镇上的街道下车，即便深夜，司机也会觉得乘客是回到附近自己的住宅。当晚，芝村健介也许是在真鹤岬的树林里或是在出售蜜柑的小卖店凉棚里住了一宿吧。"

"他在那里脱下西装和衬衫再换上茶色短袖衬衫的吧。"

"是的。他随后戴上茶色登山帽吧，短袖衬衫是茶色，裤子是蓝色，登山帽子是茶色，远远望去混同于悬崖之色，似用障眼法躲过周围的视线哟。他连那么细节的地方也想到了。"

"原来如此啊。"

"还有，目击证人老太太说啦，那男子一只手拿着钓鱼竿，另一只手提着藏青色包裹。她还以为那包裹里装有便当，其实里面装的是他脱下卷成团的西装和皮鞋之类的衣物啊。"

"啊，原来是这样啊。"

"八点刚过，上田伍郎按照事先商定的那样，操纵海鸟号帆艇从三石远海赶来那里。芝村健介已经脱下短袖衬衫、登山帽子、裤子等，并已经放入藏青色包裹装入塑料袋绑在脑袋上了。他见帆艇来到，赶紧上身赤膊下身只穿裤衩那般跳到海里，接着朝距离岸边不远的海鸟号帆艇游去。应该是这样吧。"

"那他把钓鱼竿扔海里了吧。"

"是的。因为钓鱼竿可以随波逐流不会留下蛛丝马迹。那顶登山帽多半也扔海里了吧……为在清晨沿着朝悬崖的路上行走途中不被路人察觉可疑，而特地准备了钓鱼竿吧。"

"接下来，芝村健介爬上海鸟号帆艇，换上放在船里的赛艇运动装，来到远洋上适当场所时去艇尾换下上田伍郎，亲自操舵。又在帆艇驶到适当地点时，吩咐上田伍郎去他预谋的位置做什么事，当上田伍郎站在帆桁猛烈旋转凑巧可被撞击坠海的位置时，伪造了操舵失误而致猛烈转帆的假象，为达到杀人灭口的目的而残忍地杀害了上田伍郎吧。"

"我认为，您那样的推定与大致真相差不离。"

神代刑警说完，东刑警称赞后叹了一口粗气。

"这简直是思维缜密且具超强反侦查能力的杀妻谋划！迄今还没有听说过行凶杀人能策划得如此细致周到。为了伪造真凶不在现场的假象，把所有可能露出破绽的时空因素都考虑到了。"

"为了伪造真凶不在现场的假象，而策划得如此无懈可击，这还是我入行当刑警以来头一回遇上，也可以说都不敢想象。"

"他到这里的犯罪轨迹，通过推断已经一清二楚，但是接下来是怎么去一一印证。"

即便在三宅岛，也没人见过有人从停在附近海面的赛艇上跳到海里游到岸上的情景。即便在真鹤岬，也没人见过有人从悬崖下的海角凸端下海后游到帆艇。这两处简直就是视线盲点。不用说，这种可能性也伴有侥幸。如果两处的其中一处正遇上当时有渔船通过，势必目睹海岸附近停有帆艇，那伪造真凶没有时间在作案现场的假象就会露出端倪吧。不得不说，芝村健介绞尽脑汁煞费苦心，朝着伪造这一假象完全可能的目标进行了简直天衣无缝的谋划。

且说，十六日下午五点以后乘坐大阪航班从羽田机场起飞的乘客中间是否有田中安男？同日下午九点半以后乘坐东京航班从伊丹起飞的乘客中是否有一对身份不明的男女乘客？

在向两家航空公司调查的时候，回答说没有姓名叫田中安男的乘客。另外，请他们提供了下午五点以后从羽田机场起飞的大阪航班乘客名单和那天夜里从伊丹回到东京的乘客名单。刑警们根据这两份名单，用电话等联系方式对所有乘客展开了地毯式询问，了解到其中六名乘客伪造姓名申购了机票。由此可见，随着航班客机安全性的增加，乘客们不再紧绷安全这根弦，或出于其他什么原因而不愿意在机票申购单与旅店或酒店的登记簿上写上真名。

"我们这么调查有意思的是，发现了航班信用有问题啊。"

神代刑警苦笑。

"这六个人里面可能混有芝村健介和芝村美弥子吧。"

他俩注视着筛出的六个身份但还没有经过确认的乘客姓名。

十六日下午五点起飞前往大阪的全日空飞机上，有一对男女乘客。当晚九点四十分从伊丹起飞前往东京的日航飞机上，也有一对男女乘客。

那天傍晚前往大阪飞机里的那对男女，男的年龄是五十二岁，女的年龄是二十七岁。那天夜晚九点四十分返回东京飞机里的那对男女，男的年龄是三十二岁，女的年龄是二十六岁。

"大概是返回东京的那对男女吧。虽说住所不同，但应该是芝村健介和芝村美弥子吧。机票申购单上的内容，无疑是芝村健介找什么借口让售票员填写。此外，下午五点起飞前往大阪的飞机上，乘客中间有芝村健介。"

"申购机票时，芝村健介借口右手指受伤绑有绷带，烦劳池袋交通公司售票员代他填写了申购单吧，因此，但凡找到手指上绑有绷带的乘客，就能找到本人吧。"

神代刑警向东刑警表示赞同，一起前往全日空调查。

售票员说，申购机票的乘客中间有手指绑绷带者，要求代笔填写申购单上目的地是羽田机场，申购时间是十六日下午五点大阪航班起飞前。该航班因乘客不太多可随时申购机票。

"实在是记不住那男子长什么模样了，但我记得那人的鼻梁上确实架有一副墨镜。"

个头中等，不胖不瘦，身穿西装。这是售票员对当时的点滴记忆。

次日，他俩在日航公司借用电话询问了伊丹机场售票员，答复也是相同模样的男子在前往东京航班起飞前来到窗口申购机票，因手指有伤而要求售票员代填申购单，是一男一女两名乘客。然而，两个机场售票员代为填写的男女乘客姓名都不相同，而且，男乘客姓名也不是田中安男，女乘客姓名也不是芝村美弥子。

"有什么办法让芝村健介和这个右手指绑有绷带的男人联系在一起呢？"

神代刑警与东刑警都陷入了沉思，此时此刻，他俩的调查离真相只是咫尺之遥了。

由于售票员没有记住那男乘客长相，于是出示芝村健介的照片让他辨认，也还是无法指认。从某种意义上说，这与根本没有目击证人的情况相同。

正在这当口，先前对于相关出租车的排查结果出来了。十六日下午十时以后，那辆载有貌似芝村健介与芝村美弥子两名乘客到芝村美弥子遇害现场附近的出租车没有找到。假设芝村健介从大阪返回羽田机场，理所当然乘坐机场出租车站的出租车前往犯罪现场。当天夜晚，两位刑警对于正在那里排队等候乘客的所有出租车司机进行了拉网式询问，都回答没有那样的记忆。

再说，芝村健介在目黑杂树林里杀害了芝村美弥子埋到土里后，无疑是回到上马自宅手持钓鱼竿出门，再喊出租车前往真鹤岬。于是，刑警们对于按该时刻从上马他家附近驶往真鹤岬的出租车进行了摸排，还是没有得到一丁点儿线索。真鹤岬姑且不论，他俩假设芝村健介途中改乘交通工具，于是发函给辖区外各出租车协会通知所有司机配合回忆，还是竹篮打水。就算记不住乘客长相，但对于手持钓鱼竿的特征，出租车司机脑海里理应该留有印象。

纵然芝村健介打算在出租车驶往真鹤岬的半路上购买钓鱼竿，也因商店深夜铁将军把门而不能如愿以偿，还因清晨尚未开门营业。事实上，他俩也走访了真鹤岬的钓鱼用具商店，都是毫无收获。

这么看来，芝村健介是驾驶私家车前往真鹤岬的吧。但要是那样，他必须把私家车停放在羽田机场的停车场。如果这样，他俩去真鹤岬调查时，应该能在附近发现芝村健介为赶乘帆艇而停放那里的私家车。但是，没有接到有人提供那样的线索。由于没有同案犯，因而也就没有第三方从机场载他到目黑杀人现场后再从目黑杀人现场载他到真鹤岬的第三方车辆。

他俩寄希望于对出租车司机的调查，然而在这里也还是劳而无功。

16

东刑警苦思冥想的当儿，神代刑警冷不防地说道：

"芝村健介十四日出现在池袋交通公司的时候，右手的食指和中指绑有绷带吧。为了不留下笔迹而处心积虑，让售票员代为填写机票申购单。这么说，他使用的是自家备用绷带，很有可能是从药店购买的吧。假若使用自家医用绷带，就必须吩咐妻子芝村美弥子取出。如果那样，因手指并没受伤而理由不能成立。我这推理怎么样？现在去调查一下他购买绷带的药房如何？"

东刑警被该推理吸引住了。

"你这推理好啊！我觉得，那绷带是芝村健介他本人购买的，而且也是他自己缠在手指上的。因没受伤而故意绑上的绷带，是不会求他人去买的……但是，那绷带是十四日以前在药店购买的吧？要找到那家药店是很费时间的哟。"

东刑警想到这里显得有点不耐烦了。

"什么？无须那么花时间吧。按我的推测，他可以轻易地从附近药房买到绷带吧。他绝不会想在行凶后去药房购买而成为我们的侦查对象吧。按照一般想法，我觉得他会在自宅附近的三轩茶屋那里轻松购得哟。"

"是呀，你那推测是大手笔。"

东刑警立即精神振奋。

"总之，从附近药房着手排查是正面侦查法，即便无功而返也……"

东刑警兴奋地说。

"可是，神代前辈。"

东刑警声音亢奋。

"是前面所说的钓鱼竿，莫非您认为，那钓鱼竿本来就在上马自宅，是芝村健介在目黑杀害芝村美弥子后再从自宅拿出的吧。那钓鱼竿兴许是从距离他家并不那么远的钓具店购买的吧。比起找药房，还是排查钓具店要轻松许多，钓具店也就那么几家。我认为，如果从他家附近上马那里摸排，就能很快找到钓具店。一个金点子的诞生，接下来就会蹦出妙案来吧。"

他俩立刻出门寻找出售绷带和钓鱼竿的商家。

芝村健介购买绷带这一事实，是在与他家隔四五条街的三轩茶屋小药房证实的。

"我想是十四日上午十点左右，芝村健介君光临鄙店要买一包绷带。我当时问他哪里受伤，他说没什么大碍，只是一点小伤而已。随后，他把绷带放入口袋就离开鄙店了。"

药房女主人身着药剂师穿的白大褂说。

"这下越来越接近真相了，以此为突破口，我们可以对芝村健介刨根问底，穷追猛打。"

东刑警走出药房后发出欢呼声。

"嗯，总觉得快要听到本案告破的胜利的钟声了。"

"最后就剩找到出售钓鱼竿的钓具店了。"

那钓具店也是接下来的两个小时后找到了，是在与芝村健介家有相当距离的涉谷站附近。店主说：

"某日夜晚来了一位购买钓鱼竿的顾客，貌似两位刑事警官说的芝村健介。他说：'只买钓鱼竿，不需要鱼饵，也不需要针和线，因为这些家里都有。'我问：'就买钓鱼竿吗？'那人回答：'是啊，试用看看，姑且买一根钓鱼竿。'于是，我把钓鱼竿递给了他。"

这家店里，墙上挂有鱼拓片匾额。

"好啊，终于来到展开最后博弈的平台了，就这两项证据足以让芝村健介俯首伏法了吧。"东刑警欢呼雀跃，说。

"还不能这么说吧。"神代刑警用制止东刑警过于乐观的声音说道，"光凭绷带与钓鱼竿拿下芝村健介还远远不够哟，这些还不能说是确凿的证据吧。"

"但是……"

"虽说在池袋商场里向那家交通公司申购机票的男子是右手的食指与中指上绑有绷带，但与芝村健介是否同一个人还没有得到印证。这是因为池袋交通公司的售票员没有记住那位顾客的长相。此外，虽说芝村健介购买了钓鱼竿，但也不能断言就是老太太见到的那个在真鹤岬悬崖小路上行走的男子。这就是说，目前成为事实的依据，大部分还是我们的推定，不是事实与事实一致，而是事实与推定之间的组合。因此，光凭这样的组合，还不知道公诉人检察官是否会提起公诉哟。检察官大凡会说，如此程度的证据不足以支撑法院公开审理吧。"

"那么，应该怎么办呢？目前还没有更多指控他的物证哟。"

"是的，只能依靠这两样物证去引出芝村健介坦白交代，比起能站得住脚的铁证还有相当一段距离。眼下这些都不能说是足以摧毁他心理防线的强有力证据吧。是啊，总之试试看吧，但要拿下他不容易。因为，我们还有无法解开的谜团。"

"曾根晋吉与芝村美弥子去京都那家酒店幽会的绝密消息，芝村健介是怎么知道的？"

"这，我们实在是无法知道，只有芝村健介他本人知道。除了他坦白供述以外，对于我们而言，这是一道无法逾越的壁垒哟。"

"姑且询问芝村健介吧，想看一下他是什么反应，此后可能会有好办法的哟。"

东刑警立刻打电话给芝村健介经营的那家芝村金属株式会社。

"董事长去箱根别墅了，他身体还没有完全恢复，从前天开始静养一周时间。"秘书科秘书答道。

"原来是那样啊，他与谁一同去箱根别墅的？"

"就董事长自己。由于夫人是那样的结果，也就董事长一人在那里，饮食由附近夕月旅店的餐厅送去。"

"董事长的别墅在箱根的哪里啊？"

"在一个叫强罗的地方吧。"

"请说说别墅的电话号码。"

东刑警记下电话号码后，回到神代刑警身边。

"现在几点啊?"

"五点还差十分。"

"那,再过一会儿就要吃晚饭了,也许芝村健介这时候在箱根别墅,姑且去那里会会他吧。如果说是去慰问他出院后身体恢复得如何,大概不会让他那么警惕吧。"

"是啊。"

东刑警按记下的电话号码给芝村健介的别墅打电话。

神代刑警看着东刑警,东刑警拨完电话号码后把听筒放在耳边,那头传来的是铃声,没有人接电话。

"怎么啦?他不在家吗?"

"是啊,只是电话铃声在响啊。"

"没有家人陪伴,要是本人外出了,就联系不上了啊,再过一小时打打看吧。"

"还是给那家送餐的夕月旅店打电话问问看是怎么回事,说不定他去那里吃饭了哟。"

"这倒也有可能吧。"

东刑警打电话给电话局要求提供夕月旅店的电话号码,随后给那家旅店打去电话,但片刻后又急忙把听筒搁回电话机上。

"奇怪啊!旅店说昨日傍晚给芝村健介送去晚餐,芝村健介当时对送餐员说:'明天一早外出旅游,回来前就不要送餐了。'眼下,那幢别墅是铁将军把门哟。神代前辈,莫非芝村健介察觉到什么逃之夭夭了吧。"

东刑警眼睛放光。

"嗯。"

神代刑警直愣愣地盯着桌上，猛然间似乎想到了什么，霍地站了起来。

"东君，马上赶往强罗。"

神代刑警语调激烈。

"是，姑且观察他住的别墅情况，说不定能找到他逃往哪里的线索。"东刑警说。但是，他与神代刑警所想不是一回事。

他俩乘车前往小田急，东刑警在车上说：

"假如芝村健介逃走，说明他的第六感觉特别灵，但如果真的逃跑等于给自己挖墓吧。"

神代刑警望着窗外，神情严峻。东刑警端详着神代刑警，误以为前辈是在担心嫌犯芝村健介溜之大吉。

这当口，好多身着浴衣的旅店客人正陆陆续续地走出浴室，乘出租车前往强罗。他俩乘出租车沿着宫下坡道转圈向上奔驶，在夕月旅店门前停下。

"请问芝村健介君的别墅在哪边？"

东刑警向玄关女服务员打听。

"是的，就在附近。"

女服务员走到门口指着右侧。芝村健介所住别墅坐落在与旅店稍有距离的地方，那里路灯光线昏暗。

神代刑警掏出记事本，说："打扰了，希望您成为我们入室查看芝村健介室内情况的证人。"

女服务员表情骤变。

这时候，从里面走出一位年过五十且表情不安的男子。

"打扰了，我们是东京警视厅的刑警，听说芝村健介君今天上午外出旅行了是吗？"

"大概是吧。他说过，从今天早晨开始要外出一段时间，不需要送餐。"

"因有点事要打扰到您，我们想入室观察他的室内，能否请您作为证人带路。"

旅店的灯光熄灭后，只亮着门灯的别墅坐落在道路的两侧，显得冷寂清凉。眺望光线昏暗的谷底，从宫下到塔泽的旅店灯光也是朦胧微亮。

芝村健介的别墅不是很大，没有二楼，是低矮的日式平房。听夕月旅店的店主说，是原来业主五六年前转让给芝村健介的，是一幢俨然中型企业董事长的别墅。

"委托您保管他家的钥匙了吗？"

神代刑警问店主。

"没有，芝村健介阁下以往每次外出旅行都委托在下保管钥匙，但是这次外出好像忘了交给在下，所以我这里没有他家的钥匙。"

"那好，东君，设法把防雨板卸下后一起进屋吧。"

神代刑警向东刑警使眼神，东刑警随即点亮手电，寻找防雨板内侧的插销。店主表情担心地望着他俩拆卸防雨板的动作。

五分钟过后，其中一张防雨板被成功地卸下了。东刑警与店主跟在神代刑警身后走上檐廊。

"喂，是一股蚊香味吧。"

东刑警闻到了房间里散发着淡淡的香味。

"不可思议啊，我们这地方不需要蚊香，可是……"店主说。

"喂，东君，这不是蚊香味哟，是普通的线香味。"神代刑警快言快语。

榻榻米客厅中间，长而微白的物体上照着手电灯光。

手电灯光的光圈里，浮现出一张脸来，仰天躺在被窝里，后脑勺靠在枕头上，双目紧闭，嘴巴张开。

"啊，这是芝村君！"店主大声惊叫。

枕边放有插着线香的青花瓷香炉，线香的周围积有白色香灰。三个人都还嗅到了微微发臭的气味。

神代刑警单膝跪在被褥旁边查看。

"是氰酸钾。"他嘟哝道，声音里饱含后悔和沮丧之意。

枕边，还放有芝村健介只写了一半的遗书，内容如下：

"为了伪造没有时间在作案现场的假象而费尽心思……帆艇沿着镨浜南下，绕过间鼻来到新鼻。风越来越激烈，收帆航行，看到有人坐在新鼻的凸岩上钓鱼。多半是海水肆虐的缘故，南海岸上荒无人烟。绕过岛南坪田港航行后，风停了，变成了三到四米的顺风，我吩咐上田伍郎操舵让帆艇距离岸边稍近一点。釜方岩石场稍上一点的地方，就是机场的停机坪。我觉得自己可以游到那里吧，于是让帆艇再靠近一点，发现那一带是石花菜晒场，因看到好些女人便让帆艇停止向前。从晒场再稍往上的地方，出现了机场上空随风飘荡的红白风幡，这里不能上岸。帆艇就这样再北上行驶，看到三池浜的海水浴场的同时，帆艇来到了萨德多岬的灯台下方。绕过该岬，岛上风景因熔岩堆垒而发生了翻天覆地的变化。暗褐色的熔岩表面朝外凸出，仿佛就在眼前似的。极目远眺周围，看不到一个人影，于是我让帆艇靠近，察知游到那里非常适合爬上岸。水深湍急，将帆艇靠近后就可以跳到岸上。为了安全，我还是让帆艇停在与岸边间隔十米的海上，跳到海里游到岸边爬上去。我在船上脱掉来时穿的衣服，而后把装有西服、茶色短袖衬衫等衣服的塑料袋密封后绑在脑袋上游到岸边。

"我爬到熔岩岸上走了一会儿，看到熔岩之间有露天浴场。说是露天浴场，但却貌似一个大水坑，周围没有一间房屋，只是一片场地而已，没有见到人影。我在这里泡澡，洗掉了身上的盐味，从塑料袋里取出西服套装、领带、衬衫，还有袜子和皮鞋，换上后去乘飞机。走到机场终于见到有人了，可能对方都认为我是东京游客，没有察觉我身上有什么可疑迹象，抑或做梦也没有想到我是从停在海上的帆艇游到岸边来到这机场的。我取出事先放在西服袋里的墨镜……

"从京都那家酒店屋顶广场，我悄无声息地带走了正在观看大字送灵篝火的妻子芝村美弥子，同乘十六日夜十时二十分降落在羽田机场的航班，驾驶五天前停放在机场前面免费停车场里的私家车。这里有不少差不多七八天之前停放的私家车，没有人会觉得把车停放在这里有什么可疑，车主可以把私家车停放在这里乘飞机去任何地方。我让妻子芝村美弥子坐在副驾驶席上，朝着目黑一路疾驶。妻子美弥子从京都开始，一直都是脸色苍白，变成了一只温顺的羊羔，不断侧眼观察我脸上的神情，也许在想我是否已经知道她与曾根晋吉之间那见不得人的恋情。然而，她全然没有察觉我出发参赛前已经偷看了她记事本上写的京都那家酒店的电话号码。虽然没有写明那家酒店的名称，但凡拨通电话号码就可知道那家酒店的名称和地址。我想起她曾说过想去京都观看大字送灵篝火，推想她是趁我十六日夜晚参加帆艇比赛之际与曾根晋吉去京都那家酒店偷情。果然，被我猜中了！

"……为了伪造曾根晋吉杀害妻子芝村美弥子的第二现场，我把妻子芝村美弥子的尸体埋在曾根晋吉住宅附近的杂树林里，而后驾驶停放在路边的私家车，出发的时间是凌晨一点左右。私家车里，事先放有藏青色包裹，装有茶色短袖衬衫、茶色登山帽和准备好的钓鱼竿等。

"深夜里，东海道上行驶的车辆不是很多，我驾车经由小田急与汤本。从东京到强罗别墅用了不到三个小时，我把车停放在别墅附近的空地上。夏日里，来箱根旅游的私家车车主都把车停放在这里三到四天，没有谁会感到这一现象奇怪。这情况我早就了解好了。我吩咐部下，两三天后把私家车开回东京的上马自宅。我换上短袖茶色衬衫，戴上登山帽，把上衣和塑料袋放入藏青色包裹里，手持钓鱼竿走到宫下，那周围旅店的厨房伙计，通常一到早上五点半左右就会驾驶三轮货车去真鹤水产市场采购鱼虾水产品。这情况我也早就了解好了。我站在路上招手示意搭顺风车。不用说，这一带旅店的厨房伙计也不知道我是谁，还以为一身钓鱼装束的我是哪一幢别墅的业主，都会立刻让我搭他们的顺风车。像这样的旅店三轮小货车和小型货车，这段时间会有多辆通过。我把搭顺风车的细节也写进了杀妻的计划里。如果换乘出租车，过后可能还要徒步。

"抵达真鹤町水产市场是早晨六点半左右，我一手持钓鱼竿，一手提藏青包裹走到海角，太阳已经升起，途中即便被人看见，也因自己是钓鱼装束，不会有人觉得我哪里可疑。

"到达出售柑橘的小卖店凉棚的时候，是上午七时二十分左右，距离上田伍郎操舵的海鸟号帆艇驶入事先约定的海岸附近海面还差一个多小时，于是我走进树林里休息，因昨日一宿没睡，为防打盹错过上艇时间而小心翼翼，不敢闭上眼睛，担心睡着。其实，正因为情绪亢奋，也没有必要担心熟睡。我想过，等我过一会儿游过去爬到海鸟号帆艇上就等于宣告杀妻计划顺利实现，到那时，自己会有筋疲力尽之感，就会立刻进入梦乡。

"八点左右起身走出树林，沿着悬崖小路下到海角途中，身后传来有人走路的脚步声，但我没有转过脸去。我想过，无论是否是附近村民，如果被人看到自己长什么模样，则有可能惹来麻烦。我故意晃动扛在肩上的钓鱼竿，保持着那种径直向前行走的状态，沿着小路下到了海边。

"我隐蔽在海边的岩石背后，等了差不多四十分钟左右，这时候从三石岩礁列石对面的水平线上出现了海鸟号帆艇的白帆，宛如举行某种仪式朝着我直驶而来……"

证言之森

1

发现这起凶案的人，是被害人的丈夫青座村次，时年三十一岁。他于昭和十三年五月二十日下午六时半左右，从工作单位——神田区神田××番地东邦锦丝株式会社回到家里，发现时年二十七岁的妻子青座和枝被人用手巾紧勒颈脖窒息而死，随即跑到所辖派出所报案。

派出所的巡警立刻用电话向东京警视厅汇报这起凶杀案，随即与青座村次一起赶往案发现场即他的家。他家位于东京都中野区N町，距离N车站西南一公里左右，门上挂有青座姓氏门牌，是这一带约二十五六幢住宅小区的其中一幢。他们赶到的时候，住宅门前已经站着被害人即其妻青座和枝的父亲石田重太郎与母亲石田千鹤。他俩接到女婿青座村次的电话通知后立刻赶来这里。

所辖警署的警部补大宫一民对现场进行了勘查，报告书上记录了当时的现场勘查情况，如下：

凶案现场的地址是中央线N车站左前方的N町××番地，进入田冈牛奶店和长谷川次郎住宅之间那条宽约两米小巷，朝前走约六十米，再朝里走约十六米的地方，便是木结构两层高的独立小别墅。正门的旁边有高约两米的边门，沿着边门有与其相同高度的围墙。这一带中产阶层住宅鳞次栉比，凶案现场坐落在这片住宅密集区域。青座住宅与左邻右舍隔开，两侧各有宽约一米的小巷。

玄关有玻璃格子移门，玄关外侧是鞋帽间，宽约一米八，进深一米左右，前半边地面铺有混凝土，后半边地面铺有地板。玄关内侧，是约五平方米的榻榻米前房间，紧接着是约十平方米的榻榻米中房间，再往里走是约十三平方米的榻榻米后房间。观察所有房间的门锁制系统，后房间与厨房东侧的玻璃门都是从里面上锁。再看后房间与中房间，虽其南面的障子门（纸糊木格门）紧闭，但防雨板敞开。技术警官勘查现场时，发现鞋帽间左边角落朝着玄关的地板上放有重约不足四百克的酱汤料，竹皮外包装。

中房间的左侧，放有门朝玄关的双竹衣橱，中央有矮餐桌，餐桌上面放有整版朝上日期五月二十一日的晚报（那时的晚报，都是提前一天送达），餐桌下面有四张智利纸，其中三张崭新无皱褶，其余一张有擦拭过什么东西的痕迹，其右侧有脱下扔在榻榻米上的腰带和白色足袋袜。

勘查被害人青座和枝的整个身体，系有伊达窄腰带，仰天倒在后房间里接近左侧角落靠近矮餐桌的榻榻米上，脸部略微左倾，两手分别朝左朝右伸出，两腿呈大字朝左朝右叉开，两腿中间部位裸露，脑袋右侧放有卷成一团的女性衣物。据说，这件女性衣物原本盖在被害人的身上，被其父亲取下。被害人的颈部缠绕着单色棉纺手巾，左边打结，被紧勒颈脖窒息而死。

被害人青座和枝两眼睁开，嘴巴稍微张开，门牙咬住舌尖，双眼皮多处溢血，胸部周围有一些指甲抓痕，此外没有其他外伤，也没有搏斗迹象。

被害人青座和枝的臀下铺有棉纺浴衣，距离被害人脚尖约一米处随意放着女性的围腰。

后房间和中房间里放有衣橱和西衣橱等家具，没有翻箱倒柜寻找金银饰品的迹象。

尽管勘查现场时得知凶案现场青座住宅的厨房与后房间的东窗都是里面上锁，以及其他部位都有白铁皮围墙，但只能认定凶手是从正门入室行凶，犯罪后仍按来时路线逃离现场。

警方询问被害人青座和枝的丈夫青座村次，他答，被害人青座和枝经常揣在腰带里放些许零用钱的"纸夹"（专放餐巾纸，也可放零用钱）不见踪影。此外，被害人戴在手腕上的侧面镶银女式手表和自己戴的一枚镶有珍珠的十八K金领带夹也不知去向。

如此看来这是一起入室盗窃凶杀案。大宫警部补立刻启动侦查程序，先是传唤青座村次来所辖警署配合调查，接受警方对证人的调查询问做陈述笔录。

青座村次从A大学毕业后的八年里，都在东邦棉线株式会社营销科工作，其陈述如下：

"我昨天五月二十日上午八点三十分左右离开自宅，前往位于神田的公司上班，而后走访了几家老顾客，下午三点半左右回到公司。昨天是星期六，以往公司通常都是下午四点左右下班，与同事们一起去餐馆喝酒，饭后打麻将或打台球，下午七点左右回家。但是，昨天因事先和妻子约好傍晚六点左右去附近电影院看电影，于是下午四点左右便提前离开公司，从神田站乘坐中央线于下午五点左右到达N车站，回到家里的时间应该是五点二十分。

　　"推开玄关门，平日里妻子都会提前来到玄关迎接，可是今天反常没有出来迎接，于是径直走进玄关，上到前房间，再走进中房间，还是没有见到妻子的身影，我感到奇怪，最后走进后房间，竟然发现妻子青座和枝仰倒在左侧书架与矮餐桌的旁边，赶紧走到她身旁一边叫喊'和枝，和枝'，一边用手推她的身体，当左手触及青座和枝右手时，骤然觉得她的手冰冷，惊吓得没敢再触及其他部位，赶紧锁上门，立刻赶往最近的宫泽医院。我当时并不认为妻子已经死亡，我的直感是，妻子是因罪犯入室抢劫受惊而昏死过去。

　　"我跑到宫泽医院对护士说：妻子的手冰冷，请快来我家抢救。护士答：医生正在给病人做手术，快要结束了。于是，我借用医院的电话向岳父母报告了这一情况，请他们速来我家，岳母家接电话的是小姨子即妻子的妹妹。

　　"接着回到家里，我还以为妻子是因罪犯入室抢劫受惊而昏死过去，必须去警方报案。派出所的巡警接警后，立刻与我一起直奔我家，到家时见到岳父母石田重太郎夫妇已经站在正门口。我赶紧打开门锁，他俩与四位巡警一起进入房间，岳父石田重太郎走在前面，掀开盖在妻子身上的衣物大声叫嚷：'哇啊，瞧颈部，是被勒死的。'这时，宫泽医院的医生赶来了，号完妻子脉后说：'抱歉，已经没有生命体征了。'这当儿又有许多刑警赶来我家。"

警方勘查现场，聚焦于朝着玄关的木地板左侧角落，那里放有竹皮包装的不足四百克的酱汤料，于是传唤了街上荒井酒店给死者送酱汤料的营业员山村正雄，时年二十四岁。

他陈述如下：

"青座夫人最初来店购物是用现金，但从去年三月开始，改为银行卡结账，还要我上门征询，而后按征询品名送货上门。五月二十日下午两点零五分，我去她家绕到厨房征询品名，见夫人正在水池那里洗什么东西，得知她订购酱汤料后回到店里。下午三点三十分左右，我将竹皮外包装的酱汤料送到青座家厨房，在门口向女主人打招呼：'您好！'可是夫人没有回答，我移动玻璃移门，但却移动不了。

"这当儿，想起青座夫人曾对我说过，遇到厨房门关闭时可从玄关进入，于是绕到正门，虽门是关的，但没有上锁，于是打开边门，并且玄关玻璃门也没有上锁，我走进玄关。

"玄关障子门从左朝右敞开，我朝里打招呼：'您好！夫人。'还是没有应答。于是，我朝里窥伺，发现从玄关内侧的前房间通向中房间的左隔扇，也是朝外敞开，右隔扇呈关闭状态，中房间里没有人。我想，夫人可能外出不在家，于是把拿来的酱汤材料搁在玄关外左侧角落的地板上，按来时状态关上玄关的障子门以及边门后回到店里。这过程，我没有察觉到住宅里有其他什么变化。"

桌上放有二十一日的晚报，正如警方勘查现场之际确认的那样，传唤了古庄报纸零售店配送那张报纸的送报员秋野三郎，年龄二十二岁。

"我五月二十日下午四点十分左右离开报纸零售店，像往常那样送晚报到青座住宅之际，当时应该是下午四点四十分左右，青座住宅入口的木门、玄关的玻璃门以及玄关与前房间之间的障子门都敞开着，房间里没有人。

"我改从敞开的边门进入，站在木门与玄关玻璃门之间的地方，朝着敞开的前房间把报纸扔了进去，接着去他家前面的石川家送报。全部送完时是下午六点十分左右。返回途中，顺路去了山川木材店一侧的铜锣饼屋，吃了单价十钱的铜锣饼后回到店里，大约过了一个小时，刑警找上门来了。

"我每次去青座家送报时，正面入口的木门早晚都是关的，于是把报纸塞入木门上左侧的邮箱，但木门是否上锁不曾拽过也不清楚。另外，一次也没有见过青座家的男主人。虽然见过青座家女主人两三次，但没说过什么有印象的话。此外，您问我去青座家送五月二十日一晚报时是否在他家附近遇见过什么人？我当时匆匆送报，没有遇到过谁的印象。青座家女主人一直是规规矩矩的装束，一次也没见过束伊达窄腰带的打扮，只是我觉得她架子很大。"

2

青座村次称：罪犯入室盗走了妻子青座和枝平日里放零用钱的纸夹、侧面镶银的手表与自己的十八K金领带。这些失窃物品，在警方第二次搜查时发现，发现人是所辖警署的刑警泽桥丰三，搜查报告如下：

"我奉命对于五月二十日辖内发生的凶杀案现场，就案发当日被害人家里的失窃物品，在被害人丈夫青座村次的见证下，还在临场地方法院检事局木田法官的见证下，确认了许多警官搜查之际没能发现的地方。次日即二十一日晚上九点左右再度搜查的结果，发现了住宅厨房茶具柜背后墙上的壁纸戳破部位藏有所谓失窃物品，有布制纸夹、银侧手表和装入信封的领带夹。纸夹里有二元三十五钱，没有遭遇抢劫的迹象，还有银侧圆形手表，一起作为物证扣押。"

由此，青座村次作为杀妻嫌疑人受到了警方的调查讯问，警方似乎从一开始就认定杀人凶手是他。

但他却一直否认。

"我从单位回家得知妻子和枝的手冰凉后，给我的直感是发生了大事，但没有打开盖在妻子青座和枝身上的衣物确认究竟发生了什么异变，而是赶紧跑去医生那里求救，这一行为似有可疑之嫌，但当时我感到发生了天塌下来那样的大事，因而六神无主，不知如何是好，误以为妻子还没有死亡，姑且先去医院喊医生来家抢救，当时大脑根本来不及思考突变的原因。

"我回到家里等待医生来家抢救，至于为什么没有采取措施及时对妻子青座和枝施救的疑问，我的回答只能说那是失误。岳父朝着来到现场勘查的警官们频频要求：'请解开勒住女儿颈部的手巾进行人工呼吸。'当时，我作为丈夫什么也没有说，什么也没有做，而是呆愣着站在一旁看着，也许被认为不近人情。随后，医生来到家里施救后说：'夫人已经没有生命体征了。'我心想，既然医生都说没有生命体征，而我是外行，即便此前施救也是白搭。

"其次，我最初说过失窃物品，此后被警方再度搜查时从家里发现了，说是放零用钱的纸夹、侧面镶银的女士圆形手表和十八K金领带夹藏匿在茶具柜背后墙上戳破的壁纸里。其实，我对于警方从那里发现纸夹、手表和领带夹，也感到不可思议。您问我，假设那些物品被藏在家中，罪犯应该是什么类型？然而那么假设，可以认为罪犯是有足够时间藏匿手表的家人或者我身边的人。但可以肯定的是，我不是警方假设的罪犯。您还问我，妻子在家时一直系伊达窄腰带吗？妻子生前爱时髦，打扮有模有样，可是系着显得轻浮的伊达窄腰带倒在地上。对此，我认为，妻子青座和枝遭到了入室抢劫罪犯的残暴。"

可是，这番供述在警官再次调查讯问下被他自己推翻了，次日供述时说自己杀害了妻子。

"迄今为止，我一直强调杀害妻子的凶手是他人，然而警方宣称调查已经结束，对案情也已经了如指掌，因此我今天实话实说，真正杀害青座和枝的凶手就是我，接下来我将坦白事实经过。

"我五月二十日上午八时稍前起床，洗漱后在榻榻米中房间与妻子青座和枝面对面用早餐时，说：'今天是星期六，好久没去附近电影院看电影了，傍晚一起去看电影好吗？至于晚餐，在去电影院的路上找一家餐厅就餐也行，看完电影后回家用餐也行。'可是，妻子青座和枝脸上露出不太起劲的表情问：'那家电影院在上映什么影片？'我答：'上映的是日本影片，说的是夫妻之间那点事。'妻子和枝的脸上出现了明显讨厌的表情，道：'那类影片趣味低级不想看，您一个人去看吧！'

"我与妻子青座和枝从结婚那天开始，也许性格不合，或许兴趣不同，总之很难相处。妻子的兴趣比较高雅，爱看外国进口影片，爱听音乐会。她常数落我，什么爱好差啦，什么教养差啦，我曾与前妻村冈妙子度过三年光阴，但是她与和枝的性格完全相反，是踏踏实实过日子的女人，就是没什么兴趣爱好，于是结束了婚姻关系，后经某人介绍与和枝相识。介绍人说，和枝受过教育，有教养。接触下来，她确实与前妻妙子截然不同，但是她性格冷漠，还总是瞧不起我。我们之间没有爱可言，硬要说有，倒不如说我单方面一味讨好她。即便家务，妻子和枝也很懒散，烹饪、洗涤、整理和清扫等草率马虎，但是用钱大手大脚，我忍耐至今。要说我属于哪类人，洁癖，可是对于她的所作所为，我尽量睁一只眼闭一只眼。

"五月二十日早晨，我心里也在思考，她的脑瓜子里就是视我为傻瓜，故而不同意与我一起去电影院吧，于是我建议在外用餐。可是她说：'同样是看电影，最好是去日比谷那里的电影院，看外国影片，去高级餐馆吃美食。她是毫不顾忌我收入的女人。从某种意义上说，她是一个追求奢侈生活的享受型女人。二十日早晨，我死乞白赖的哀求终于征得她的同意，约好傍晚六时去附近电影院，但是心里对于和枝早晨的态度总感到有点不快。

"下午五时二十分左右回到家时，妻子和枝没有来到玄关迎接，我走进榻榻米房间，看到中房间茶席那里有妻子和枝随手脱下没有整理的腰带和白足袋。腰部系有伊达窄腰带的妻子慵懒地坐着，看到我进来也不招呼，只是噗地哼了一声也不说话，而后站起身来去后房间了。我跟上去对她说：'好了，现在一起去看电影，请马上准备！'可是，妻子和枝一屁股坐到矮餐桌跟前，表情生硬，话里带刺地说：'今天心情不好，不想去看电影了。如果您那么想看，那就一个人去吧！'我觉得她出尔反尔，从早晨开始积压在心头的不快猛然爆发了，吼道：'你说什么？为了兑现早晨两人间的约定，我好不容易提前赶回家里，你却……'我不由得伸出手朝她脸上扇了巴掌。这时候，妻子和枝露出一脸凶相，朝着我说：'你竟敢打我？

我父母亲都不曾动手打过我。'她一边说，一边朝着放有外出衣服的衣橱跟前走去。

"我看到她这一举止，估摸妻子和枝准备换上衣服回娘家，便敏捷地蹿到她的前面，用右手猛击她的胸口，妻子和枝随即趔趔趄趄地倒在书橱边上，脸朝天花板，双腿朝左朝右地略微叉开，我便骑到她身上不顾一切地掐她脖子，她根本没有抵抗，四肢颤抖，全身软绵绵的没有了呼吸。当时，我猛然醒悟，恢复了原来的自己，为自己的所作所为感到害怕。为了伪造自己不在作案现场而是罪犯入室抢劫勒死妻子和枝的假象，赶紧从厨房拿来自己用的毛巾、抹布和手巾。

"接着，我右腿撑在榻榻米上，左腿抵住妻子和枝的腹部，把手巾在她颈脖上绕了一圈，再把妻子和枝脱下扔在边上的衣物盖在她的脸上。那是因为我看到妻子和枝的脸感到害怕。

"然后，为了伪造妻子和枝受到强暴的假象，取来妻子和枝当时放在茶间的浴衣，铺在妻子和枝的臀下，从后房间橱里取出几张纸来，伪造妻子遭强暴时用剩后放在矮餐桌下的假象。接下来，为了伪造让人觉得是罪犯入室抢劫行凶的假象，先从妻子和枝衣橱的第二格抽屉里取出纸夹，再取下妻子和枝手腕上戴着的侧银手表，而后拿出我放在衣橱里的领带夹，把它们都藏在警方再度搜查时才发现的茶具柜背后墙上戳破的壁纸里。"

3

　可是，嫌疑人青座村次在次日深夜面对警官的调查讯问又推翻了部分供述，如下：

　"如前所述，有关自己杀害妻子和枝的经过有弄错的地方，还有说得欠缺的地方，今天就这两个地方进行纠正。我五月二十日下午五时二十分左右回到家里，由于她单方面取消了那天早晨上班时两人约好一同去看电影院的商定，我火冒三丈，绕到她跟前，扬起右拳朝她的胸口使劲击打，她随即摇摇晃晃地倒在地上。我到这里的陈述都是真实的。

　"当时，妻子和枝倒地时双腿微微叉开，衣服前襟敞开，大腿之间的部位裸露，我看到那般紊乱的状态，心情突然变得怪异，性欲骤起，情不自禁地骑到她的身上，右手解开她身上的纽扣，遂行了性行为，她丝毫没有反抗，任由我与她发生了性关系。也不知是什么时候，她的身体忽然变得软绵绵的，我这才意识到妻子和枝是死亡状态。可是，我根本没有想过要杀害她。直到此时此刻，我还是感到震惊，这糟糕透顶的结果简直无法收拾。我当时心想，自己因这样的状况有可能沦为杀人犯。于是突发奇想，伪造了罪犯入室抢劫继而强暴妻子和枝将其勒死后盗走钱物金银饰品的第二现场。

　"您问：'当妻子和枝软弱无力之际，尚未清楚是否真的没有生命体征时为什么不千方百计施救，而你却肯定她已死，还用手巾缠绕她的颈部，还说最初没有杀意而不觉得荒唐吗？'其实，我用拳头猛击妻子和枝胸口，她嘴里发出了奇怪的呻吟，我当时觉得糟糕，但是她仰天倒地露出双腿之间时，我情不自禁，性欲骤起，当时，实施性行为远比施救来得迫切。

"此后，看到妻子和枝全身变得瘫软状态时，我也根本没有想过她可能起死回生，而是觉得与其施救也无济于事，倒不如一不做二不休，一刻也不要让那惨景停留在脑海里。正如前述，我不得不伪造罪犯入室抢劫杀人的假象，没有采取施救措施。特此更正前面的陈述。

"我对于现在这样的结果也反复思考过，妻子和枝这女人平时架子大，自从与我生活在同一屋檐以来，我们没有促膝交流过，她始终盛气凌人，把我当傻瓜，总是出我的洋相。我想过，终于爆发，形成现在的结果，难道不是精神上受到由来已久压抑的缘故吗？"

第二天即第四次审问，嫌疑人青座村次又全面翻供，否定自己犯罪的事实，具体如下：

"我陈述自己杀害妻子和枝的事实完全属于虚构。那么，我为何虚构自己杀害妻子和枝的事实？例如我当天的所作所为，明知妻子和枝处在危险状态却不施救，相反立刻跑到宫泽医院喊医生抢救，从宫泽医院回到家又立刻赶到派出所报案，这在他人看来不可思议！再看妻子和枝被害与物品失窃的现场，即便我这个外行，也不会认为是罪犯入室抢劫所为。既然警官们用肯定的口气透露，已经掌握了我杀人犯罪的许多证据，我也只能自暴自弃了，干脆说是自己杀害了妻子和枝，内心只是希望自己尽快受到相应的惩罚，对于所见的被害现场与所知的范围，加上自己的臆想，虚构了杀人犯罪的事实。其实，这不是我所为，特此予以更正。至于警方再度搜查发现妻子和枝的侧银手表、零用钱纸夹和我的领带夹，并且责问我为何把它们藏在戳破的壁纸里，对此，无论你们怎么讯问，我都实在是难以解释。"

接下来，警方走访了嫌疑人青座村次工作单位与街坊邻居，了解了他平日里的行动轨迹。N警署的司法主任警部（三级警督）野中宗一整理了第九次讯问青座村次的陈述笔录，如下：

"我的兴趣爱好，是打麻将、下将棋、打台球、读书等，至于下将棋、打台球和打麻将的水平一般，看书也不系统，主要是娱乐杂志，也是随便读读而已。在性生活方面，也许因体弱而能力低下。迄今为止，与我有过性生活的女人，最初是前妻村冈妙子，其次是与她分手以后，跟新宿那里的妓女有过一次性生活，那以后的一段时间里与崎州的妓女也有过一次性生活。迄今为止，总共与我有过性关系的女人，加上妻子和枝仅四个。我觉得，自己在这方面因能力低下而不能满足妻子和枝。但不管怎么说，我感到妻子和枝在这方面也很冷淡。您说我曾对妻子说过：'边勒脖子边发生性关系很有快感。'但在我的记忆里没有对她说过那番话，可能是我在公司食堂用餐时与同事说过的混账话，可回到家里绝对不会照搬照抄地对她说。"

然而，嫌疑人青座村次在第十一次讯问时，又推翻了他否认犯罪事实的供述，主动供述了杀害妻子和枝的真凶是自己。由于这回陈述内容与上回陈述内容大同小异，特此省略。只是第十三次讯问时，嫌疑人青座村次的如下陈述值得关注。

"昨日，办案警官和颜悦色地说：'这是最后一次讯问，希望你千万不要给别人添麻烦，像竹筒倒豆子那样和盘托出作案过程如何呀？'其实，要是所有一切都能按照我实话实说的那样圆满结案，那就那样让我尽快接受法院宣判受到相应的惩罚。我以为，那样的判决对我而言也意味着真正解脱。有关我弄错的很多细节，也谨此深表歉意。"

作为有关证人，警方询问了被害人青座和枝的父亲，也就是嫌疑人的岳父时年五十二岁的石田重太郎，日东制铁品川工场电机系统监督员，他的陈述如下：

"对于承办警官要求的配合调查，我作如下陈述：'我的二女儿和枝被害后，听妻子也就是和枝的母亲说，二女儿和枝去年十一月间回娘家时说，丈夫青座村次的性格怪僻，用钱吝啬，心胸狭隘，教养也差，不喜欢他那样的男人，在家也非常冷淡，自己看不到希望，想跟丈夫离婚。她母亲说，等到小女儿出嫁，妈妈就没什么担心了，你就离婚回娘家吧。听了这番话，二女儿和枝喜极而泣。另外，大女儿出嫁后的日子过得比较宽裕，因此二女儿和枝每次与姐姐交流都会说，姐姐出嫁那么好的生活，而自己却跟那样的男人一起过日子好悲观啊！此外，我也注意到，二女儿的男人阴阳怪气，缺乏人情味。二女儿和枝被害后，警方再度搜查现场，从厨房茶具橱背后墙上的壁纸里搜出了青座村次谎称被外来罪犯盗走的和枝手表、放零用钱的纸夹与青座村次的领带夹时，给我的直感是，青座村次可疑。"

石田重太郎的妻子，也就是被害人青座和枝的母亲，嫌疑人的岳母，陈述也大致与其丈夫石田重太郎相同，予以省略。

被害人和枝的亲姐姐，时年三十岁的山根秀子（姑娘出嫁后改为婆家姓）陈述如下：

"谨此回答您的提问，我是石田重太郎的长女，嫁给了居住在芝区二本榎××番地的山根一郎。大妹妹和枝对我以及母亲说：'青座村次在金钱方面爱算小账，鼠肚鸡肠，压根儿就不像落落大方的男人，活脱一个喋喋不休的女人，老是对我唠叨，整理房屋啦，擦灰抹地啦，趣味低级。总感到自己无法再跟这男人一起过下去。'我也时常对妹妹和枝说，别再忍耐，尽快离开。母亲也经常安慰大妹妹：'和枝不必担心，要是不考虑小女儿出嫁，和枝什么时候回家都行。'其实，我作为和枝的姐姐，也很讨厌青座村次，对于大妹妹跟那种男人恋爱结婚深表同情。我认为，杀害妹妹的凶手肯定是青座村次。"

接下来，是青座村次家近邻，时年六十七岁的石川友子的陈述。她的家与青座村次的家之间，仅隔宽约一米的小巷。

"犬子看到了今年五月二十一日报上刊登的邻居杀人事件报道，对我说：'案发地点好像就是小巷对面的青座家，却没见到他家有什么奇怪变化，也没有听到他家有什么奇怪声音。'最近，我与街坊交往少，与青座家的男主人青座村次见面时也只是相互问候而已。青座家的女主人架子忒大，她不仅不曾与街坊说过话，而且即便早晨与街坊打照面也不鞠躬不打招呼。虽是近邻只隔小巷，按理青座家发生凶杀案时会有相当大的声响。您问我：'理应听到那种声响吧？'可是，我那天在家还真没有听到邻居青座家的任何说话声和动静。"

接下来，警方又询问了与青座家隔有小巷的邻居以及青座家背后的街坊邻居。虽都做了陈述，但内容与石川友子陈述的相同，案发时没有听到青座家有任何说话声和动静。由此，给人的印象是：凶案现场附近互不往来的封闭式宅家生活常态，是东京都司空见惯的现状。

4

警方讯问了嫌疑人青座村次的前妻，时年二十九岁的村冈妙子。

"我是五年前与青座村次确立恋爱关系的，结婚后嫁到东中野××番地后有了家，与他一起生活了两年半左右。目前供职于新宿一家银蝶割烹餐馆，担任榻榻米包房的女服务员。青座村次为人吝啬，性格孤僻，态度冷漠，是一个无趣男。恋爱时，我没有识别出他那种性格，是重大失误，原以为世上不会有那么无趣的男人。总之，他那种冷漠性格和吝啬为人使我刻骨铭心而产生厌恶之感，成为最终离婚的原因。我的性格开朗，青座村次的性格孤僻，他是那种喜欢平时宅家的男人。婚后不久，我满脑子想的就是尽快离婚，对他没有一点留恋之心。青座村次离婚时曾经说过，希望我今后常给他写信，要是路上不期而遇，同去茶室喝一杯。事实上，我没有心思给他写信，迄今连一封信都没有写过。

"关于您问我与青座村次的性生活，与他是否有什么不正常的地方。如果硬要说有，我认为，他在性生活方面不是强者。要说有什么不正常的地方，那可能是与我离婚后发生了变化吧。说到底青座村次是小肚鸡肠，家里连擦灰抹地等琐事都要絮叨，即便有点垃圾也会不停啰唆。按理说，厨房是女人的重地，烹饪是女人的家务，可他虽是男人却常来旁边插嘴，还会无缘无故地跟你发火。但凡我稍稍回嘴顶撞，他便又不吭声了。这就是他的癖性。青座村次爱看电影，但是从不去价钱昂贵的高级电影院，都是去二三流电影院，爱看无聊的武打片，即便收音机播放的群口相声和单口相声，他也会边听边咧嘴哈哈大笑。

"青座村次保证离婚的条件是每月给我的父母亲送钱，可今天才知道他的承诺都是骗人的鬼话，他迄今为止连一元都没有汇过。上述就是我要说的，没有其他可说的了。"

接着，警方还对青座村次工作单位的同事做了陈述笔录。归言之，青座村次做人实诚，从不挥金如土，寡言少语，偶尔打台球、搓麻将、下将棋，根本不沾赌博，被同事逐步疏远。

东京地方法院嘱托医学鉴定人筑山英二出具了鉴定书，如下：

解剖所见以及说明……

在被害人的颈部，有一条约二点八至四点零厘米的索沟，几乎呈水平线地环绕整个颈部一周；在胸部周围，有比手掌面积大一倍半的皮下出血以及筋肉间出血；在右侧第四至第六肋骨间，有骨折；在胸腔内的左心房，有胡桃般大小的皮膜下出血以及蚕豆般大小一颗、大豆般大小三颗内膜下出血；在下腹部，有鸡蛋般大小皮下出血；在腹腔内回肠壁，有胡桃般大小出血；在肝脏部位，有破裂现象；在膵脏部位，有胡桃般大小皮膜下约一千立方厘米内出血现象；在右下肢与下腿部的前侧，有豌豆般大小皮下出血等现象。

死者的死因系勒颈窒息而死，颈部的索沟因布片类缠绕紧勒所致，胸腹部的损伤来自钝体强而激烈的外力，右下肢的皮下出血系因钝体外力所致。

死者有性行为的精斑物证，但是该性行为是在死者生前还是死后实施具体不明。该精斑，或是纯A型血，或是纯O型血，或是A与O混合血型。死者生前没有花柳病和淋病的症状。

再者，青座村次是A型血，青座和枝是O型血。

就这样，青座村次一而再，再而三地翻供，最终还是供述自己犯有杀妻罪。七月十日，他被带到预审庭，接受东京地方法院检事局的讯问。面对预审法官木田益太郎，青座村次在接受第一次讯问时承认犯罪。值得关注的是，法官在讯问过程提及其在拘留所与同一监房狱友池上源藏交流的内容。该交流内容，已被池上源藏作为证词提交给了承办警官野中警部司法主任。另外，池上源藏曾是隶属东京警视厅某警署的刑警，因被举报诈骗而被问责开除出警官队伍，此后又因涉嫌恐吓被问罪拘留，曾与青座村次在N警署拘留所同一监房待过。

以下，是预审法官田口政夫与证人池上源藏之间的问答笔录。

问：在N警署拘留所拘留期间，证人曾与青座村次是同一监房的室友吗？

答：是的。听说该杀妻案案发地点是N町，由野中警部司法主任承办，由此推迟了对我案件的调查进程。此前，我也因接受调查讯问进出审讯室，判断该案嫌疑人被关押在隔壁第六号室监房，不日又从狱警嘴里得知该案现场在N町，嫌疑人涉嫌杀害年轻妻子，还通过偷看报上新闻报道得知嫌疑人名叫青座村次，适逢警视厅将所拘嫌疑人都转移到N警署，又凑巧青座村次、乐屋主人、小偷与在下关在同一监房，当晚还没睡上一会儿，乐屋主人与小偷也被转移到了其他监房，此后三天里，只有我与青座村次住在同一监房。

问：你们四人在监房里同室时，就青座村次杀人案件有过什么交谈吗？

答：乐屋主人是一个有趣男，一到N警署拘留所便趁狱警不在间隙问我："你犯什么事进来的？"在下答："抢劫哟！"于是他转问青座村次，一边模仿双手掐脖子的动作，一边问他："你这家伙是犯这罪吧？"青座村次好像答道："是的，落到那地步了。"接下来我问乐屋主人："你犯什么事进来的？"他没吭声，正赶上狱警在走廊里来往频繁而停止交流。

问：证人与青座村次关押在仅两人的监房里，就他的案件交谈过什么吗？

答：从次日早晨开始，我趁狱警不在走廊巡逻间隙与他交谈过不长时间。问他："为什么犯那样的罪？"他答："没想过要那么做，结果却截然相反。"

我当时还不清楚青座村次是被害人的丈夫，伸出小指头问："是为色吗？"青座村次答："她是我老婆。"我这才知道青座村次杀的是他自己的妻子，问："妻子什么年龄？"青座村次答："二十七岁。"又问："你为什么要那么做？"青座村次答："我没想过要杀她，结果却变成那样。"于是我向他解释"过失杀人"与"故意杀人"是两回事，并问："警方对你的调查进行得怎样了？"青座村次答："调查结果说我是故意杀妻。"我说："故意杀妻与过失杀妻在量刑上有云泥之差。"青座村次说："木已成舟，已经无可奈何。"我说："那没什么，只要实话实说。"青座村次说："不知道现在实话实说还有用吗？"我说："即便现在实话实说也有用啊。"

我又问，"检察官的调查结论呢？"青座村次答："但凡对他说的内容与对警方说的不同，他就会大发雷霆。"我又问："为什么会有不同呢？"青座村次答："检察官说：'被盗物品侧银手表、放零用钱纸夹和领带夹肯定是你藏在茶具柜背后墙上壁纸里的。'尽管不是我藏的，但经过反复思考后，觉得还是只有自己才有可能。"

5

我听他这么说完，心想手表等是绕不开的物证，问："假设警方握有手表、纸夹与领带夹等确实是你隐藏的确凿证据，那是罪有应得。这到底是否是事实？"青座村次没吭声。

我说："过失杀人是轻罪，故意杀人是重罪。你要老实坦白当时的真实情况，尽量争取宽大处理。"这时他说："真实情况是，我只想推她一下。"于是我说："你那么说也没有什么损失。我本人确实是犯了罪，法律刚性是没有商量余地的，应该受到法律的惩处，但我这点事没什么大不了，最多判一年或一年半有期徒刑就可释放出狱。"我说完，青座村次说："你还能看到希望，可是我已经看不到希望了。"

接着，青座村次又说："我想还是死了好，死了就可以在地下向妻子倾吐衷肠，因此自己想死，但怎么也死不了。"我问："你对她做了什么？"青座村次答："勒了她的脖子，可手巾过短无法使力,我一个人也根本不行。"我说:"你如果想死也不难,各种死法应有尽有。警视厅拘留所的厕所是水泥墙,用脑袋撞那里不就可以死吗?"青座村次指着额头的正中部位:"这里就是致命的地方,撞击这里就可上西天吧。"我心想,他只是说说而已不是真想死,于是说道:"你死给我看看如何?"青座村次答:"因为这样死会给狱警添麻烦,所以没有去死。"

问:按照警视厅的调查结果,青座村次杀害妻子的动机是故意,但证人你的证词说事实不是那么回事,而是青座村次因吵架一时失手杀了妻子。证人觉得,他的说法有可信度吗?

答:即便对于警视厅的讯问,我也说了与今天同样的话,也被野中警部司法主任记录在案。就像您刚才所说,青座村次并没有明确表示他本人是真凶。我也亲耳听他说过,他没有故意杀妻,而是为一点小事吵架过失杀妻。我对他说过,故意杀妻与失手杀妻在量刑上截然不同。

问:证人所说过失杀人是什么意思?

答:我所说的过失杀人不是预谋而是亢奋所致。

问:青座村次当时说话是什么态度?

答:青座村次当时态度非常镇定,对于我的提问都是一一思考后作答。我觉得,他是一个思维缜密的男子。

通常,对于重要嫌疑人,警方让监房室友观察其言行举止是常用侦查手段。该监房的室友,可谓警方派去的卧底,该室友因接受卧底这一特殊任务而获得来自警方的特殊待遇，还可获得因立功而量刑从轻的机会。从某种意义上说，是双方之间的一种交易。尤因池上源藏原来是当过刑警，拥有较强的侦查能力，精通重要嫌犯的心理活动，便于警方推定真相，因此，他对预审法官所说的"青座村次原话"，是否是真实的"青座村次版本"也很值得怀疑。也许是池上源藏有意夸张青座村次所说的版本，或许是池上源藏杜撰的版本。

这种"证言"，成为被告人自己坦白的枷锁和责难被告人的道具并不罕见。

被告青座村次在预审庭上对于田口预审法官继续以前的状态，最初供认是自己杀害了妻子和枝，但从第四次开始全面否定了自己犯罪。值此，从该供认笔录中抽出主要内容，如下：

问：有关本案，被告人首次在N警署接受查问是什么时候？

答：是五月二十日的夜晚，我回到家里已是半夜，醒来后是次日即二十一日的正午时分，与刑警一起去N警署，便从那天开始被警方宣布刑事拘留。对于承办警官的查问，之所以陈述自己杀害了妻子，是因为再怎么辩解，还是被自己的大脑否定，而且也是第一次听警方透露妻子和枝说过想与自己离婚的情况，于是变得深深讨厌起现在的自己来，以及当时自己的脑瓜子和身体都处在相当疲惫之中，因而出于听天由命自暴自弃的心态而虚构了事实。

问：被告人向检察官虚构自己杀害妻子和枝的理由是什么？

答：检察官在警视厅讯问我时，旁边坐有两名刑警，就算实话实说也过不了他们的关，因此如前所述我身体也相当疲惫，觉得虚构事实还能免去皮肉受苦，于是万念俱灰做了伪供。

问：那么，被告人在首次接受讯问时也供述自己杀害了妻子和枝的理由是什么？

答：还是心灰意冷，因为就算是说了真话也还是过不了关而不得不做了伪供。

问：但是，被告人在N警署拘留所监房的室友池上源藏说，被告人难道不是因夫妻间发生口角而失手杀害了妻子吗？

答：我没有说过自己杀害了妻子。

问：那么，被告回到家里与妻子和枝发生了什么情况？

答：我回到家里是五月二十日下午五时二十分左右，没有见到妻子和枝来到玄关迎接自己的身影，于是走进玄关，逐一经过前房间、中房间，当进到后房间时，发现妻子和枝呈大字形状仰天倒在书架边上，身上衣服零乱，脸上和上身遮有衣物，我以往不曾见过妻子束过伊达窄腰带，惊讶得双腿直打哆嗦，怎么也迈不开步子，就像全身被泼了一盆冰水那样战战栗栗，腿脚酥软，上下牙齿也不停地打架，面对惨景不知如何是好。接下来的瞬间，我突然想象，一定是罪犯入室盗窃而对妻子下了毒手，于是，惊愕、恐惧与绝望的情绪使得大脑变得一片空白，仿佛整个天塌下来似的。

但是这样下去不行，我赶紧振作精神，跪在地上按住妻子和枝束有伊达窄腰带的部位摇了三四下，与此同时不停地叫喊："和枝，和枝。"可是，妻子根本没有回答。我的心情变得越来越绝望，同时心想，妻子身上的衣服怎么会从头部朝上身遮盖，这究竟是怎么回事？接着，因妻子和枝全身惨不忍睹的模样而感到伤心不已，正要战战兢兢地取下遮在身上的衣服时，左手触及妻子和枝那冰冷得无法形容的手，大脑刹那间掠过不祥的想法，妻子和枝一定是被歹徒杀害了。

当时脑瓜子一片空白，不知道应该怎么办，呆若木鸡，全身只是被恐怖笼罩着，没有想过自己怎么施救，光想着尽快去医院喊医生来家抢救，只有这样，妻子才能有救。强迫自己的情绪镇定下来，随后起身关上门锁，三步并作两步地直奔不太远的宫泽医院，一路上满脑子都是盗贼、盗贼的。如同前述，我借用医院电话通知岳父母快来家里，又去派出所报了案，等到我与警官们赶到家时，岳父母已经站在门前等候。岳父进屋一看到妻子和枝尸体便挪开遮在脸和身上的衣物，我这时才看清楚妻子和枝的颈部是被手巾绕颈勒死，吓得扭过头去不敢目睹。岳父哇哇惊叫。我对赶来家里的医生说：希望赶快取下缠绕在妻子和枝颈部上的手巾施救。自己则直愣愣地站在原地。我被警方喊到中房间接受详细调查讯问时，头脑疼得厉害，腿脚僵硬得像烧火棍那样不听使唤。当时的详细情况，现在都已经没有印象了。

我二十一日被带到警署，接受了承办警官的反复调查，但我也不知道为什么，他们不仅不给我饭吃，而且也不让我休息，愈发不可言状的调查讯问劈头盖脸接踵而至。说到在审讯室里接受调查讯问的状况，曾听说过免不了挨打、挨踢、被抓头发、被踩踏、被倒栽葱吸冷水等刑罚，但现实里的审讯室讯问更惨，连日遭受那样的拷问而头疼脑涨，使记忆减退。然而，刑警们无视我当时的糟糕状态，仍然不分青红皂白，大声呵斥叫骂，但是我最终还是坚持披露实情说出真相。

然而，当听到警方爆料妻子和枝从最初就对于婚姻没有好感，还一而三再，再而三地在娘家要求她母亲准许离婚时，我深感惊愕，顿时眼前漆黑，自暴自弃的心态充斥了整个大脑。接下来，又不知惨遭了多少回那样的调查讯问，我终于彻底破罐子破摔了。刑警们软硬兼施，时而威胁，时而安慰，车轮大战，千方百计逼迫我认罪。现在想来也许不像是男子汉所为，最终还是把那恐怖的杀人罪行揽了下来。警方说妻子和枝的胸口伤得很重，但我斩钉截铁地说自己没有那么大力气，也使不出那么大力气。然而刑警们断然否定我的说法，硬说三十一岁的男人如果发起脾气来可以力大无比。警方说，如果我还是不认罪，他们也有他们的办法，不让我坐椅子，用木剑从我的膝盖敲打到我的脚踝部位，还说他们那样上刑还不足以告慰死去的妻子和枝，甚至拿来放有妻子和枝骨灰的罐子咚咚地敲打我的脑袋。我终于受不了那样的心理和皮肉折磨，承担了大脑里没有杀人印象的罪行。

昭和十二年十二月二十日，东京地方法院刑事部预审法官田口政夫终结了对于青座村次的预审，判决免于起诉如下：

"关于本公诉案，嫌疑人没有犯罪事实，不符合公开审判的条件，特根据《刑事诉讼法》第三百一十一条规定，免于起诉。"

对此，检察院方面认为，以东京地方法院检事局矶谷检事正名义的预审法官所作"免于刑事起诉"不当，遂立刻提起抗诉，于是东京地方法院根据东京控诉院签署的命令公开审判。

6

公开审判庭的审判长与被告之间的问答内容，因与以往内容在性质上几乎相仿而省略。总之，被告人青座村次在法庭上彻头彻尾地否认了被检察官公诉的犯罪事实。

这时候，虽然青座和枝的亲生父母、姐姐与妹妹以及青座村次工作单位的同事等有关人员皆被称作证人，但在这里作为证人出庭作证的，却是N警署刑警泽桥丰三。因为，泽桥刑警是从案发现场厨房的茶具柜背后墙上壁纸里发现了所谓失窃物品的警官，被告人青座村次所说的失窃物品：侧银手表、纸夹与被告人青座村次的十八K金领带夹。

问：证人五月二十一日去青座家搜查了吗？

答：去了。

问：那是根据谁的命令去搜查的？

答：那是根据野中警部司法主任的命令。他说，也许青座村次说的失窃物品手表、纸夹和领带夹还在他家里，命令本人去他家实施第二次搜查。同去搜查的警官，除了本人，还有木村部长、酒井刑警、中野刑警。正如敝人在法官预审阶段所说，是从后房间开始搜查，接下来依次去中房间、厨房进行搜查。

问：证人当时说是发现了手表、纸夹和领带夹吗？

答：是的。我搜查厨房，从高处往低处展开了地毯式搜查。我搜查高处，是把藤椅和米柜作为脚手架。茶具柜背后的墙上贴有壁纸，距离地面有相当高度，我只能把手伸到侧面用钉固定的茶具柜背板的后面与贴有壁纸的墙壁之间，从左朝右摸索，当手伸到那背板后的右侧角落时，传来稀里哗啦类似土墙表层掉落的响声，觉得可能是土墙灰砾之类，于是沿着那下面的墙壁由下往上摸。这当儿，手表从茶具柜背板后与墙之间破损的壁纸里出现了。

问：发现手表后做了什么？

答：立刻在厨房里交给了木村部长，木村部长用电话报告了上司。

问：证人为什么还在那里？

答：是为了搜查可能还在那里的其他失窃物品，接着进而沿着那里贴有壁纸的墙壁搜查时，发现纸夹和领带夹已经滑落到壁纸里很下面的地方。

问：当时大宫警部补已经来到厨房了吗？

答：他也好像已经来到厨房，但记得不是很清楚。

问：证人说发现手表时听到了哗啦声响，证人是否从最初就认为领带夹和纸夹在那里吗？

答：本人认为是那样的。

问：从下朝上摸挤壁纸时是手指触及手表、纸夹和领带夹吗？

答：因从下朝上摸挤时手碰到手表而将它拽了出来。

问：茶具柜背板后与壁纸之间有多大空隙？

答：手指可以进入的空隙是五六厘米左右。

问：不是可以从下面发现吗？

答：是在茶具柜背板后面墙上的壁纸里。

问：接下来没有剥开壁纸看吗？

答：本人没有看，当时是保持现场。

问：再问你一次，发现手表、纸夹和领带夹的地方确实是在壁纸里，没有搞错吗？

答：没有搞错。

关于该审判长与发现失窃物品的警官之间的问答要旨，为慎重起见而写在这里，如下：

第一次搜查青座住宅时警方没有发现这些失窃物品，第二天却从茶具柜背后墙上的壁纸里发现了失窃物品。第一次搜查青座住宅时理应也是拉网式搜查，壁纸那里也当然慎重搜查过。当时，领带夹姑且不论，却没能在茶具柜背后与贴有壁纸的墙之间仅手指能伸入五六厘米的空隙发现手表和纸夹，不可思议。

审判长久保田法官讯问证人泽桥警官的态度相当执拗，是因为他有理由怀疑上述物证尽管是警官用手指从该场所发现，但不能排除警方故意把其他地方发现的失窃物品事先藏在该场所，伪造失窃物品完全是从该场所最初发现的假象。

而且，因涉嫌诈骗罪而被问罪的原刑警池上源藏，在拘留所与青座村次住同一监房时把打听到的情况报告给了警方。就此，审判长传唤了证人司法主任野中宗一警部，问答如下：

问：证人是承办原刑警池上源藏涉嫌诈骗案的警官吗？

答：是的。

问：证人是同时承办青座村次案与池上源藏案的警官吗？

答：先是承办池上源藏案，正在调查过程又发生了青座村次案，也由本人承办。

问：在审讯室查问池上源藏过程，是否给他看过有报道青座村次案的报纸吗？

答：没有特意给他看过，但他也许在审讯室里看过。当在审讯室提审池上嫌疑人时，他有可能在那时候见过报纸，但没有特别给他看过。

问：之后，池上源藏向证人说，青座村次本人在拘留所里说过实施了本案犯罪的话吗？

答：是的。

问：当时，是将青座村次案件送交检察院之后吗？

答：是的，是送交检察院的第二天还是第三天已经没有印象了，总之是结案之后。

问：池上源藏是什么样的契机说了如前所述那些话的？

答：在调查讯问池上源藏案件的过程，他可能觉得自己曾担任过刑警，出于职业习惯而从青座村次那里打听到感兴趣的内容而告知我。我姑且把他反映的情况记录下来，本人心想，他提供的其与青座村次的交谈内容也从侧面反映了本案实情，于是作为追加内容送交检察院了。

问：这难道不是证人你唆使池上源藏那么做的吗？

答：没有那回事。

问：是青座村次在警视厅坦白的吗？

答：是的。

问：详细坦白是第十一次陈述笔录，青座村次那么坦白不会有错吗？

答：他那么坦白不会有错。

问：这难道不是证人诱导他那么说的吗？

答：不是的。

——从野中司法主任的上述回答里，想必读者可感受到下列情况：池上源藏因偷阅放在审讯室桌上关于青座村次案件的报道，于是对同一监房的室友青座村次案产生了兴趣，但其实好像也是警方为引出池上源藏证言而派他做"卧底"。在提审池上源藏时，故意把刊登了有关青座村次杀妻案件报道的报纸放在审讯室桌上，以使池上源藏有足够时间阅读报道内容。

再者，池上源藏曾干过刑警，精通警方内部的潜规则，深知如何做可以讨好办案警官吧，于是趁被拘留在N警署的行动自由之便，编造去审讯室的借口，离开监房去刑警办公室抽烟聊天吧，池上源藏脸上浮现的卑躬屈节的笑容，易于被野中警部司法主任利用吧。

7

久保田审判长仍然向野中司法主任提出了许多问题，值此展示其中主要问答内容，如下：

问：证人考虑过本案是入室作案吗？

答：我从最初进入青座住宅那一刻起，就觉得不是入室作案，因为室内没有翻箱倒柜寻找财物的痕迹。如果是入室作案，肯定有在室内翻箱倒柜搜寻金银财物的蛛丝马迹。

问：证人不认为这是不良少年入室作案吗？

答：我不认为这是不良少年入室作案。假设不良少年入室作案，现场必然存在案犯慌张夺门而逃的迹象。例如存在隔扇、玄关、正门等朝后弹回时咣当关门那样的一两处痕迹。

问：证人不认为可能是痴情关系引发的凶杀案吗？

答：我也把因痴情关系而引发本案设定为目标进行过侦查，但如果是痴情关系，敝人认为，应该是婚前引发的问题，而被害人结婚已经一年半，所以我认为不是痴情关系所致。

问：围绕可能是不良少年入室作案的侦查进行过吗？

答：没有进行过。

问：没有把被害人和枝的骨灰拿到N警署吗？

答：没有。

问：在N警署审讯室向嫌疑人青座村次时显示骨灰罐，说这是和枝的骨灰，审问时还用骨灰罐咚咚敲打过嫌疑人青座村次的脑袋吗？

答：没有。

问：此外，嫌疑人青座村次说在N警署审讯室里被全身倒栽葱从鼻子吸水等体罚的事实有吗？

答：没有。

问：证人对青座村次说过以下的话吗？"你这家伙如果还这么顽固不化，那么我们为了得到某些线索还可拘留你的亲属。我们以警视厅名义拘留你，既然拘留你，那就能一直拘留到你认罪为止。到那时亲人背井离乡，你觉得那样好吗？"

答：没有说过。

问：证人手持佛珠劝说过青座村次认罪吗？

答：劝说过。我们刑警审问过成千上万罪犯，不会有无辜者，哪怕一个也不会有。

问：青座村次说，刑警们让被告实际演示用手巾勒颈掐脖的过程，证人知道这情况吗？

答：不知道。

问：证人在青座住宅时，泽桥刑警在厨房茶具柜那里说手表在这里，你对他指示了吗？

答：是的。

问：泽桥刑警是从其他什么地方拿来手表放到茶具柜背后戳破的墙面壁纸里的吗？

答：没有那样的事。

问：证人与泽桥刑警是什么时候走进厨房发现手表的？

答：是否一起走进去没有印象。

问：泽桥刑警有足够时间把手表放到那里吗？

答：没有记忆。

问：那么，泽桥刑警说了什么？

答：他说，这里有手表。

问：是他那里有手表吗？

答：是。

问：此后发现纸夹与领带夹时，证人你在哪里？

答：与其他部下在中房间里。泽桥刑警来那里喊我说，在该壁纸里的最下方还有什么东西，要我过去看。

问：当时，纸夹和领带夹是在壁纸与墙之间吗？

答：是的。

问：泽桥刑警最初发现手表后，又在相同场所的下面发现了纸夹和领带夹，证人没觉得这说法不自然吗？也就是说，那两件物品没有与手表同时被发现。

答：没觉得。

——从审判长一开始的提问可以知晓：N警署从一开始就认为凶手是青座村次，便不再深入追查其他入室作案包括不良少年作案在内的犯罪线索，即便有过，也只是走过场而已。再者后面的提问，也是因为审判长觉得泽桥警官发现手表、纸夹和领带夹在时间上牵强附会，觉得蹊跷。如前所述，这是警方用于认定青座村次就是本案真凶的小伎俩。

再者，审判长讯问了泽桥刑警与野中警部司法主任在发现手表时的行动时间点。野中警部司法主任在回答时但凡有可能说漏嘴而被视为可疑之处，都一概回答为"没有印象"或者"没有记忆"。一般而言，警官在法庭上只要被问及不利内容，惯用的答辩多为上述托词。

另外，野中警部司法主任全面否定了审判长关于青座村次在N警署交代时受过刑讯逼供的情况。不用说，他如果承认对青座村次的供述采用了逼供手段，后果则不堪设想，其审讯结果必会遭法院全盘否定，但是他承认了手持佛珠审讯过被告这一事实。虽说野中警部司法主任的回答成为前述理由，但是手持佛珠讯问嫌犯的本身，就意味着对被告人进行了心理上的审问。

法庭审理就这样结束了。昭和十六年二月十四日，久保田审判长在东京地方法院刑事第六部的法庭上，宣判被告人青座村次无罪。

判决理由如下：

"……警方调查讯问被告人的过程特征，是被告人青座村次时不时地推翻或变更承办警官在审问时所作陈述笔录，其间坦白是自己杀害了妻子和枝的事实，在预审法官第一次讯问之际也坦白是自己犯罪的要旨，并且证人池上源藏提供证词说，在与被告人同住监房时被告人泄露了犯有杀妻之罪的事实。警方判断本案，仅仅是按上述口供断定本案系被告人所犯。

"然而反过来说，对于被指控为本案被迫犯罪的动机，综合被告人的性格、坦白的内容和实施犯罪当天的被告人行动、各位证人的证言，以及进行再深入调查讯问时发现，虽被害人青座和枝对于被告人不满，以及于婚后也跟母亲、姐妹说过对于被告人不满等都是事实，但这并不意味夫妻间平日里的关系极不和睦，也很难认定被告人过去因愤恨而对妻子和枝有过实施家暴等事实，因此，缺乏应该认定的证据，即认定被告青座村次在如前所述单纯情况下突然对妻子实施重击的事实。

"由于，无法认可被告人具有上述特殊性格的事实及其被告人有如前所示不得已实施家暴的情况，因而，被视为本案犯罪动机的事实很难有说服力。不仅如此，被告人向警方坦白的情况，总之是本着上述动机朝被害人青座和枝胸口施以重拳或殴打，并且见她倒地后裙子卷起而性欲骤起，一边勒她脖子一边实施性行为，完了还用手巾缠绕颈脖将被害人勒死。

"根据被害人青座和枝尸体的解剖鉴定，右侧第四至第六肋骨之间骨折，肝脏破裂及其大量出血等，以及推断系因强大外力而致伤害痕迹，可以明了，如此伤势不可能因常人的拳头击打或仅膝盖压力程度的外力所致。因此，如前所述的被告人坦白与鉴定的结果难以吻合。

"还有，在前述情况下，见到妻子倒地而急剧催生性欲，主动进行性行为之说，但凡被告人没有特殊异常的性格，则很难想象被告人有那样的冲动。本法院根据查证过的所有证据和所有的讯问口供笔录，说到底还是难以认可被告人的性格特殊怪异，不得不说警方提供的被告人供述笔录没有可信度。"

8

由于一审法院判定被告人无罪，公诉人又立即提起抗诉，因而昭和十七年十一月七日，东京控诉院（即二审法院）颠覆了一审判决，认定被告人有罪，判决被告人有期徒刑七年。

作为判决的理由，东京控诉院全面采信了被告人青座村次本人最初的犯罪供述，还采信了被告人拘留时同一监房室友池上源藏的证词，而且采信了被害人青座和枝双亲的证词，并且采信了承办警官与搜查警官的证词。上述证词，作为判定被告人有罪的事实证据。

被告人青座村次不服判决，向大审院（即三审法院）提起了上诉。然而，大审院驳回了被告人的上诉，维持有罪原判，判决被告人服刑七年。

大审院全面拒绝了辩护律师为当事人即被告人提出的上诉状，现公布上诉状主要内容：

一、成为前审判决理由的证据，重点仅限于审理警方的讯问笔录书。由于这些讯问笔录是据被告人在N警署与警视厅遭受行刑逼供屈打成招的供述而作成，因而不可采信。并且，以如此供述为基础的判决，无疑是误认事实，与真相背道而驰。

二、成为前审的东京控诉院判决基础的证人陈述笔录，无不都是援用证词中不利于被告人的内容。尤其重视池上源藏的证词，是因为该"证人"是警视厅的原刑警，遭检举涉嫌诈骗罪，在与被告人为同一监房室友期间与被告人有过许多交流，尽管被告人当时没有说过自己杀害妻子，但因池上源藏希望多少能减轻自身罪行而引诱被告人说失手杀害了妻子，以迎合承办警官野中法务主任意思的证词，而非被告人本意。

三、前审判决认为，被告人用拳头击打被害人青座和枝两三下致肋骨发生骨折。显而易见，这样的行为不足以引发被害人青座和枝骨折。假设责成鉴定以科学搜查为基础，则难以作出系因强力击打还是拳头击打致其骨折的鉴定结果。并且，就算是被告人坦白一拳击其妻胸口而造成骨折也与科学不相符合。为勉强让不符合科学的假设成为符合科学的结果，而不得不引用搜查警官的证词，从而认定搜查警官的证词为被告人的犯罪行为，是东京控诉院误认事实。

四、对于被告青座村次，东京控诉院在获得利益的原刑警证人证词、被告人的陈述与验尸结果以及其他方面，没有援用有利于被告人的证据。

五、被告人五月二十日下午五时二十分左右回到家的时候，因原与妻子和枝约定去剧院看电影事遭到毁约而生气，走到正在后房间里的和枝跟前，二话没说就伸出右拳朝妻子和枝胸口击打了两三下，妻子和枝当即倒地。关于这一记载被作为判决理由，是误认事实的根因。不管怎么说，如果是精神病患者还能说得通，就正常人而言，心里再怎么不悦也不会追到后房间，什么话都没有说就上去击打妻子胸口两三下，其本身就不是一种理智的选择，而过去被告人都不曾对妻子和枝实施过这样的行为。

六、认定被告人见到被害人妻子和枝昏倒在地而与之发生性行为，明显属于生搬硬套。关于这一情况，被告人看到妻子因被自己突然击打而昏倒在地，做了意想不到的事而想杀了妻子，但看到妻子裙子卷起而与之发生最后的性关系，于是骑在妻子身上，但当时妻子还有体温，觉得还没有完全死亡。

被告人除此之外，还觉得如果让妻子和枝苏醒过来，自己所为就会让别人知道而不知所措，于是想决不能让她复活，而产生猎奇心态，骑在她身上边勒颈脖边发生性关系的时候，因妻子和枝全身瘫软而认为终于死去。

但是，如此认定的上述事实连鬼畜都不可能实施，而东京控诉院判决：被告人因与受害人其妻约定傍晚去看电影为讨妻子欢心而回到家时偶发遂行。如果被告人是性格异常者则另当别论，因而东京控诉院对于上述行为的判决，是对于不合理之事实的穿凿认定。

七、被害人和枝的亲生父亲石田重太郎与妻子石田千鹤的证词称，被告人没有惊慌失措的态度。东京控诉院却以此为依据。但是，被告人回到家里看到被害人其妻面目皆非的变化而呆若木鸡不知所措的情况，早已出现在N警署第一次讯问及其此后的陈述笔录里。

另外，被告人由于杀害了妻子和枝，因而在恐怖之念驱使下无法待在被害人的身边，也没有采取任何施救措施。东京控诉院却以此为依据认定被告人行凶杀人，但是，被告人目睹突如其来的异变而瞠目结舌不知所措的情况也不是完全没有可能。

既然如此，假设被告人是真凶而使用障眼法，一般而言，相反都会小题大做，时而抱紧妻子尸体号啕大哭，时而佯装狂躁不安。即便在这些方面，东京控诉院也是误认事实。

以上是辩护律师上诉状的要点大意。

然而，大审院刑事部第三部法庭全面否定了辩护律师提交的上诉书，判决如下：

"被告人杀害了妻子和枝的事实毋庸置疑，即使精查推敲陈述笔录和其他证据，也不能认定构成犯罪事实的根底有何失误。这就是说，东京控诉院认定的事实与证据及其理由皆准确无误，没有证据可以认定承办警官有过非法不当调查审讯而虚构被告人供述笔录的事实。"

审判长是大审院的法官御藏珍太郎。

御藏珍太郎在战后曾将自己的体验写成书出版，著作里的某个章节写有如下句子：

　　"公开审判的法官没有在案发当初参与搜查，也没有在案件当初介入对于嫌疑人与关系人的调查讯问，因此对案件的了解深度远远不及直接调查讯问他们的警官和检察官，而且迄今为止谁都没能从警方和检方制作的陈述笔录里找出瑕疵，因此法官很难找出足以推翻陈述笔录的突破口，多为通过仔细点检物证得到新的发现，尤其笔录书证，因出自承办警官之手而天衣无缝难以查出重要漏洞。由此，法官根据积累的经验，增加缜密调研的空间，查证笔录书证要有看透纸背的洞察力，因为那里潜伏着当事人没有意识到的破绽。反复调研查证取证，收获往往意想不到。"

　　御藏珍太郎对于本案，认定被告人青座村次是杀害妻子和枝的真凶。

　　——对于杀害年轻妻子案件的相关笔录证书，御藏珍太郎是这样审理的。

　　警官从一开始就将被害人和枝的丈夫视为本案真凶，从而几乎没怎么侦查其他有可能作案的线索，即便有也只是走过场敷衍而已。青座村次在犯罪过程虽有近似异常性格的行为倾向，尽管近来看不出他有这样的异常性格，但也难以想象他竟然有那样的臂力，朝被害人其妻和枝的胸口击打一两拳就能使其倒地而导致肋骨发生骨折和脾脏破裂。更有甚者对于犯罪认定几乎仅取决于青座村次的供述，可以想象这样的坦白是在警方逼供和诱导讯问下形成，以及同拘留所监房室友原刑警证人的告密作为旁证等，皆被御藏珍太郎统统搁置。

对于笔录书证，御藏珍向来贯彻目透纸背的确认，其中只有妻子拒绝去看电影而遭丈夫一反常态的家暴之情境映入他的眼帘。虽说被害人青座和枝体内残存的A型精斑血型是最常见血型，但是御藏珍太郎法官毫不犹豫地断定，那就是青座村次犯罪的铁一般物证。

大审院的判决书下达后，青座村次被押往监狱服刑后没过多久，某日即昭和十八年七月的一天，有一青年男子来到承办该案的辖区N警署投案自首，自报姓名山村正雄，称自己才是杀害那位年轻夫人的真凶。他是每天向青座夫人征询代购品名而后送货上门的酒店营业员。

他是这么对警察说的：

"我在每日前往青座家征询代购品名与送货上门的过程中，单相思地爱上了青座夫人。虽说夫人架子挺大，但是对我说话很随和也很爽快。那天下午四点半左右，我去青座家送竹皮外包装的酱汤料时见后门敞开，便向屋里打招呼，青座夫人随即走到跟前，她那天的妆化得漂亮极了，平日里没有这么打扮过，我心想夫人这么装束可能是准备外出，于是用带有半开玩笑的语气问：'夫人，您出门吗？'夫人答：'先生再过一小时到家，约好一起外出看电影哟！'

"我把酱汤料放在后门厨房的地板上，一边朝着回到榻榻米房间的青座夫人说：'夫人，祝您玩得开心！'一边却直愣愣地杵在原地看着她，居然忘记了迈步离开。这当儿，青座夫人也没有把酒店送货员的我当外人，不介意地解开带子，脱下衣物放在旁边，坐下后又不介意地脱下白足袋，放在旁边的榻榻米上。当时，长衬衣与衬裙的红端映入我的眼帘。

"我看到这般情景后猛然兴起，情不自禁地挪步走进了榻榻米房间。夫人见状神色惊讶，脸上堆满了难以置信的表情望着我，冷不防起身朝着我站立的对面衣架那里跑了过去。我快速跟进，绕到夫人的前面，这时她脸色苍白，眼看就要大声呼救，我想一旦被她大声叫喊，声音就会传到邻居那里，便不由得使出吃奶的劲朝着青座夫人胸口打了几拳。

"青座夫人没有出声就倒在地上。我是日复一日搬运重物送货上门干力气活的，臂力大于普通人，青座夫人当然不堪一击而倒在地上。

"青座夫人倒地后，我看到了她的大腿根部，实在无法控制自己的情绪，脱下自己的裤子，骑在夫人的身上，掰开她的大腿，达成了性交的目的。在实施性行为的过程中，因夫人睁开眼睛怒视，我感到不寒而栗，用手把她的头扭向旁边。

"但是没想到，我只是朝她胸口击打了两三下就会致人死亡。当时只是一个劲地想，要是青座夫人恢复知觉，她就会把我的所作所为向她丈夫告发，后果不堪设想，于是跑去厨房找来手巾缠绕夫人的颈部后用力勒紧。虽然觉得这样做她再也不会醒来，但是随着时间流逝，警方无疑会察觉我送酱汤料上门，很有可能我会锒铛入狱。为了伪造盗贼入室行窃勒死青座夫人的假象，我从壁橱里拿出浴衣塞到夫人的臀部下面，又顺便把她脱下放在榻榻米上的日常服装盖住她的脸部，害怕她再次睁开眼睛朝我怒目而视。

"仅凭那样伪装，我还是担心警方识破而不认为盗贼入室抢劫行凶所为，于是解开她的腰带，取出平时看到她揣在那里放有零用钱的纸夹，再从她手腕上取下女式侧银手表。这当儿，我又觉得仅凭这两个失窃物品还不够，翻箱倒柜，发现抽屉里塞满了东西，突然想到她说过丈夫再过一个小时到家便心里直发麻，最终只偷走了领带夹。这简直与家中着火时没取贵重品而是手持纪念品赶紧逃离的心情相同。我怀揣三件物品正要从正门口窜出，想起酱汤料还在后门厨房那里，要是警方认为从后门进入麻烦可就大了，遂从里面关门上锁。

"接着，我右手拿着自己的鞋子，左手拿着竹皮外包装酱汤料，走到玄关那里把酱汤料放在朝着玄关的左侧角落地板上，穿上自己的鞋子从正门走出青座住宅。

"回到店里，我又去了其他地方送货，但因怀里揣着从青座家盗窃的手表、纸夹和领带夹而总感到提心吊胆，又因自己把酱汤料放在朝着玄关的左角侧地板上，料定警方迟早会传唤自己，赶紧编好回答的理由。果然当晚八点前后刑警来到我的住处讯问，我回答说：'下午三点三十分左右从后门进入青座住宅，向屋里打招呼："夫人，您好！"可是没有回应，于是绕到玄关，把酱汤料放到朝着玄关的左侧角落地板上，关上玄关那里的门回到店里。当时，我没有察觉到青座家有人，玄关的障子门从左朝右敞开。'刑警记录了我的陈述，问我还有没有其他可疑情况。我答：'丝毫没有发现其他可疑情况。'于是刑警说：'啊，啊，原来是那样啊，衷心感谢！'说完刑警便回警署了，我也放下心来，那以后刑警再也没有来过。

"但是，如何处置揣在怀里的手表、纸夹和领带夹，我伤透脑筋，先打算埋在什么地方，又感到可能被人察觉而犹豫不决，后来阅读了翌日的早报，报上刊登了醒目标题为'杀害年轻妻子'的报道，文中写有侧银手表、纸夹和领带夹失窃的内容，于是一想到警方正在搜查上述失窃物品而寝食难安，于是寻找可以扔弃的场所。次日清晨凑巧去青座家附近送货，到了那里的时候，顺便把那三件物品扔到了与青座家一幢房屋之隔背后的垃圾堆旁。

"后来听说警方向社会公布第二次搜索情况说，从现场发现了三件失窃物品，我深感奇怪，自己确实是把三件窃走的物品扔入青座家附近垃圾堆旁侧，而且我血型也确实是A型。

"当看到青座村次因犯有杀妻罪而身陷囹圄的报道，我受到了良心的谴责，下定决心去警署投案。总之自打决心自首以来，我无法忍受自己犯下的杀人罪行，有时睡到半夜还会梦见夫人满脸恐怖的表情站在自己枕边怒视自己，如此场景已在梦中反复出现过多次。"

但是，所辖N警署尽管接待了山村正雄的自首却没有受理。当时，时任承办警官的司法主任野中警部已调到其他警署，现任听说山村正雄的自首供述后狼狈不堪，悄悄把他喊到跟前说：

"事已至此再提那无聊事，你会让我们感到为难。再说，

168

青座村次是该案真凶的事实确凿无疑，判决也经过了三审，初审、复审、再审，具有权威的大审院也是那么判定。青座村次也已完全认罪，目前正在服刑。你现在来本署说那已翻篇的事，还要不要你肩上扛的那颗脑袋？眼下正是战事吃紧之际，举国上下正在全力以赴抗击美英帝国，像你那么没心没肺的家伙根本就不是称职的国民。警方这次就不记录在案放你一马，要是再来警署重提旧事，或者对他人提起此事，警方决不饶恕。"

现任司法主任如此教训山村正雄。

9

——昭和十九年四月，也就是池上源藏三十七岁那年，他被作为补充兵源应征入伍，这支在东京新编的部队奉命前往朝鲜龙山集结，与从大阪和九州来到那里的各部队会合，番号为新编野战师团，根据命令向战局不利的菲律宾开拔。

眼下，这支部队正在龙山等待运输船进入港口，趁此间隙每天都在进行清一色的跳水训练，也就是说，手持三米左右长橹从高处往下俯跳。跳台的两侧搭有爬梯，士兵们沿梯子爬到跳台，从那上面跳到台下沙滩。这是为了避开运输船在海上突遭潜水艇偷袭时跳海自救。

战士们表情沮丧，逐个朝沙滩上俯跳，与迎接死神训练简直如出一辙。龙山部队居住的营房，因其他部队入驻而人满为患，就连部队的讲堂和紧急建造的临时营房都已无立锥之地。

池上源藏在与来自东京部队的士兵相互交流过程中，对于其中三十岁左右的大眼睛士兵饶有兴趣。该士兵名叫山村正雄，原以为头脑冷静，转眼又觉得浮躁有余，但冷静时却铁青着脸沉思，神情恍惚的模样。

"听说你来自东京N町，那N町在哪一带呀？"

一等兵（上等兵）池上源藏曾任刑警，朝着列兵山村正雄问道。池上源藏担任刑警期间曾因诈骗罪而服过刑。这天适逢下雨，所在内务班奉命停止俯跳训练。除了池上源藏，还没有谁问过他老家在哪里。

"N町××番地，我是那町上一家酒店营业员，那是酒店地址，我老家在八王子农村。"

"是××番地？那里四五年前发生过年轻妻子遇害的凶杀案，据说凶手是她丈夫。"

池上源藏一边回忆，一边说。

"那是我供职的那家酒店附近发生的一起凶杀案。喂，老兵阁下也知道该案吗？"山村正雄反问。

"因为当时报上炒得火热啊！"

池上源藏故意咳嗽后思考片刻，转眼脸上堆满了突然想起什么似的表情问：

"新闻报道说，那户被害人家发生凶杀案前，附近酒店营业员给那家送去了竹皮外包装的酱汤料，营业员不会是你吧？"

"是的，是本人。"

山村正雄眼睛朝下俯瞰。

"原来那营业员就是你啊！"

池上源藏感慨颇深，凝神琢磨山村正雄脸上的表情。

"老兵阁下怎么会这么清楚那起案件呢？"

山村正雄根据池上源藏脸上的神情有点不可思议地问道。

"嗯，知道一点点，主要还是来自新闻报道，但是……往下说，你当时被警方询问得够呛吧？"池上源藏问道。

"没有，没怎么询问我。"

"原来是那样啊！但是，凶杀案发生稍前时，你不是把酱汤料送到被害人家里了吗？"

池上源藏不知不觉地恢复了刑警的口吻。

"刑警只是对我询问过一回。"

"原来是那样啊！"

池上源藏说完"原来是那样啊"，随即眼睛里射出锐利的目光，山村正雄似乎显得有点心惊肉跳。池上源藏当时眼睛射出的目光，酷似刑警特有的那种冷光。

那以后过去一个星期，运输船驶入仁川港口。明天清晨，部队就要上船朝菲律宾开拔。今天，部队在这里的营房住最后一宿。池上源藏正在讲堂地板房间里与许多士兵在一起，山村正雄朝他身边爬去。

"老兵阁下，上次问我供职酒店所在町发生的那起杀妻案件，您也与该案多少有关吧？"

"说说你怎么会这么想的？"

池上源藏反问。

"老兵阁下，曾经一定是办案警官吧？我是根据您那眼神判断的。"

"其实，我是当过警察，但不在N警署，因此与那起杀害年轻妻子案件没有关系哟！"

"您果然当过警官。"

山村正雄思考片刻又说：

"老兵阁下，您没听说过我因自己所为去警署自首的事吗？是在青座村次被判服刑以后。"

"什么？你为坦白自己犯罪去过警署自首？"

"是的。因为我去过N警署交代了罪行，所以想这消息应该传到其他警署那里了吧。"

"没有，我可没有听说过哟！"

池上源藏依然佯装当时是其他警署的刑警，但这并不重要，内心深感震撼的是山村正雄的意外告白。

"哎，你是案发稍前送酱汤料去现场的吧，你那投案自首到底说了什么内容？"

山村正雄把当时去N警署向司法主任自首的内容一五一十地都告诉了池上源藏。

"原来是那样啊！这么说，那起凶杀案的谜底一清二楚了。"

池上源藏说完深深地点了点头。

"往下说，警署为什么没有当场拘捕你？还有，听完你的自首后说了什么？"

"我被发了一通火，大意是'那起案件大审院也已判决，别再废话'！"

"嗯。"

"但是，老兵阁下，其实那起案件的真凶也不是我。"

"什么？那你为什么要坦白自己是真凶？"

"我自己也不知道，当时的心情也是五味杂陈……"

"既然不是你所为，那为什么要撒谎？"

"不是撒谎，我向警方自首的内容都是自编的。老兵阁下，案发前我去那里送过酱汤料，但是去过青座家的并不只是我一个，还有报纸投递员，他是在我前脚刚走后脚进入青座家的。"

"嗯。"

池上源藏嗯了一声，似从心底发出的吼声。

照那么说，那份晚报不是塞入报箱。就新闻报道所说，那份晚报确实是放在后房间的矮餐桌上。照这么说，青座夫人也许去报箱取报，或许直接从报纸投递员手上接过晚报，正门没有上锁，玄关那里的障子门是敞开的。那报纸投递员也许是臂力过强的男子，或许身体里也流淌着A型血。

"是那家伙吗？那家伙也受到警方讯问了吧？"

"受到警方讯问了。据说，那家伙与我一样只受到一回讯问，可他没多时就辞职开溜了！"

池上源藏还是无法判断，山村正雄自首的内容是否属实。眼前的这个山村正雄，又像真凶又不像真凶。如果不是真凶，那他为什么要编造那样的谎言冒险去警署投案自首呢？

那天晚上，池上源藏无法入眠，可他身边的士兵们也无法入睡，明天就要上船驶向彼岸，即便上船也不知到底能否安全抵达菲律宾。敌方的潜水艇在东海横行霸道，迄今为止在该新编野战师团出发前，已有三艘满载官兵的运输船遭到突袭，船上官兵几乎无一幸免，都成了海底的藻屑，曾经训练过的俯跳本领也没起到逃命的作用。

这当口，奇思妙想在池上源藏的脑海里闪电般掠过。

如果山村正雄不是凶犯，那他为什么要编造谎言投案自首呢？谜底开始在脑海里浮现，变得清晰起来。山村正雄一定是不想被迫应征入伍的缘故吧。如果被判入狱服刑就能躲过服役。随着战事推进，没有受过教育的年轻人作为补充兵源，被迫一拨又一拨地开往前线充当炮灰。为了躲避服兵役而冒充杀人要犯，相反监狱是保命的安全场所。现在青座村次被判七年徒刑，他的生命至少在七年里是有安全保障的。眼前这个列兵山村正雄也一定想过，瞄准青座村次服刑的安全场所而不得已撒谎吧……周围难以入眠的士兵们不停地翻身，辗转反侧。

第二天傍晚，载有池上源藏与山村正雄的运输船在济州岛附近海域被敌潜水艇击沉。

种族同盟

1

人之不幸，源于丁点儿冲动，就好比手指端部触及肉眼看
不见正在空气中游浮的细菌那样。

我之不幸，源于东京地方法院的走廊。因某事在那里行走
时，与迎面匆匆走来的同行律师楠田不期而遇。当时，他腋下
夹着鼓鼓囊囊的包裹。我俩就站在那里聊了起来。

"看上去忙得不可开交啊！"

"嗯，国选辩护人的活接得有点过量了。"

楠田律师向上摇晃夹在腋下的包裹给我看，不用说，那里
面塞满了案卷的书面文件。

"您精力充沛，都能设法完成吧。"

"虽说那是好事，但发生了一些棘手事。说是住在仙台的
家母病危告急，老人家年迈体弱，长期卧床养病，这回可能挺
不过去了。于是，我也想请假回去个两三天，可是抱着这么一
摊子国选辩护人的任务，实在是脱不开身。"

他愁眉苦脸。基于那样的原因，我心头一热，决定代替他
突出围城。

所谓国选辩护人，就是为那些因无财力请不起律师的被
告人担任辩护，领取国家拨给为当事人出庭辩护的少量酬金。
从某种意义上说，承接国选辩护对律师而言，是一项赔本的买

卖。可是，国选辩护人却常因此蒙受社会的非难，例如辩护粗糙啦、通篇杜撰啦，等等。平心而论，也确实存在这种现象。遭受更多的责难是，国选辩护人基本不去法院阅卷，却在法庭上与检方展开辩论巧舌如簧。像这样的国选辩护人也确实不少见，但现实里并不完全如此。楠田律师是有良心的辩护人，在他影响下连我都有为贫穷被告人免费打官司与公诉人展开辩论的正义之心。

楠田律师站在走廊的角落，就这起案件的内容简明扼要地说了若干要点。通过他的描述，我的脑海里勾勒了一幅"趣味图"。他说，分手后会差人将案卷书面材料送到我的事务所。

我傍晚回到事务所时，听说楠田律师已经将案卷的书面材料送到了。助理冈桥由基子已经解开包裹，正在律师事务所里仔细地阅看公诉人的公诉书等。

她问："先生，这是什么性质的案件？"

我答："这是国选辩护案件，是从楠田律师那里接手的，看了以后感到有趣吧，觉得这起案件的走向如何？"

冈桥由基子说："该案被告人可能会被判无罪，看上去是一起颇具意义的案件。"

冈桥由基子毕业于某大学法律专业，被我的律师事务所录用，迄今已有四年工作经历。她说过，她的梦想不是要成为什么律师，也不是靠律师助理工作维持生计，而是出于对这项工作的喜欢。她头脑聪明，手脚勤快，所有案件的书面材料整理和目录编写等事务，我都委托她了。她工作细致周到也未出差错。律师助理的工作不只是整理，还要会解读案件的所有书面材料，善于发现律师没能察觉与察觉不到的地方。我已多次因她的辩术构思而受益良多。律师助理不是常人能胜任的工作，如今她已是无可替代的人选。当然，我很讨厌秘书这一职名。

由于她说该案被告人可能会被判无罪，因而我也兴趣大增。虽然楠田律师的意见也像她说的那样，但他的意见还不足以使我信心倍增。那是因为，任何律师都会把自己担当的案件说得头头是道。但是，冈桥由基子是我信得过的律师助理。既然她那么说了，我更有底气了，心里涌起了大凡是那结果的强烈预感。

话说案件辩护人，都要论及根据酌情从轻量刑的问题，就必须指出侦查不充分致事实误认等问题。从某种意义上说，全然没有类似找对方话茬唇枪舌剑展开大辩论那般索然无味。总之，没有像处在死刑或无罪的惊险案件能那么驱使辩护人铆足马力为争名夺利而不惜一战。

因全身斗志昂扬，我决定立刻查阅有关阿仁连平案件的所有书面材料。因为公判开庭就在后天，迫在眉睫，时不我待。说干就干，我决定暂时搬到位于高楼大厦里的律师事务所居住。

通常，律师都是把有关案卷的书面材料拿回家里阅读。但是，我的妻子半年前因患胸病住进了疗养所，加上婚后又没有孩子，回到家里就我一个人，空空荡荡的。再说住在律师事务所里，还能省去家与律师事务所两点一线的往返时间，我索性把床搬到了律师事务所。

冈桥由基子听说我这段时间要留在所里过夜，便去超市采购这呀那的，在律师事务所的烧水间里为我忙得不亦乐乎，烹制了简易饭菜，于是迄今为止只是烧开水的烧水房间因她的出现而不知不觉地摇身一变，成了仿佛寓所的厨房。

冈桥由基子与我一起品尝完她亲自下厨做的晚餐，收拾好餐桌和厨房后，与我举行下班的告别仪式，也就是，我用嘴唇亲吻她的额头和两侧脸颊。

"先生，请别工作到太晚啊！"

她握了握我的手指后走出律师事务所，出去之前还总是像往常那样依依不舍，在房间里磨蹭五分钟左右后才离去。

门咔嚓关上了，我便屏住呼吸耳闻她那高跟鞋走路时发出的悦耳声，直到消失在楼梯底下。随后，我开始把目光投向阿仁连平被告关联的盗窃、强奸、杀人案的案卷书面材料上，如刑事警官的搜查报告书，技警勘查报告书，解剖报告书，物证扣留报告书，被告人的陈述笔录，参考人的陈述笔录与公诉状等复印件。

案件概况如下：

东京都的西侧尽头附近有一条T河，上游那里的河宽大约二十米，水势湍急，河里凸起的岩石因浪花拍打而白沫四溅，附近深邃的溪谷景色迷人。每年从早春到秋末，从东京来这里的游客络绎不绝。电车经过的这条街道，过去是供应江户（现改为东京）木炭的运输旱道。山林沿着溪谷逆流而上变得愈发深不可测。

去年四月二十五日清晨，附近居民在距离这条河上吊桥二三十米的上游南岸，发现了一具漂浮在河里的尸体。尸体不是在河中央，而是靠近岸边，因凸起的岩石而卡住，水流还因那里有大块岩礁凸起而被截，积淤阻塞。

　　尸体是女性，还很年轻，上穿红色衬衫，下穿裙子，漂浮在浑浊的河水里。尸体近旁是苍翠的树林，岸上是不高的悬崖。这一带的总体地形：北岸有一条老街，电车从那里通过，住有不少人家，但是南岸不怎么开阔，只有山林。因此，游客很自然地渡过吊桥，前往具有纯自然风景的南岸观光，径直走过吊桥，还可进入Y村，途中岔道可通向建有神社的山麓。

　　当地警署派出警官从这里运走了尸体。死者身上没有随身携带的拎包，也许掉到河里被河水冲走了，或许被歹徒窃走了。纵观尸体全般，手脚有擦伤痕迹，年龄二十二三岁，营养不错，皮肤色白，体型微胖，长相也可。验尸法医推定，死亡已十四五个小时。由此，死亡时间是前一天下午六时到八时，身上没有割痕，颈部没有勒痕。法医初步判断死者为溺水身亡。

　　尸体因需解剖而被送往立川医院，因身上没有随身拎包而无法确认死者具体身份，也无法从衣服口袋里得到任何线索。但是可以推测，死者不是当地人，可能是从东京来当地观光的游客吧。

　　要说四月二十四日来溪谷观光，从时间上看还是有点过早，然而那天是星期日，因此来溪谷观光而在O站下车的游客比平时多了起来。警方向站员打听，回答确有这样的印象，说该女子手持来自新宿的车票通过检票口，她乘坐的是傍晚六点十分到达本站的电车，可是当时下车的乘客有二十来个，记不清楚究竟是否有男乘客伴她同时走出检票口。

女尸解剖结果，还是溺水身亡，可是腹部的表面残留着AB血型的精液，因在水里浸泡的时间过长，已经不是完全状态，但是可凭此物证确认死亡前有过性行为。虽然短裤上残存精斑，但不清楚是否是强奸所致。虽没有发现强奸时往往在腹部和两腿周围留有的伤痕，但也不能断言精斑非强暴所致，根据尸体手脚的擦破伤痕可推定女子有过反抗。

2

谁都不会认为，该女子会孤身从东京来这里游览，理所当然有男子陪伴。如果站员目击该女子是二十四日傍晚六时十分下车出站的乘客没有弄错，她理应是来这里观光的游客吧。当时，四周天色已昏暗，虽不凑巧O站的站员没有印象，但是同行男子混迹于二十来个乘客中间出站极有可能。站员说，通过检票口的二十来个乘客中间约一半多是男性，但都不是当地人，其中有七八个男青年。

这一带因大量的观光客，沿着河边建有几家旅店。刑警走访了这些旅店，以及饮食店和特产店，但是没有得到任何线索。然而，该女子不可能在天色暗淡时分独自去那冷寂场所游览，一定是男女朋友结伴同行吧。随着季节变暖，游客一般不住旅店，也有不少情侣在溪谷沿岸茂密树林里拥抱啦接吻啦，因而附近村里的男青年也会特地去那里暗中窥伺搂抱接吻的场景。

随着排查拉网式展开，警方找到了值得信赖的目击者。吊桥北侧偏东的地方有一家木炭批发店，店主的女儿于二十四日下午七时前正要关闭后门时，目睹身穿红色衬衫的女子正走过吊桥，女子的另一侧有与之结伴行走的男子身影。从这家批发店的角度看过去，视线凑巧斜对着那座吊桥。

刑警问店主女儿：怎么知道当时是快到晚上七时的时候？她答：当时电视里开始播报新闻前的天气预报。店主女儿还说：当时自己正一边忙着关门打烊，一边听着播音员播报气象台发布的气象内容，时间不会记错。

但是，店主女儿看到的只是红衬衫女人的身影，适逢暮霭黄昏，在女人身边行走的男人所处位置是在女人的另一侧，因视线受女人身影遮挡而无法看清男人身上的衣服款式，当时他俩正从吊桥中间朝着对面行走。从某种意义上说，唯有身着红衬衫的女子映入店主女儿的眼帘。她当时觉得，那对男女情侣不像是观赏风景，也不像是去下面村庄，而是趁宜人季节早早去荫翳缭绕的树丛里纳凉吧，遂停下关闭防雨板的手，目送了那对男女情侣片刻。

这么说，红衬衫女子在O站下车的时间是傍晚六时十分，那她接下来的四五十分钟时间里做了些什么？虽然此谜团无法解开，但可推测她是在等某个男人，而那个男人乘坐的多半是下一班驶来O站的电车。男人，或许就是如前所述后来与女人在吊桥上结伴同行的那个，店主女儿因红衬衫女人遮挡视线而无法看清他所穿服装。O站附近的商店多，人头攒动，是这一带中心闹市，她一边逛街一边等人的模样似也特别引人注目。

总之，木炭批发店店主女儿的目击证词，关于女人与男人结伴于晚上七时前经过吊桥朝南行走之说确凿无疑。那地方，距离女尸漂浮的现场和吊桥南端二三十米。于是，警方在附近密林里展开了地毯式搜索。虽女式拎包还是没有找到，但从女子溺水身亡的地方朝上游走约五十米，发现了零乱的草丛里似有人躺过的痕迹。虽无法断定该痕迹是否为溺亡女人与相好男人的行为所致，但这是有助于侦破本案的参考依据。不过，因草深且过密，连一只脚印的线索都没能在那里找到。

如果女人与男人一同来现场直至遇难而溺水身亡，那也有可能是挣脱男人而冲到河边跳到水里吧。尤其因为手脚上有擦伤的痕迹，可推断女人当时有过反抗，还可推测女人拎包不知去向是遭窃所致。毋庸置疑，男人盗走拎包的动机是害怕女人身份被警方知道而很快找到自己，更可推估女人生前性行为是遭到男子强奸所致。

警方想象如下场景：当晚七点差五分时（根据木炭批发店店主女儿听到的电视台播报天气预报核实的时间）男子与女子边交谈边行走，此后男子在草丛里强迫女子遂行性行为。女子不允，男子强行按倒女子强奸，此后女子大怒，破口叫骂，男子怒将女子推到河里。

第二天，也就是二十六日，警方判明了女子的身份。这是根据新宿温莎酒吧提供的信息，说是看到报上的报道后，觉得死者应该是他们酒吧的陪酒女郎杉山千鹤子。星期六傍晚，杉山千鹤子打电话给酒吧经营者说当晚请假。警方出示尸体照片，酒吧经营者确认无疑。

杉山千鹤子租借大久保若叶庄公寓里的一室户独自居住，年龄二十三岁。警方向物业管理人打听，得知女子是那天下午四点半左右离开公寓，既没说去哪里，也没说与某男子约会。然而，如果死者生前是酒吧的陪酒女郎，又如果是他杀，便可大幅度缩小嫌疑人的搜索范围。

凡是来到温莎酒吧与杉山千鹤子关系亲密者，都一一接受了警方的调查询问。酒吧里的人也对杉山千鹤子作了客观的评价，说她没有特定情人，只为钱，跟任何男人打交道都是一次性，由此就能知悉她星期六傍晚去O溪谷是为了什么。由此可认为，她是为钱而受男子引诱去了那里。

可见，她死亡前的性行为似乎不是什么强奸，而是通奸所致，只是有可能在通奸之后引起争端，极有可能是为钱发生争执，也许她要求客人支付的金额高得离谱，从而引起对方发怒而吵架，直至发展到对方杀人犯罪吧。正如上述推断的那样，晚上七时后出现的证人说，听到从现场传来女人的叫喊声。由此，死于他杀的可能性变得愈发清晰起来。

杉山千鹤子的拎包是普通的黑色皮革包，包里平时只放一两千日元。她奉行银行储蓄主义，攒下的钱都存到银行，出门几乎不带过多的零花钱。假如这是事实，抢劫杀人之说也就不攻自破。物业管理员说，她颈脖上平时挂一条附有纤细银锁挂件的项链，还说当天外出时也见过她挂在颈脖上。

这条附有纤细银锁挂件的项链，据说是一名客人送她的，挂件椭圆形，维纳斯肖像浮雕，产地意大利。打开盖子，可见盖子内侧嵌有死者去世母亲的微照。目睹这一不易发现的场所，依然是嫌疑人从被害人颈脖拽下后将项链带走的吧，不让警方知道死者的身份。银锁纤细，稍使力气便可轻易拽断。

从那些与杉山千鹤子关系密切的酒吧客人中间，没有筛出证据确凿的嫌疑人来。温莎不是大型酒吧，来的都是常客，他们都有当天不在作案现场的证明。而且杉山千鹤子紧盯着钱，哪怕是稀客，故此，也很有可能当晚去了某家旅店，嫌疑人也未必就是温莎常客。再者，要是只来过这家酒吧一两回的客人，一般都不会留下姓名和地址，故而很难找到他们。

当地警署经过三四天的排查，最终把重点挪回到溺水现场附近，阿仁连平浮出了水面。

阿仁连平出生于鹿儿岛县，年龄三十二岁，是吊桥北侧约两公里东侧靠近T河下游的春秋庄旅店的掌柜。说是掌柜，其实也与伙计差不了多少，浴室清洗与院子打扫以及跑腿等差事样样都要亲力亲为。他是个单身汉，两年前受聘于这家旅店，吃住都在店里，此前曾是千住金属街道工厂员工，因工厂破产倒闭而离职，凑巧看到了春秋庄旅店刊登在报上的招聘广告，于是受聘。

阿仁连平出现在侦查视线里的理由：他走到春秋庄旅店的西侧时，凑巧被隔壁旅店的女主人看到，这就是说，有人看见他独自一人急匆匆地返回旅店。旅店女主人当时正在接待东京来客，下意识地望了一眼手表而记住了时间，抬起头时凑巧看到阿仁连平回店的身影，因此强调不会弄错时间，手表时间准确。她还说，当时向阿仁连平打招呼，可是阿仁连平却装作不认识的表情，慌里慌张地从西侧走进春秋庄旅店大门。平日里，他总爱跟自己开玩笑，然而那天一反常态，神色紧张。

　　刑警当即表示，会为她提供的证词保密。

　　警方走访了春秋庄旅店，得知阿仁连平二十四日傍晚六时十分左右，因住店旅客遣其上街购物而出门，前往站前广场的一家照相机店购买胶卷。当时正是杉山千鹤子下车出站之时。那天，偏巧春秋庄旅店的公用自行车被他人骑走了，阿仁连平一边发牢骚一边徒步外出。从春秋庄旅店去车站的站前广场途中，必须沿着河边正在施工的道路向西走约一公里，途中还因朝北断头路而不得不绕行多走一公里左右的坡道。如此，按正常的步行速度抵达照相机店约三十分钟。六时四十五分左右，他为购买胶卷花了约五分钟时间后走出了照相机店。

　　且说，从这家照相机店到达杉山千鹤子的溺亡现场或人为零乱的草丛现场，即便从站前道路进入岔道到达吊桥，步行至少也需十五六分钟。这条岔道十分狭窄，俗称"A路"，再从那里徒步返回春秋庄旅店，需要二十分钟左右。

　　从春秋庄旅店到站前广场那家照相机店，徒步来回一个小时足够。这就是说，去程三十分钟，回程三十分钟，加上在店里购买胶卷约五分钟，正常为六十五分钟左右。

然而，阿仁连平当天傍晚六时十分走出春秋庄旅店正门，七时三十五分回到春秋庄旅店正门，一个往返居然用了八十五分钟时间。去程包括购买胶卷时间是三十五分钟，回程竟然用了五十分钟，扣除正常的回程时间三十分钟，多用了二十分钟左右。

对于多出的二十分钟时间，警方专案组认为阿仁连平有足够的作案时间。

由此，阿仁连平受到了专案组的特别关照，但是光凭上述证据还不足以传唤他配合调查讯问。刑警在春秋庄旅店进行了内查，得到了大致符合警方预测的若干旁证。警方将他抽的烟头送到鉴定部门进行化验，结果是AB血型。这就是说，血型化验结果与从杉山千鹤子尸体里检测到的精液血型相同。

在这里有必要诠释专门知识：血型有分泌型与非分泌型之分，非分泌型是指唾液和精液里不会显示血型而分泌型是会显不出血型的，例如即便是A型，既无法从血液里证实，也无法从分泌物里证实。

阿仁连平是分泌型，嫌疑人也是分泌型，但是警方从尸体采集到的精液里混有被害人阴道里的液体，也必须考虑这一因素，后面还会赘述。

3

　　警方专案组传唤了阿仁连平，他当时的陈述如下：

　　"受到住店客人要求购买胶卷的委托，接过客人递交的两张一百日元纸币，傍晚六时十分左右离开春秋庄旅店，在平时都是骑自行车往返，但事不凑巧车被其他人骑走了，自己不得不徒步往返。当天因昼间工作相当疲惫，加上不得不徒步走了两公里，因劳累而一路上摇摇晃晃地前往车站。在朝着车站的转弯角跟前与村里熟人不期而遇，相互间打了短时间的招呼。

　　"接着，继续沿着街道的岔路前往车站途中，还遇上了其他旅店熟悉的女服务员，也聊了几句，买好胶卷后离开了照相机店，途经商业街窥伺了商店橱窗。平时一小时往返足够，但因出现了上述状况而途中不得不放慢了步行速度，多用了一些时间。"

　　因他的陈述，警方就他在途中遇到的村上某熟人和其他旅店某女服务员进行了询问。他俩的证词与阿仁连平的陈述相吻合。某村民说，当天傍晚六时二十五分左右与他遇上。其他旅店某女服务员说，当天傍晚快到六时四十分时与他碰上。

　　阿仁连平那天傍晚慢于正常的步行速度，通过这两个人的证词得到了确认。

　　阿仁连平的血型是AB型，被害人的血型是A型，由此可见，即便是血型，也使阿仁连平处在了非常不利的境地。

再接着，向阿仁连平的原籍地的町公所了解情况，得知他有前科，属于二进宫，一进宫是因吵架而施暴犯罪，二进宫虽户籍誊本上没有记载，但原籍地的市町村公所的犯罪人名簿备注栏里都记有关于他的案底。

警方专案组拘留了作为重要嫌疑人的阿仁连平，并在拘留期间强行搜查了他在春秋庄旅店的住房，但是没有从那里发现有关杀害杉山千鹤子的任何线索。

不过，稍后发现了重要物证。春秋庄旅店的女服务员镰田澄子说，嫌疑人阿仁连平于犯罪当日即二十四日那天晚上，给了她一条银锁项链。她把那条项链交给了警方，项链的表面是维纳斯侧脸浮雕，盖子里嵌有被害人的母亲肖像微照。专案组立刻向检方申请，取得逮捕证后对嫌疑人阿仁连平展开了正式调查讯问。

嫌疑人阿仁连平供述如下：

"我在照相机店购买了客人委托的胶卷后离开那里，当时照相机店里正面墙上的挂钟指向傍晚六时四十五分，我对营业员说已到这时间了，当时营业员也看了一眼挂钟上的时间。接下来，我步履蹒跚地沿着来时路返回。也正如前面所说，那天昼间工作劳累，加上没有骑自行车而是步行的疲劳，内心也在暗示自己慢慢走吧，再说回到旅店后又要立刻投入烦琐的工作，于是一边窥伺商业街的商店橱窗，一边磨磨蹭蹭地走着回去。这当儿走进了A路，前面有家精巧堂钟表店。我朝那家钟表店的橱窗观望了五分钟左右，因为自己腕上的那块手表非常陈旧，早就想换一块新手表。我就那样一边观赏，一边移步到转弯角时，突然发现脚边有白乎乎的小不点东西，不知是谁遗失在那里的。捡起来一看，那是女人经常挂在颈脖子的项链，上面有西方女人的侧脸浮雕。我猜想，很有可能是某个行人不小心地掉落在地的失物，随即环视左右也没有发现失主，便把它放到袋里带回旅店。回程路上，也不凑巧没有见到一个熟人。由于窥伺橱窗和一路慢走，回到春秋庄旅店时觉得有点晚了，于是走到正门时心情有点火急火燎。

"我从袋里掏出买来的胶卷，托女服务员镰田澄子代我交给客人，忽然想起放在口袋里的项链，心想就送给她吧，但又觉得这时候送那东西会让她感到奇怪，还是再过些时间找机会送她吧。镰田澄子平日里经常庇护我，我也就不知不觉地对她产生了好感。此后的某一天，好像是那天下午四点左右吧，为了查看浴池的水温而去分店的途中，我遇上了正从分店门口出来的镰田澄子，就在那里从口袋里取出项链对她说：'这是前些日子捡到的，要是喜欢就送您。'说完递给她，她说：'谢谢！'看了一下项链后向我鞠躬行礼说，'这像是进口饰品，我会视为贵重物品。'如前所述，那是我在走进A路跟前那家钟表店窥伺橱窗时从那角落地上拾到的，绝不是盗窃别人的物品。"

女服务员镰田澄子的证词与阿仁连平的陈述相同。

承办警官又问："阿仁连平那晚七时三十分左右返回春秋

庄旅店，当时是什么状态？"

镰田澄子回答如下："总觉得阿仁君当时的呼吸有点气喘，好像有点心神不定……我没有尽快向警方报告他给的那根项链，是因为压根儿不知道项链居然是河里浮尸的饰品。自从阿仁君受到警方讯问后，我心里在想，拿着那样的东西恐有莫名的大难临头，于是交给了警方。阿仁君给我这条项链时只是说：'这是拾到的失物，要是喜欢就送您哟。'当时，我也没有发现他脸上有什么怪异的表情。"

总之，出现了可以确定阿仁连平是本案嫌疑人的有力证据。于是，他成了被公诉的对象。

读了检察院出示的如下公诉状，被告人阿仁连平被公诉的罪证如下：

一、被告人阿仁连平辩称持有的被害人项链是在O町捡到，该辩称纯属谎言。

二、从被害人阴道里残留的精液检测出是AB血型，与被告人阿仁连平的血型一致。

三、从春秋庄旅店到站前广场那家照相机店虽是徒步往返，但被告人阿仁连平往返所花时间比正常时间多出许多。正常所需五六十分钟就可走完的路程，他竟然花了多达七八十分钟。公诉人认为，多出的时间就是被告人阿仁连平在现场对杉山千鹤子实施犯罪的时间。

四、在回程路上有与被告人阿仁连平相遇的目击者，但被告人说没有遇上任何人。根据推定可以认为，被告人阿仁连平回程路上是匆匆返回春秋庄旅店。春秋庄旅店的隔壁旅店女主人目睹这一情景，说："阿仁连平因匆忙回店而没有回应自己向他打招呼。"春秋庄旅店的女同事镰田澄子说："阿仁连平外出购买客人所需胶卷而返回店里的时候，表情显得有点心神不定。"上述证词，足以推断那是被告人实施了犯罪后出现的状态。

根据上述四个方面，公诉人推定本案真凶就是被告人阿仁连平，理由如下：

"被告人阿仁连平傍晚六时十分左右从春秋庄旅店出发，途中遇上了两名熟人，六时四十分左右到达站前广场的那家照相机店，为购买受客人委托的胶卷用去大约五分钟时间，六时四十五分左右离开该店。这时候，被告人见被害人在站前广场溜达，多半是被告人主动上前与被害人搭讪。被害人杉山千鹤子是乘坐傍晚六时十分左右到达O站的电车，下车出站后走过吊桥的时间是七时差五分，可以推断被害人此前是在O站附近逍遥自在地观景，也就是在站前广场上与被告人邂逅。被告人虽与被害人不曾谋面，但此时性欲骤起，甜言蜜语地引诱受害人前往吊桥的那条捷径即A路，七时稍前一起走过吊桥。该吊桥北岸东侧是木炭批发店，店主女儿称，正是七时前电视机播报天气预报时，见到一个身着红衬衫的女人与身边的一个男人走过吊桥而去。虽男人身影和服装款式，凑巧因当时黄昏雾霭，加之红衬衫女人遮挡视线而没能看清楚，但这不难推断当时的红衬衫女人就是杉山千鹤子，走在她身旁另一侧的就是一起过桥的被告人阿仁连平。

"可以认为，被告人阿仁连平走过吊桥引诱被害人前往即警方勘查发现的凌乱草丛时，突然逼迫女子与其发生性关系，因受到被害人的极力反抗，被告人趁势抢走了被害人挂在颈部的银锁项链，或者银锁项链也有可能在被告人与被害人争执过程中从被害人颈脖上脱落掉到地面，总之两者必居其一吧。最终，被告人把被害人按倒在地胁迫就范，趁被害人无法反抗之际遂行了强奸。此后，也许被害人怒不可遏说了要向警方报案后大声叫喊。当时是晚上七时刚过，有证人听到来自疑似第一现场方向传出的女子叫喊声。于是，被告人杀意顿起，从背后猛推被害人坠入T河，致被害人溺水身亡。被害人手脚的擦伤痕迹大抵是在反抗中形成，但是被害人被人从背后推到河里而没有负伤的情况，根据以往案例便可知晓。被害人溺水身亡的尸体是朝下方漂流，也大凡因那里的岩礁浊流而挡住，卡在了被发现的浮尸现场。

"被告人将从被害人身上夺走的女式拎包扔到河里，也因T河中央的水流湍急而没有沉至水底，大抵被冲到下游乃至难以被人发现的场所。

"被告人行凶后，把银锁项链揣在袋里，当晚七时三十五分左右若无其事地回到春秋庄旅店。通常，从站前广场那家照相机店回到春秋庄旅店只需三十分钟至三十五分钟就可走完的路程，被告人居然用去五十分钟左右。这多出的部分，就是被告人用于行凶作案的时间。

"而且，被告人阿仁连平回到春秋庄旅店后竟然胆大妄为，还将从被害人身上窃走的银锁项链送给自己持有好感的女同事即春秋庄旅店的女服务员，企图收买她的欢心。

"无论是对于警官，还是对于检察官，被告人都执意否认自己犯罪所为，重复自己相同的供述。尽管被告人阿仁连平否认，但是根据上述物品证据和情况证据，可以推定他将被害人杉山千鹤子推落到T河致其溺水身亡，可以认定这是一起被告人有计划的犯罪。"

4

我那天晚上在律师事务所直至十一时过后，才将阿仁连平涉及的抢劫、强奸、杀人案的全部相关的案卷文书复印件通读完毕。

这是一起疑难案件。无论是从哪一个角度看，公诉方指出被告人阿仁连平犯罪这一主张似难改变。首先是项链物证，其次是血型一致，再者是被告人与被害人在站前广场相遇的时间吻合，最后是被告人从工作过的春秋庄旅店到站前广场那家照相机店的往返徒步时间，也比正常所需时间多出许多。

我应该从哪里找到突破口为被告人辩护呢？我接下来做了一个多小时笔记，思考后还是回到独自一人居住的家，躺在床上继续沉思。这过程脑海里浮现出了冈桥由基子被自己嘴唇吻过的额头和脸颊，也由此浮现出了冈桥由基子与被害人杉山千鹤子重叠的幻影，令我生厌。当然，冈桥由基子绝不是类似被害人那样没有教养而且不纯洁的女人。我努力着，尽快从大脑里剔除这幅让自己感到不快的叠合幻影。

不管怎么说，困难的是如何否定银锁项链这一物证。否则，法院仅凭这也可给被告人定罪。当然，项链也未必是因他人暴力而离开被害人的颈脖。曾也有过这样的案例：项链是在外出过程毫无意识地从颈脖上脱落而丢失。因此，被告人阿仁连平凑巧在那家精巧堂钟表店的拐角那里捡到失物项链，这也不是不可能。

我看了简略的地图：那家钟表店在从站前广场的道路进入A路的拐角上，是面朝车站的第二家商店。照这么看，被害人因走过吊桥而去第一现场，途中当然要经过A路。因此，即使说是被害人在进入那条路的转角跟前不经意地弄丢了银锁项链，理由也完全可以成立。

但这只是被告人的主张，难以让法官心服口服吧。

第二是血型，这也是鉴定结果，被害人体内残留的精液血型与被告人的血型相同。然而，假设不是被告人，而是其他AB血型男性与被害人死前发生过性关系，也有可能残留AB型的体液吧。

尽管思考了上述种种假设，但也还是很难具有证明被告人无罪的说服力。

稍有希望的还有时间问题。被告人从站前广场那家照相机店回到春秋庄旅店的时间，确实比正常行走的时间多出许多，但是，如果以一般所需时间三十分钟为标准，被告人所花的时间大约五十分钟，也只是多出二十分钟时间左右而已。

在这仅有的二十分钟时间里，被告人要把被害人诱骗到第一现场，通过强奸满足性欲后，还要从背后将被害人推到坠入河里，这可能吗？如果现在从疑似杀人现场回到春秋庄旅店徒步所需二十分钟为标准时间，由此，该时间与从站前广场那家照相机店路过A路去现场再回到春秋庄旅店相比，仅有约五分钟之差。这就是说，阿仁连平是否可能在十五分钟到二十分钟的时间里完成犯罪过程是一个问题。而公诉方认为"可能"，然而，也许可能，或许不可能。

这也是原国选辩护人楠田律师的着眼点，他说他本打算就该犯罪能否在二十分钟时间里成立的问题点与公诉方展开针锋相对的争辩。

可是，压倒该争辩的问题还是项链与血型，当然还有被告人到达春秋庄旅店时的状态被说成有点心神不定。不过，这只是证人主观上的印象，因其没有说服力而可无视。

翌日，我比平日稍晚时来到律师事务所。这时候，冈桥由基子已经提前到了。她要求事务员太田君复印另案的法官记录文书。接下来，她朝着我一边微笑一边问道："先生，您想出好办法了吗？"

"没有，非常困难。"我说。

"昨晚您好像阅卷到很晚才睡吧。"

"是啊，到家已经是十一时四十分左右吧。"

"因楠田老师已经差人将该案材料送来律师事务所，我昨日也趁先生从法院回到律师事务所前的那段时间，抢在您前面粗略地浏览了一下整个案卷。"冈桥由基子脸颊微红地说。

她脸红不是因为比我先看，而是因为案件的性质吧。她看的是整个案卷的原始记录，那文字里还对强暴妇女的细节极为客观地作了毫不掩饰地描述。

"是，是，你昨天对我说了，本案也许有被判无罪的希望吧，那就是说，被告人从疑似犯罪现场回到旅店往返所用时间吧。"我从她那里移开了视线，一边给烟点火，一边继续说道。

"是的。"

"不过，还要准备其他不易推翻的证据哟。"

"这我明白，但是，我总觉得被告人无罪。"

"为什么？"

"阅读该记录的时候，总觉得好像在哪里见过与该案类似的经典案例，可我一时怎么也想不起来，昨晚到家里回忆好长时间才终于想起来了，于是今天上午稍稍提前来到了律师事务所，在书架上找了一下……就是这本呀！"

冈桥由基子手指着我办公桌上的一角，那是一本纸张已成褐色的西方法律会刊，是英国伦敦法律家协会出版的《英国著名刑事案件经典判例汇编》，有七百多页厚，正中夹有附笺。

"这本书找得好啊！"

"呵呵，您请过目。"

198

我坐到椅子上从附笺开始读了起来,译文如下:

　　最具特例且富有教训的案件,是荷尔罗伊德法官在一八一七年法国沃尔维克市秋季巡回法院判决的艾布拉罕·索恩顿案件。

　　上午七时左右,视作被强暴后扔入水穴而溺水身亡的少妇尸体,在某水穴发现,艾布拉罕·索恩顿被作为该案嫌疑人受到公诉,该案事实如下:

　　被害人的帽子、鞋子和袋子都是在水穴堤上发现的,在距离水穴四十码约三十六米的草丛里,发现有人倒地躺过的痕迹,还发现有脚印痕迹的草地上有血迹,与若干胖鞋脚印,从那里到水穴约九米的区域,距离人行道一端约一点五米的草丛里更有血痕。尸体被发现时,草丛里根本没有脚印,沾有血痕的草上弥漫着晨雾。毋庸置疑,可以据此判断草丛里的血痕是罪犯抱着被害人的身体在人行道行走时滴落而致。验尸结果发现,被害人胃里有半品脱约合二百四十毫升的水与水藻。由此可以判明被害人生前被塞入水穴,但是身上存在视奸淫为通奸的特征。

　　尸体发现稍后,又发现在刚用耙平整过的水穴周边旱地里,有被告人和被害人的左右脚印,根据脚宽与脚印深度的关系,说明被告人追赶正在奔跑中的被害人,而最终追上了被害人。从被告人追上被害人开始,地上留下的足迹是步调一致,方向是朝着水穴与明显有人倒地躺过痕迹的草丛那里。从水穴为起点，持续了三十六米左右，但再往前因土地坚实没能发现脚印。

另外，地上存在被告从水穴穿过用耙平整过的旱地后溜之大吉的脚印。公诉人据此主张：被告人把被害人塞入水穴后独自穿过旱地逃之夭夭。此外，水穴边缘的附近存在男子左脚鞋印，虽无法印证是被告人鞋印，但是可以证明被告人所穿的鞋子左右相同。被告人的衬衫上沾有血痕。被告人承认与被害人有过性行为的事实，但强调，性行为属于通奸。

综上，上述事实对于被告人极其不利，乍一看就可确定无疑被告人是该案真凶，但被告人提出自己不在案发现场的抗辩，而且有完全站得住脚的证据。这就是说，被告人与被害人于前晚在居酒屋跳过交谊舞，半夜时分双双走出居酒屋大门，清晨三时半左右在案发现场附近的台阶上说了悄悄话后，清晨四时左右去了艾尔金多，拜访了前些日替被害人保管衣物袋子的巴德拉夫人府上。当时，被害人高兴地换上被保管的衣物，四时十五分左右离开了该府。

被害人回家的路是在旱地里，旱地里的部分路段最近刚被耙子平整过，水穴就在连接这条路的旱地里。被害人离开巴德拉夫人府后的行动轨迹，有许多人相继见过。被害人独自沿着公路步行回自己家。假设被害人在公路上与被告人结伴同行，理应可从远处望到被告人的身影。最后见到被害人且确定被害人身影的证人，时间是被害人离开巴德拉夫人府后十五分钟以内即四时半前后。

其次，被告人约四时半或至少四时三十五分前，有四个被告人根本不认识的陌生路人，遇到被告人正在小路上朝着与被害人住宅相反的方向悠闲走着。四时五十分左右，又有路人碰见被告人，即被告人在距离四时半左右遇见上述四个陌生路人的场所约一千六百米的地方，依旧朝着相同的方向悠然行走。因被告人向他打招呼，他俩站着相互聊了十五分钟，此后五时二十五分左右又有路人遇见被告人朝着距离八百米左右的自宅行走，大约有从巴德拉夫人府到水穴那里四分之一即两千米的距离。

假设被害人在该时间行走了二十分钟，可视作她从巴德拉夫人府到达水穴的某个地方大约是四时三十五分。被告人最初见到的四个人，无论怎么想象，大约在四时半至四时三十五分之间，从那里到水穴有二分之一即大约四千米，因此，被告人四时三十五分钟前后不可能在水穴那里。

假定被告人是真凶，被告人则在被害人离开巴德拉夫人府后与其结伴同行，且被告人要徒步四分之一即大约五千二百米。其间，被告人必须在自己与被害人一起——二十分至二十五分的时间里实施：一、追赶被害人；二、与被害人发生性关系；三、杀害被害人；四、把被害人的帽子、鞋子和袋子都放在水穴的堤上。在被害人尸体被发现后的两三个小时里，警方拘留了被告人，但他主张没有作案时间以及有不在现场证明。被告人的抗辩，无论是在接受验尸陪审与承办警官调查讯问时，还是在公判时，都始终如一地坚持上述主张。公诉人对此没有反驳，而且对于举证上诉证人的证词进行抗辩之可信度，公诉人也没有任何反对意见。

有关时间点的证人等证词，因证人不同而相差甚远，但是案发翌日通过慎重的现场体验调整为普通的标准时间。因此，有关证人等证词的真实时间也就没有了质疑的空间，说到底也就不可能把被告人作为与公诉相关的犯罪真凶。但是如此一来，该起案件的判决结果将会遭到全社会的强烈谴责。被告人被法院宣判无罪后，果然遭到全社会此起彼伏的口诛笔伐。不过，该案主审法官依然沉着冷静地完成了使命，给司法界提供了经典案例。

大体对于这起案件，陪审因此完全缺乏应该从事实角度质疑犯罪本身关联的决定性证据。被害人因被告人诱骗而发生性关系，也许分手后懊悔做了不该做的事而一时冲动跳到水穴里引咎自杀，或许被害人在居酒屋与被告人见面那天早晨徒步去了市场，夜间与被告人热衷于跳交谊舞，结束后没有夜宵而是在旱地里闲逛，走到水穴边将前晚穿的舞鞋装到袋子里，换上随身携带的长靴后坐下，然而当时因疲劳等不慎坠入水穴。

公诉人主张，被告人强奸被害人后因担心被其告发而将其塞入水穴致溺水身亡，只不过是其单方面的主观臆测而已。根据被害人与被告人连一面之交都没有过而深夜一起外出的事实，以及被害人登门拜访巴德拉夫人府的清晨四时——被害人当时也没有跟家人说过什么，相反还是一脸镇静且开朗的表情的事实——无疑，她迄今有过上述经历。

进而，根据沾有血迹的草丛没有露珠掉落的事实，也同样可以推断公诉人所说的证据苍白无力，多半是因为没有草丛露珠沾有血痕前露宿过的证明，相反可以判明被告人与被害人深夜确实一起在对面的草丛待过，尽管那里没有提取到他俩的脚印。

换个立场推测，被告人不在案发现场的证明存在欠缺，且按被告人与被害人分别后没有遇见其他人且无足迹的草丛却存在血痕的启迪进行推论，假设被告人与被害人当晚确实在对面草丛一起待过而没有他俩脚印的事实依据不受任何影响，那又是什么结果呢？毋庸置疑，这种情况就应该认定有罪，法院就应该判被告人死刑。但是，既然上述是独立的事实，也皆不同于有明显犯罪事实的证据，又与上述无罪案例相同，那就理所当然判定被告人无罪。

5

我看完经典案例，因两起案例完全相似而惊讶不已，虽是外国经典案例，但既然地球是人类共同的家园，当然会出现共通的法律现象。

尽管那样，冈桥由基子之前还是认真阅读了上述经典案例，我为她的惊人记忆力而感动。我没有太用心地阅读该协会出版的经典案例汇编，但她的记忆没有错。她的诚意，让我感受到了她对我的真爱。

之所以这么说，是因为她从这本会刊里找到了该经典案例真是来之不易啊。英国伦敦法律家协会的会刊和经典案例汇编，在我的律师事务所的书架上罗列了近二十册。

我问后，她说是昨天才想起这本汇编里有该经典案例的，于是今天早晨八时提前来到律师事务所从这本汇编里找到了对应案例。

不可思议的是，一想到相似的案例是无罪判决结果，平添了我那跃跃欲试的勇气。这勇气几乎都是冈桥由基子带给我的。

这时候，冈桥由基子对我说了如下这番话。

"阅读了该案的公诉状，称被告人阿仁连平用甜言蜜语把被害人杉山千鹤子引诱到疑似现场，但是被害人杉山千鹤子与被告人阿仁连平之间素不相识。通常，女人遇到陌生男人主动搭讪时戒备出于本能，特别是被告人还是旅店低三下四的掌柜，肯定没有风度与气质。我认为，被害人理应不会跟那样的被告人去做那样的事情，而且疑似现场是寂寞冷清的地方，再说临近黄昏时刻吧。被害人是酒吧的陪酒女郎，目的是为钱与客人逢场作戏。可是，那样的被告人不会有什么钱。"

这是适切的分析。确实如此，无论被害人杉山千鹤子是什么酒吧的陪酒女郎，虽然被告人阿仁连平在站前广场主动和她搭讪，但她也理应不会轻易跟他去那暮霭沉沉的寂凉现场。而且，就算他用钱引诱，杉山千鹤子也有自尊吧，不用说还有警惕性吧。无论从什么角度看，都很不自然。

"这么一来，是否可以想象被害人杉山千鹤子与其他情人一起去那现场？"

"只能这么考虑！杉山千鹤子乘坐六时十分的电车在O站下车，因为过那吊桥是七时差五分，所以那个时间段里，她多半是一边在站前广场闲逛，一边等待下一趟到站的电车上那个情人，他俩在车站检票口外侧会合后前往现场的吧。那电车是每隔三十分钟到站，因此情人是六时四十分左右到达吧，见面后一边说笑一边行走，凑巧晚上七时稍前到达那座桥上呀！"

从站前到吊桥，按照正常步行速度约十分钟。但是，如果她与情人边说边走，那速度就会放慢，就是所谓的溜达或漫步。因此，吊桥尽头旁边的木炭批发店店主女儿说，看到身着红衬衫的女子过桥时，正是电视台播报天气预报的时间。这也与冈桥由基子说的时间一致。

我似乎觉得，在这里找到了推翻公诉状的突破口。

姑且，第二次公判开庭就是明天，时间紧迫，打算现在去拘留所面见被告人阿仁连平，可还是没有那样的时间。作为国选辩护人，一般都是在法庭上与被告人初次见面。虽拘留所最后还是没有去成，但我改道去了熟悉的法医学者那里请教。这也是因为冈桥由基子的旁敲侧击暗示所致。所谓暗示，基于女人的害羞心理无法用语言表达清楚的意思。

在第二天的法庭上，我第一次见到了被告人阿仁连平，他脸色苍白，体格不错，不过觉得比三十二岁显老相。从一开始被告人阿仁连平看似并不那么期待我这个国选辩护人，好像觉得只是为他敷衍辩护而已。不用说，有这种想法的被告人并不只限于阿仁连平。对于国选辩护人的被告人群体来说，这是他们共同的心声。他们认定，但凡不是自己出钱请来的辩护人，都不会认真履职，可是随着我的辩护层层推进，他的眼睛变得炯炯有神了，还不时地侧过脸朝着我递送充满希望的目光。

6

我的辩文只是选取如下摘要：

公诉状称，被告人持有被害人的银锁项链是唯一物证。假设被告人确有被害人生前拥有的东西，公诉人就可强有力地认定是犯罪证明。可是被告人供述，那条银锁项链是他在O车站的站前路上精巧堂钟表店的拐角处捡到的。项链从颈脖上脱落的现象，在女人身上时有发生，也时有耳闻，未必暴力扯下，因为锁环松弛极有可能掉落。妇女丢失那样的项链，几乎多由脱落隐患没有注意而致。由此，被害人没有注意到颈脖上项链在精巧堂钟表店转弯角脱落掉地极有可能。这就是说，被告人在那地上捡到这条项链不能与犯罪直接挂钩。

并且，被告人二十四日晚上十时左右将其赠送给了春秋庄旅店女服务员镰田澄子。被害人死亡的时间，被认定是二十四日晚七时到八时之间。从罪犯心理角度来讲，难道会在犯罪数小时后将自己从被害人那里夺来的物证轻易送给他人吗？如果是案发经过相当时间后送人则姑且不论。如果我的当事人真是罪犯，当然会预料到警察上门搜查吧，从而尽量将可能成为物证的东西藏匿于不会被别人视线触及的地方。这是最自然不过的犯罪心理。由此可见，被告人所为反而更能佐证被告人是在路上拾到银锁项链的事实。

公诉状还称，从被害人体内提取的精液是AB血型，被告人也是AB血型。任何人都会认为被告人杀害了被害人。然而，被害人的血液是A型。对于性行为的证据值得注意的是，男性精液里混有女性阴道液体。就本案而言，从被害人的阴道里检测出精液是AB型，就凭这也难以立刻断定那就是被告人的精液。那是因为，被害人的血型是A型，所以如果B型男性与她发生性关系，那她阴道里的液体与之混合后检测出的精液就是AB型。假设A血型女性与AB血型男性有过性行为，那女性的阴道里残留的精液也就是AB型。这是法医学界的定论。总之，倘若被害人的血液是A型，男性罪犯的血液既可说是AB型，也可能是B型。如果从这个角度思考，被告人虽是AB型，但不能立刻确定他就是罪犯。①

① 此处所用的血型鉴别法是DNA技术广泛运用前的血型标记法，此法为初步的血型检测，缺乏一定的科学性和准确性。

其次从被害人尸体的解剖所见称：手脚上有擦伤，但文字没有显示大腿内侧和外阴部等部位遭强奸时出现的表皮剥落或皮下出血。由此确定该案为强奸，是根本站不住脚的，倒不如认为此系情投意合通奸为宜。公诉状称，被害人手脚上的擦伤，可以推断为因反抗而产生。但是，现场是在自然界的山林里，那里杂草丛生。被害人在与情人遂行性行为过程，因密密麻麻的灌木、树枝、荆棘和茅草等而负伤，或因受害人坠河之际触及岩石而产生伤痕，是完全可能的。

综上，本国选辩护人认为，公诉状所说物证站不住脚。接下来，说说事实证据。

公诉人推定被告人遂行了本案犯罪的另一证据，是被告人从春秋庄旅店到O车站的站前广场那家照相机店的返复时间。按照正常的步行速度走这段路程，一般是五十分钟至六十分钟。现实是，被告人在前往照相机店的途中，遇上了同村熟悉的村民和其他旅馆的同行。综合他俩证词的时间，被告人的步行速度看似接近普通走路的状态，但是被告人称，接受旅客委托购物之际，恰逢自行车被同事骑走而必须往返徒步约四公里路，从心理上也感到疲劳，而且被告人那天昼间工作相当劳累。这就是说，当时被告人的状态无论是从心理还是从身体上都很疲惫。由此，被告人慢速行走远比平日正常行走更花时间完全能解释得通。

公诉状称，被告人从旅店到这家照相机店往返花了八十分钟左右，比正常往返时间多花了二十分钟，因而推定这是用于犯罪所需时间。可是在这只有二十分钟的时间里，被告人能完成这样的犯罪过程吗？公诉人推定，被告人下午六时四十五分左右离开照相机店，遇上被害人诱其经过A路渡过吊桥。公诉人还推定，被告人当时花言巧语让被害人与其同行，因此，木炭批发店主女儿目击的那个伴红衬衫女子行走的男子就是被告人。再者，当晚七时差五分时，被告人走过吊桥到达现场最起码需要五六分钟的时间吧。可是，去现场走的是山林里的小路。如此计算，犯罪时间只剩十五分钟。在这十五分钟的时间里，也包括从现场回到吊桥的五分钟时间，减去该时间，被告人客观上要在十分钟时间里使用暴力按倒和强奸被害人，再把被害人推到河里。这十分钟能完成犯罪过程吗？虽公诉人说能完成，但辩护人说根本完不成。

从照相机店经过俗称的A路直至吊桥的时间，正常需要十五六分钟，但是被告人是在身心疲劳的基础上伴随被害人行走，从而不得不慢于平时的步行速度。由此，还应该相应缩短犯罪作案的时间吧。辩护人去现场进行过实地勘查和体验，从春秋庄旅店经过O街道，途中进入岔道，朝着O车站行走，到达照相机店约需三十分钟。接着，辩护人再从照相机店通过俗称的A路，走过吊桥，到达疑似现场的山林里那片凌乱草丛花了二十分钟。辩护人再从那里返回春秋庄旅店花了二十五分钟时间。春秋庄旅店的附近，当时因道路修缮工程难以行走，今天的路况也还是那样。这就是说，辩护人徒步不加任何疲劳急惰等条件，走公诉人推定的往返路线也花了七十五分钟。该时间段，辩护人在往返途中丝毫没有停留，即便到达现场也没有歇脚。

被告人在往返约需八十分钟的时间里，实施这起犯罪显然是不可能的。

还有，公诉状称，被告人去照相机店购买胶卷时，偶然遇见正在站前广场上的被害人杉山千鹤子，上前主动搭讪，甜言蜜语，引诱她到现场那里。然而，被害人是一个成年人，难道会那么轻易地跟着根本不认识的被告人去那冷清寂寞且黄昏雾霭的地方吗？

公诉人认为，被害人杉山千鹤子的平素性格是为了钱而与各种各样异性打交道，从而主观认为，被害人跟着被告人来到现场是自然而然的行为。但是，辩护人的解释与公诉人恰恰相反。这就是说，被告人是旅店杂务工，衣衫褴褛，乍看上去就不会让人认为是一个有钱人。再者，被害人越是那样的性格，就越会挑剔对方。因此，就算被告人恬言柔舌，被害人也绝对不会俯首帖耳。姑且不论被告人诱骗被害人到旅馆或其他客房，假设被告人诱骗被害人到天色渐渐暗淡且僻静冷清的现场，被害人理应感到危险临近，不可能跟着被告人一起走过那座吊桥。公诉状所称"甜言蜜语"，是非常抽象的表述，但公诉人却给莫须有的"甜言蜜语"下定义说是被告人诱骗被害人。被害人生前是酒吧的陪酒女郎，从事的职业是擅长调动男宾的丑陋心理，不可能轻易听从被告人的摆布。

此外，被害人随身拎包迄今下落不明。再说被害人脖子上挂的那根项链，但凡是在被告人的附近或明显是被告人从疑似犯罪场所发现捡到，就不能指控本案真凶是被告人。

综上，本辩护人经过调查认为，被害人杉山千鹤子二十四日下午从新宿站乘坐电车来到O车站，傍晚六时十分左右下车，在站前附近大概是在等待乘坐下一趟电车来该站的其他男人。那趟电车是傍晚六时四十分到达，那男人大概是乘坐那趟电车，被害人与该男人见面后一起经过A路，七时差五分走到吊桥。这从时间上吻合。如此思考，被害人的项链掉落在被告人后来捡到的地方，即位于进入A路前的精巧堂钟表店拐角地上。我的这一理解具有合理性。还有，如果该男子是被害人的情人，很容易理解被害人当时的心理，从而会在那时间与男子相拥走进阴森森的密林里。

如此推定能解释得通的正当理由是，被害人的身上除了手脚有些许擦伤，没有其他伤痕，尤其大腿部、阴部没有遭强奸时一般会出现的特征。这就是说，被害人是与该男人在树林里遂行了情投意合的生命接吻。而且，该男人的血型如前所述可能是AB型，也有可能是B型。

若是如此，为什么被害人是在河里溺亡呢？这也很有可能是性行为后被害人与该男人之间发生了金钱争执，导致男人失去了理智将其推入河里。或许也不是那样，是被害人想喝水而蹲在河边时失去重心而掉落河里。这时候，该男人仰天大惊，对他而言，与被害人幽会这一秘密不想被任何人知道，于是就那样离开现场而抱头鼠窜吧。可见，这不是一起他杀案。

总之，可从上述各个方面证实，被告人阿仁连平根本没有奸杀被害人杉山千鹤子的事实。这就是说，被告人阿仁连平根本没有犯罪。

在辩论过程，我当然还援用了冈桥由基子找给我看的经典案例《索恩顿案件》。

7

一审判决被告人阿仁连平无罪，一审法官全面认可了我的主张。毋庸置疑，公诉人提出了抗诉，指控国选辩护人的我认定事实有误。

要是只说结论，二审也是判我的当事人无罪。抑或，公诉人因失去自信而放弃了提请最高法院再审的抗诉。

二审判决的前一晚上，我辗转反侧怎么也睡不着。本案一二审判决书已经上升为新闻界的热门话题。报纸与周刊杂志刊登了案件内容和审判过程，出现了迄今为止没有过如此的报道阵势。不管怎么说，正因为是案件，似能推动社会的好奇心。他们赞赏我，击溃了公诉人指控的项链物证和血型物证，进而推定往返徒步时间里没有作案时间，击破了公诉人假设的事实证据，而且还彰显了与国际经典案例的共通点。

那是根据被害人没有外伤做出的"不限于因外力攻击而溺亡，而且被害人还有可能不慎掉落河里"的推论，无懈可击，该杀人案件由此不了了之。这也是冈桥由基子找来的《索恩顿案件》给了我启迪。

假设二审判决颠覆一审判决，判定被告有罪，理所当然，我会恳请最高法院提审该案。如果二审维持原判，公诉人理应会向最高法院提起抗诉吧。我事先是有过那样的心理准备，但是我也总感到，一二审都判定无罪，公诉人兴许就此放弃抗诉。我这预期是五五对开。

如前所述，我在二审判决前的那个晚上无法入眠，冈桥由基子与我相同，好像也几乎没有睡着。翌日上午，她红着眼睛与我一起出庭。

"阿仁连平君昨夜在拘留所也没有睡着吧。"

冈桥由基子在朝着法院行驶的轿车上对我说。

"嗯，大致是那样吧，因为二审是一道坎啊！"

我在一审判决后去拘留所走访了我的当事人阿仁连平，与他之间的接触频繁起来。阿仁连平是一个身体结实的男人，看似九州那地方出生，大眼睛、扁平鼻、厚嘴唇、凸颧骨，话不多，动作慢，智商不高，但看上去像是善良的男人。我问狱警有关阿仁连平在拘留所的表现，他答性格温顺，是模范被告人。

"阿仁君期待自己无罪释放吗？"冈桥由基子问我。

"虽他嘴上说得含含糊糊，但肯定有那样的希望哟，内心似也担心二审结果……"我回忆后说。

"是的，是的，那么说，阿仁连平是在思考无罪释放后的生活吧，春秋庄旅店他是回不去了，经营者也不会再聘用他了，大凡是在担心出狱后的工作吧。"

我俩在车里说着，相互握紧对方的手，当然不会让司机察觉。冈桥由基子思考良久。

"哎，先生，我看让他来我们律师事务所做后勤工作怎样啊？"她建议。

"来我们律师事务所工作？"

"现在后勤正缺人手吧，太田君也有点忙不过来，如果聘用阿仁君，很快就能上手吧。"

"那可能行吧。"

正如冈桥由基子所说，我那律师事务所还正缺少男性后勤杂务工。如果聘用阿仁连平，还真能担当打扫兼杂务。要是聘用阿仁连平，后勤杂务就要轻松许多，但是心里的某个角落还是有点踌躇，不能立刻按她说的做。现在想来，那莫非就是一种不祥的预感，担心会在哪里出问题。

但是，我既然已经为他绞尽脑汁到今天，就没有理由拒绝冈桥由基子的提案。从某种意义上说，我也是因阿仁连平案变得名闻遐迩，照顾阿仁连平的生活似是我应尽的义务。

二审判决胜诉，公诉人似也放弃了提起抗诉。

公诉人有公诉人的总体原则，那也可以说是一种类似的种族同盟吧。辩护人具有与如此公诉人对抗的连带意识，大凡也是一种类似的种族同盟吧。公诉人代表公益，辩护人代表被告人的个人利益。公诉人意在重罪，辩护人意在尽可能轻罪即减轻被告人的罪责。围绕一种犯罪状况、一种法令条文，我们双方将它们拽向了两个极端，这两个种族同盟可能永远存在对立。

国选辩护人没这么热心辩护也成了社会话题吧。正如前所述，要说国选辩护人，多被全社会视为含糊辩护，敷衍了事。如此所谓的意识和所谓的努力都是表面文章，此系举世公认。

这起无论怎么看都毫无胜算的案件，最终判决的天平硬是倒向了我那无懈可击的颠覆手腕，也由此受到了律师同行们刮目相看，前辈们也在夸我。辩护人的逻辑构成说服了法官，让公诉人败北。

人，可能会在某日某地受到某案连累。这种生活的恐惧，也是再次提醒普通市民时刻意识危险就在自己身边。

二审判决后，我被早已在法院门口等候的大批记者构成的报道阵容围得水泄不通。我一边沐浴在报纸杂志和电视台新闻的照相机闪光灯下，一边不得不向记者谈及为本案辩护付出的艰辛和努力。当天的晚报上，刊登了该案判决内容的报道和我的照片。

从某种意义上说，我一夜之间成了英雄大律师。那天晚上，我和冈桥由基子围着餐桌发自内心地祝贺。在东京都内的一流餐馆里，点的菜肴都是各自喜欢的，享受了豪华的美食，相互碰杯。当她说"祝贺您"的时候，我的眼睛里热泪盈眶，她的脸上也淌有泪珠。

"这也是托你的福。"

我向她致谢。

"如果你不在，我的辩护就有可能不会获得成功，也就有可能把遭到虚构犯罪事实的好人送上绞刑架吧。"

我陶醉在幸福之中，一是把一个好人从绞刑架上救下的正义感，二是自己作为一个辩护律师的才能因本案得以成功发挥的满足感，三是自己的名字从此广为人知的自豪感，还有冈桥由基子给予我的爱则更加紧密。那种发自内心的愉悦不言而喻。

回家路上，我带着冈桥由基子去某高级酒店开房，我俩都喝醉了。

我的妻子长时间住在疗养所，只是就事论事地解释自己与冈桥由基子之间的关系，我是出轨了。对冈桥由基子产生的那份爱情，就算妻子健健康康地在家，我也不会改变。

冈桥由基子为人理智，心地善良，而妻子不是那么回事。虽然没有非难妻子的想法，但是我随着每天在律师事务所与冈桥由基子之间的接触，对妻子产生的不满在日益加深，对婚姻不抱希望的内心，犹如梦中睡醒那般向着冈桥由基子。

我与现任妻子结婚是相互的不幸，我遇上冈桥由基子只是妻子的不幸。

我与冈桥由基子每月在宾馆开一次房，这种关系只有她知我知。对于律师与女助理之间，他人都戴有色眼镜看待，因此与她一起时必须极其留神周围的视线。

当然，这也不能被妻子察觉。律师事务所有事务员太田君，我俩在行动上必须慎之又慎。那种压抑，驱赶着相互内心的焦躁和热情。

我对于将未婚的冈桥由基子置于如此境地感到痛苦，但她却说，她也没有一定要与我或者其他男子结婚的想法。她说，就现在对我产生的爱已足够，也根本没有考虑过将来。

我也不是没有暗自祈愿过妻子尽快驾鹤西去。虽没有认为妻子身患胸病能活很长时间，但是现在医学发达，肺结核之类的病不难治愈，然而其中也有早早离开人间的患者。由此，我虽然绝对没有对冈桥由基子说过这番话，但是内心希望妻子加盟那个不幸的短命团伙。

那晚，冈桥由基子也加盟我的幸福，我们毫无顾忌地尽情陶醉于两人世界，我似哭出声了。

8

阿仁连平受聘于我律师事务所担任后勤杂务工的那天，是确定他无罪的两天后。由于他无依无靠，我与冈桥由基子去拘留所门前领他出狱。阿仁连平身着我聊表心意送给他的那套西服套装，高兴地走出了牢门，见到冈桥由基子之际好像有点不知所措。我说：她是律师助理。他理解了。

我决定聘用阿仁连平到我的律师事务所工作，为此还帮他解决了单身公寓。阿仁连平推辞，说让他住在律师事务所里的某个角落就可以了，但是这幢大厦明文规定不可以住宿，再说那里也没有可以让他住宿的地方。阿仁连平因单身公寓的所有费用都是我出的而连声道谢。

阿仁连平因住宿也是我安排的，于是第二天阿仁连平身穿笔挺的西服套装开始律师事务所的工作。阿仁连平工作勤劳，但动作多少有点迟缓，因没受过什么教育，每次派他外出都必须把事情包括要求详细交代清楚。不管让他干什么，他都一点不觉得厌烦，阿仁连平来到律师事务所工作，冈桥由基子与太田君就可以省去律师事务所本由他俩承担的清扫和跑腿工作，因而轻松了许多吧。

阿仁连平称呼冈桥由基子为小姐，多次要他注意后总算改口了，开始称呼冈桥由基子为"冈桥君"。总之，一见到她则视为律师事务所女主人，与其说是听我吩咐，倒不如说是全听冈桥由基子使唤。

"来了个好帮手啊！"

冈桥由基子兴高采烈。

但是现在想来，那只是短暂的和谐，仅过去两个来月，阿仁连平的本性原形毕露了。某日，他对我说：

"我那案件也该解决得差不多了吧，今后我决不会因该案再被传唤接受调查讯问了吧。"

他喋喋不休地再三确认。

"不会了，一案一判，判决下达后，只要没有出现新的事实误认和法律误用的证据，其他不管出现什么不利于当事人的情况，都不会再被追究的哟。"

我那么安慰他。

可是事后想来，那是阿仁连平为了确认自身是否已经彻底安全。

从此，阿仁连平开始一点点地骗取律师事务所的公款。例如，让他去买什么东西，他结账时总会说找头遗失了。还说什么，购物款也让他不慎弄丢了，再返回去找。而且，律师事务所的公款时常不见踪影。有一次，太田君的钱包从挂在墙上的衣服口袋里不知去向。

　　我逐渐焦虑起来，冈桥由基子也满脸乌云密布，过去不曾发生的情况无疑是阿仁连平所为，但又担心直接提出忠告惹来横祸，于是趁他不在时提醒大家把钱收好。太田君正因为年轻，好像怒火难忍。

　　阿仁连平不只是偷盗，还开始对冈桥由基子动手动脚，做出舞枪弄棒的奇妙动作。她没有一一告诉我，只是说，有时候在洗手池那里冷不防被阿仁连平握住手，有次在太田君还没有到达而自己已到达律师事务所时，正忙于打扫的阿仁连平，一边怪笑，一边冷不丁地用手抚摸她的背部。

　　"这都怪我的判断过于轻率啊！"

　　冈桥由基子对我说，那是她说让阿仁连平出狱后来律师事务所工作的缘故。

　　"他似乎不是我们想象的那种心地善良的茬儿呀！"

　　我俩不安地面面相觑。阿仁连平不只是暴露那种劣根性，我近来总有那种感觉。我甚至觉得，那起判他无罪的T河奸杀案也许不该是那样的结果。我扪心自问，或许没有那样的案件，律师事务所也不可能乱成今天这样。每每看到阿仁连平，一种不祥之感在日益剧增。

但是，阿仁连平是到了三十四岁的男人，单身汉，收入少，也没有什么快乐。如果有适合他的女人，也可以撮合一起过日子。我暗想，要是那样，他的异常癖性可能立马消失吧。

　　我也暗暗察觉到他对冈桥由基子的不礼貌举止，于是旁敲侧击地吹风给他介绍女友的想法。阿仁连平嘿嘿笑个不停，这也是对我表示他的不快。总之，他每次冷笑时，厚厚的嘴唇上都会浮现出无所畏惧的神情。

　　有一天冈桥由基子脸上的表情骤变，对我说："先生，阿仁君也许无药可救了！"

　　"为什么？"

　　"今天早晨提前来事务所上班，察觉太田君还没有到达。这当儿，我看见阿仁连平正在打扫，于是警惕起来，立刻转身夺门外出，没想到阿仁桑突然追到门口，从背后把我抱得喘不过气来，继而还搂住我的脖子……那要是晚上还不知道会发生什么？"冈桥由基子脸色苍白。

　　我忍不住了，打算马上把阿仁连平赶出律师事务所。我想过，不那么做，律师事务所的和谐就无法维系。他宛如埋在我们中间的定时炸弹，不知何时会发生不可预测的闹剧，而且像这样下去也无法工作。

　　作为他过去的辩护人，不忍心他在我这里被解聘，尤其本案已成为轰动社会的热门话题。一旦冷遇被告人，我将成为社会舆论的焦点吧，都会说我是过河拆桥没有人情味的律师吧。再说我是因他而驰名全国，借他那块跳板沽名钓誉，现如今他在这幢高楼里逢人便说，到处吹嘘。

"我们律师事务所的大律师，是因我而出人头地的哟！我是大律师的恩人。"

冈桥由基子和太田君也从其他地方听说了，回来模仿着说给我听。

我一直忍耐至今，终于忍无可忍，特地让冈桥由基子和太田君外出避开，我单独叫来阿仁连平约谈。

我指责阿仁连平对于冈桥由基子非正常的举止，向他发出严重警告，暗示再犯则将他除名，岂料他毫不在乎，任我数落。

他耷拉着脑袋，我刚以为是认错，他却从袋里掏出香烟点燃后抽了起来。

"先生是在吃我的醋吧。"

他叉开两脚站在原地，口吐狂言，让我震怒。

"什么？"

"您再那么吹胡子瞪眼也无济于事哟！我完全知道您和冈桥由基子是什么关系哟！别忘了我曾经在那家O町旅店工作过，男女之间那点烦心事我看得多了去了。就你俩那事我这点眼力不会看走眼。"

阿仁连平嘲笑。他这么一说，把我接下来想要说的全堵在喉咙口了。他继续用奚落我的语调说道：

"先生您身边有原配夫人吧，居然还与冈桥由基子玩那婚外恋！太田君一直在这里没察觉到，说明先生手法高明啊！可是我没有老婆，也请允许我偶尔碰一下冈桥由基子哟。"

我斥责："你无凭无据胡说八道什么呀？捕风捉影，律师事务所无法留你，请你离开吧！"

"哎，那，先生真要开除我吗？"

他压根儿没有半点惊慌。

"虽你内心那么不纯，我也是不得已而为之。打从判决以来，我为了你劳心劳肺，今后不想再帮助你了。"

"先生是要我感恩戴德吗？是因国家给您的辩护费太过于廉价吧。哼，但是啊，要我说吧，先生是因我的案件而摇身一变成为英雄大律师的哟，我想应该是先生给我零花钱啊！"

"住嘴！听说你还常跟其他人提这事吧。"

"您听说了吗？大概是冈桥由基子和太田君向先生告密的吧？我说那是理所当然啊！"

"好，好，总之，我俩似乎没有说和的必要了，你最好离开律师事务所吧。"

"您原来是那样的想法啊，我明白了。"

阿仁连平持续抽了几口烟，一边怪笑一边鄙视我说：

"先生，那好，我也可以向全社会公开O案的真相了吧。"

"什么真相？"

"那是我犯的案哟！真凶就是我！"

阿仁连平手指着自己的扁平鼻子说。

啊，啊，果然不出我所料！我的脑袋"嗡"的一声仿佛遭到了从天而降的五雷重击。

"哎，先生，我因为暴露真相也不必担心法官重判吧。那确实是您向我保证过的哟。可那是先生乱作为吧。您全力以赴与公诉人展开辩论，硬说该案与我无关，最终使真凶的我被判无罪释放啊！律师再怎么卖弄本事耍小聪明，终究还是会遭到全社会口诛笔伐的哟。"阿仁连平说。

"你真是凶手？那为什么能在那么短短的十分钟时间里成功实施那起犯罪？"

项链拾来之说，也许是阿仁连平信口雌黄。但是，他与杉山千鹤子素不相识，却为什么能轻易地将杉山千鹤子诱骗到那黄昏雾霭的现场呢？不，再怎么缩短从春秋庄旅店到现场的往返步行时间，也无法说他能成功实施那起犯罪吧。

9

对于这个疑问，阿仁连平一边噗嗤噗嗤地笑个不停，一边回答：

"那是啊，是这样的哟……我那天是傍晚六时十分离开春秋庄旅店，六时四十分左右到达站前广场那家照相机店，我当时看到那女人正在那里逛来逛去。我一边觉得，这来自东京的女人，好美啊！一边走进照相机店，购买客人委托的胶卷，大约五分钟后走出照相机店，看见那女人与一男人一起转弯走进A路的背影。我想现在这时间，这对来自东京的男女相伴走过A路，通常是经过吊桥进入那片树林里寂静且茂密的草丛吧。我在春秋庄旅店上班，深知男女伴侣一到夜晚就会去那种地方搂搂抱抱，理应现在的天色还早，没想到男女情侣已经迫不及待地出现了，心里总觉得那女人脸蛋长得漂亮，便不由自主地迈开脚步悄然尾随。虽然经过吊桥时女人进入了木炭批发店店主女儿的视线，但是男人因旁边的女人挡住店主女儿的视线而没被看清楚，店主女儿目送他俩片刻后随即安上防雨板关门打烊了。当时，我正在他俩身后隔有相当距离地尾随着，才得以没有被店主女儿发现。

　　"不出所料，他俩踩着树林里的草丛前往河边。我踮起脚尖悄无声息地朝那里靠近，看见他俩果然站着激情相吻。我觉得女人身边的男伴像是中年男人，一边咽下正堵在喉咙口的唾沫，一边朝那里望去。这当儿，那男人让那女人在草丛里躺下，我心想好戏马上要开始了。

　　"冷不防，我身上那股妙不可言的欲火油然而生。我想，让那样的中年男人占有那么漂亮的女人简直太可惜了！我也不知道自己是醋坛打翻还是目不忍睹，全身热血沸腾，再说自己也好长时间没碰女人的肌肤了，脚底下像抹了什么油似的，情不自禁地朝那里狂奔过去。没想到那中年男人吓了一跳，急忙松开躺在草丛里的女人。我对他说：'让开！'也不知道是什么原因，刚才还是风度翩翩绅士模样的男人迅速爬起来，一阵风似的溜之大吉了。他大抵是害怕在那种地方与我发生纠纷，这事一旦让家人知道，接下来的麻烦就会接踵而来吧。尽管那样，他还就是一个薄情郎，一个自顾自丢下女人逃之夭夭的懦夫！

224

"我朝着那个孤零零也正想从那里逃走的女人靠近，叉开双腿对她吼道：'照我吩咐的做！'女人害怕得连嘴都张不开了。我抱住她肩膀时，她这才发出声音，示意不想听从我的吩咐，我一连扇了她五六个耳光，她这才乖顺了，我把她放倒在地，扑在她身上满足了性欲。

　　"女人完事后爬起身来，满脸可怕的表情。我当时正在束紧裤腰上的皮带，心想她有可能报警吧，便把手放在她的肩上使劲往下摁，她挣扎着趔趄地在原地转了两三圈，当她背朝我转过来之际，我猛地将她推向T河。她的喉咙里连声音也没有吐出，犹如石块扑通掉到了水里。

　　"我把她推下河，随即低头俯瞰，突然察觉到暗黑的草丛里躺有闪光的东西，那是女人戴的项链，好像是刚才推搡时从颈脖上脱落掉地。我把它捡起来放在袋里，那是因为觉得不把它带走有点可惜，况且就那样让它躺在那里也有可能暴露自己。这当口，我又发现旁边还有女式拎包，也觉得就那样把它放在那里也不行，便捡起来拿到距离现场大约五十米开外的树林里，在树旁挖了个洞埋了，在那上面堆满了土，这下谁也不会发现那里面藏有什么东西。那里树深而叶茂，野草长得齐腰深。

　　"我做那些事花了不少时间，担心回去受到春秋庄旅店员工的怀疑，于是匆匆走过吊桥，好在没有被人察觉，心想必须赶紧回到店里，于是在木炭批发店旁边飞身跳上一辆卡车的后车厢，搭顺风车来到距离春秋庄旅店三十米附近。一般而言，从吊桥尽头的木炭批发店那里到春秋庄旅店附近正常步行需要二十分钟左右，要是换乘卡车，只需要三四分钟即可抵达哟。我趴在卡车的后车厢里，一路上幸亏没有被人发现。"

"是卡车吗？"我气喘吁吁地问，"什么卡车？"

"是路过的卡车，那段路上经常有卡车经过。木炭批发店门前的路呈S状，机动车辆只能慢行，加之春秋庄旅店跟前的道路适逢修缮，夜间施工，而且已经开挖。先生说您自己也去实地调查了，应该知道那情况吧。即便现在，那里也还是机动车辆慢行。我在这两个机动车辆慢行的路段，先是从路上飞身爬到卡车的后车厢里，后是从卡车的后车厢上飞身跳到地面。好险呵，好在都没有被人发现！检察官要是再仔细点注意到道路工程就好了，可惜啊！不，就连先生您也不明白呀！我飞身从卡车上跳到路面，佯装从站前广场回来的模样走进春秋庄旅店时，幸亏隔壁旅店的女主人看到我走到春秋庄旅店西侧，帮了我大忙。"

我低声怒吼。阿仁连平看到我那表情眯起眼睛问道："这么说，先生也还是认为我不是真凶吗？还是心存疑问吗？那好，给您看样好东西！"

也不知阿仁连平什么时候准备的，他从浴室柜橱里取出脏兮兮的包袱拿到我跟前，而后把手搭在包袱的活结上。

"我想过，先生今天可能会说这样的事吧，就把它从家里拿来了哟！好了，请看！"

他稳操胜券似的解开包袱，我瞪大眼睛，映入眼帘的满是泥巴的女式拎包，黑色，皮革制成，打开包盖，有女式皮夹，有标注"温莎"名称的餐饮发票等。这都是杉山千鹤子的遗物。

"前天即星期天，我傍晚乘电车去了O站，把这拎包从树根那里挖了出来哟！怎么样，大律师先生，您即使这样还不认为我是本案的真凶吗？"阿仁连平一边看着我那苍白的脸，一边不断地朝着我吐烟圈。

"好了，这不会再弄错了吧？判决已经生效，只要不出示这些新的事实证据，我也不会被重判而受到严惩。但我要是提交这些新证据，先生您在社会在业界的英名就会急转直下一落千丈哟！我会到处逢人就说，先生是因我而名扬天下，您不会不考虑根基受到摇晃的后果吧。英雄大律师再有通天的伎俩，也不能把证据确凿的杀人案变成瞒天过海的无罪案吧。先生，届时天下所有人都会朝你翻白眼哟！"

毋庸置疑，后果不堪设想。上述事实证据一旦公布天下，我将受到全社会潮水般的非难。

如此非难，来自法律，来自道德，来自常识，迄今名不副实的光环就会立刻化作云烟四处飘散，取而代之的是昭著的"缺德律师"的臭名。

"请允许我长期留在这里工作哟，先生。"

阿仁连平开始胁迫我。

"先生，不管您怎么讨厌我，还是怎么憎恨我，我都会继续思恋冈桥由基子哟！倘若您从我的眼皮底下把冈桥由基子隐藏起来，那我不但要把本案公布于众，而且还要去医院向尊夫人抖落先生与冈桥由基子那见不得人的男女那点事哟，而且还要向全社会散布真相哟！"

　　——现在，我对这条毛毛虫起了杀意。

　　我不知道自己今后会变得怎样。

　　冈桥由基子说，不管去哪里都与我在一起，无论是去监狱，还是去坟场……

山 _____

1

门外传来女人说话声，青塚一郎将障子门开一条小缝，用一只眼睛朝外打量。

青塚一郎投宿的这家指月馆旅店，店前小桥流水，波纹涟漪。正门前因客用而宽敞，常用门前显得狭窄。指月馆的女服务员们走过那座窄桥，穿过机动车道，一边沿着河畔向前行走，一边相互说话。四个女人身着便装排成一列，下午一时左右出门肯定是去山里采山菜，因为晚膳供应山菜。走在最后面的是阿菊，上穿绛紫色对襟毛衣，下着黑色裤子。

旱地里的麦子熟了，房屋鳞次栉比，大约有十五六栋，屋顶清一色桧皮，屋墙都是采用民间工艺爱好者喜欢的石头垒砌。麦地的对面是桑地，再过去不太远的地方也是麦地，紧挨着山。

山坡表面有好几道褶，近景是郁郁葱葱、峰峦叠嶂的杂树山林，其对面是杉树和桧树构成的树林，树深色黑，荫翳缭绕。两峰各属其山，中间连着谷底。正面的远景是青山，中间呈现马鞍形状，当地俗称"二子山"，是随处可见的普通山貌。附近山脉的结构相当复杂，逐渐高耸。近景杂树山的陡坡上开有红杜鹃花。

片刻过后，指月馆旅店的女服务员们正要从桑地旁边的羊肠小道进入山道。阿菊还在队伍后面走着，此时已经没有其他人影。白云为遮挡太阳而不停地飘动，山林上空斑斓多彩。

青塚一郎关上障子门，躺在褐色的榻榻米上。虽是五月中旬，但是山里的空气有点冷。再过二十分钟左右，他打算去旅店外面散步。阿菊走在女服务员队伍的末尾是另有企图，她打算走到某场所时赶紧与大家分手，独自一人等待青塚一郎的到来。

女服务员们因山菜地带冷清偏僻而尽量结伴去摘采，可是阿菊因此不方便，发现适合分手的地方时便说：我要去那里。半路上与伙伴们分别。她在这家旅店是老资格服务员，比较任性。

但再怎么任性，也还是让人感到不可思议。要是去山菜遍地的地方，理应喊上别人一起去摘采。可她谢绝想跟她同行的其他女服务员。她要去的地方，是女性独自一人感到害怕的密林深处，谁都会觉得树林里有着什么怪物。

青塚一郎向上仰起脸一边抽着烟，一边心想旅馆员工肯定都知道了。因为其他女服务员们看自己的眼神不同，即便掌柜脸上的表情，也像晓得他们那点事。

这里名叫上山温泉，是从中央线M站换乘巴士一个小时驶入木谷的地方。旅馆仅有五家，温泉不凉不热，冬天就不用说了，即便现在也要烧柴加温才能泡温泉。最近，喜欢这里的游客增加了，享受山汤温泉的人也开始络绎不绝。于是，四个女服务员一个不少都去山里采山菜。

青塚一郎因挪用单位的公款潜逃在外，该单位是一家汽运公司，他此前在北陆某城市的地方报纸担任了六年记者，因对女高管出手被曝光后待不下去了，于是去了邻县城关那家汽运公司财务科工作。第三年因挥霍公款于酒吧的陪酒女郎身上，不知不觉地挪用了公司五十万日元，当得知公司要进行会计稽查后便不辞而别。在这一家农村的小型汽运公司，他将受到警方追责，于是顺手牵羊怀揣二十万日元闻风而逃。要是没有这些劣迹，他去哪里工作都行。

他想过径直去大阪或者东京，但是那样的大城市有可能警方都在通缉自己，于是在盐尻换乘中央线坐到M车站下了车，浏览车站公告栏后得知上山温泉，突发奇想来这里投宿避风。

入住指月馆旅店纯属偶然，原打算在这里逗留三到四天，现在加上今天却有两个星期，也有等同移宿他处的心情，是与阿菊有了那种关系。

阿菊从一开始就是负责青塚一郎所住客房的女服务员，原以为她刚过三十岁，但后来打听说是三十三岁，比他要大两岁。虽然个头矮，体微胖，但是肤色白。虽说笑时裸露桃色牙龈是缺点，但是脸不怎么难看。细眼，微肿，似也有些许魅力。这是青塚一郎当时的评价。

第三天晚上阿菊来他房间铺床，他碰了她一下。她说，有同事在，晚上不妥。其理由是，因与同事睡同一房间难以脱身，要是清早可行。因为早班，七时来房间佯装铺床整理。

青塚一郎还以为这是女服务员用来摆脱男性客人性骚扰的借口，但吻她嘴唇时感到女人吸气方法变得激情，于是半真半假地等候次日早晨。翌日上午七时，阿菊果然悄悄推开隔扇进入房间。

她解开腰带，脱下单衣外套，露出白色半袖衬衣，躺在青塚一郎身边。那件衬衣和下身的腹卷布也换成了刚洗的，那对白嫩的乳房高耸珠悬让他垂涎欲滴。

阿菊说，五年前与丈夫分道扬镳，夫妻共同的一个孩子由婆婆抚养。她有过那样的夫妻生活经历，便在天亮不久的地铺上投入青塚一郎的怀抱，从一开始就没有羞耻腼腆可言。

她自离婚后就来到指月馆旅店担任女服务员，吃住都在店里，也难说五年里没有与其他男人有那关系。但凡温泉旅店的女服务员，与客人之间的男女那点事时有发生吧。因为也有需要用钱的时候吧，也有不光为钱的时候吧。现在，她接受了青塚一郎的邀请。根据阿菊与自己的做爱举止，青塚一郎感觉得到她已经很长时间中断了那样的关系。

旅店女服务员每天换班出勤，第一天早班，第二天夜班，依此类推。阿菊因担心同事发现，半夜里无法来青塚一郎客房，但是可按每两天一次来房间整理的机会行事。早晨七时左右来青塚一郎房间，立即脱去衣服躺在地铺上，热乎乎的身体凑近他，愈发变得胆大起来。

然而，早晨一起欢度的时光只有四十分钟左右，长期这样下去就有可能被上早班的其他女同事察觉。不管怎么说，四十分钟时间也确实是稍纵即逝，无法满足阿菊的生理要求。

青塚一郎支付五千日元给阿菊，但她的目的不是为钱。她性欲旺盛，虽个矮微胖、柔体白肤，可是体内蓄有无限精力。

预定逗留的四五天延长成大约十天的时候，阿菊提议去山里密会，说每天要去山里采山菜，要是在那里见上一面，可有更多在一起的时间。对于隔天仅四十分钟的约会，阿菊很不满足。

下午二时左右，青塚一郎佯装散步走出旅店，按照阿菊所说路线沿着山道向上行进。山坡持续不断，累得直喘粗气，一方是杂树密林，另一方是悬崖峭壁，随着坡道不断往上延伸，其间山谷变得愈发深邃，最深的谷底似有十五米左右。这边是杂树和被草遮蔽的山坡，那边是光秃秃的悬崖峭壁，崖下散落着许多大块滚石，脚下向前延伸的山路犹如羊肠蜿蜒崎岖。

在转过好几道弯的拐角那里有阿菊的倩影，正在招手示意，她目不转睛，咧嘴笑着，嘴露牙龈。青塚一郎被她带到了树林子里，阿菊把放有山菜的竹篮放在旁边，躺下睡到草上，周围嫩叶浓密，洋溢着刺鼻的草香味。阿菊的性欲，恰如这片野性的空间放荡不羁。尽管青塚一郎初次在野地里经历这样的过程，但也因此亢奋不已而情欲高涨。

阿菊是没有受过什么教育的女人，生于该县南部，只有小学文化程度，前夫还是一个地地道道的农民。然而，与其说这是社会一般常识，倒不如说是旅店女服务员对于这样的常识早就烂熟于心，驾轻就熟，还因为单身，似乎积攒了薪金和小费等有点小钱。阿菊把心给了青塚一郎，觉得他好像也不是图钱，也没骗过自己什么钱。

但凡阿菊早晨不来房间亲热的那天，便是他俩去山林幽会的日子。青塚一郎拒绝不了阿菊的盛情邀请，再说每天也是饱食终日，无所事事，精力也似过剩，还有以下现象也让他动心，既有年轻夫妇结伴来旅店借宿泡温泉，也有中年男人带着卖春女郎寄宿旅店泡温泉。

青塚一郎夜深下到温泉浴池时，隔壁女浴室里传来了女服务员们的嬉闹声、说话声。阿菊的笑声格外响亮，可以听出那是相好女人从男人那里得到"满足感"的笑声。

青塚一郎变得不快起来。自己如果不是因挪用公款而担心被捕，也不可能逃到这样的山里温泉避难，也不可能与这山里旅店的女服务员有那种关系。即便有也顶多是一两个晚上慰藉而已，不过自己也有不能去别处自由转悠的软肋，只能在这山里待上相当长一段时间。所谓软肋，自己无法离开阿菊的身体也是其一。只要在这里待上一天，也就无法控制自己的欲望，但是相好的女人竟然大自己几岁，这足以让青塚一郎感到耻辱，变得有点自卑。

然而无奈的是，在这指月馆旅店居住期间也没有其他办法。上山温泉那里，既没有妓艺女，也没有按摩女。要是从镇上喊来这里，距离过远也不太现实。像这样的情况，在旅游景点司空见惯，屡见不鲜，也就是说，只做能办到的事。他一直在想，自己也不可能就这样与阿菊稀里糊涂地过下去，接下来充其量再延长半个月。阿菊对自己的爱，随着日复一日的接触而日益加深，当然也不会不让自己离开旅店寸步。就算自己毅然离开，女人一般也不会紧追不舍。青塚一郎尽量不去想今后的事，决定只沉浸在目前不是那么爽朗的愉快之中。

2

——今天是五月十日。

青塚一郎仰起脸来抽烟，烟灰险些掉落到喉咙上，索性以此为契机一咕噜地从榻榻米上爬了起来。这时候，正是阿菊与其他女服务员沿着桑地上山后大约过去二十分钟之际。

青塚一郎身着指月馆旅店服装，脚穿杉制木屐走出了旅店正门。这样的穿戴是为了不让别人察觉是上山装束，可是指月馆旅店的掌柜似乎心照不宣，一边微笑，一边送他走出正门。他躲开掌柜的视线，一度沿着大道走到右侧，从那里走到麦地，再从村后朝后退却。

沿着平时走过的山路向上迈步，但是脚穿杉制木屐难以行走，衣服下摆又缠着脚底。他从那里朝后面消失了身影。陡峭的坡道朝前弯曲伸展，山谷变得深不可测。这边的峡谷沉入谷底，那边的悬崖表面没有植被，虽粗狂苍凉，但不时传来黄莺的啼鸣声，斑纹蛇在前面的山路上横穿过去，两边的野草长得有齐腰那么高。

阿菊在老地方站着，这种相约早已理所当然，也早已不需要笑脸相迎。她左手提着篮子，右手拽住青塚一郎的袖子，拉着他一同沿着狭窄的岔路向上行走，片刻后进入树林。相会的场所也是固定的老地方，是树林里那片周围茂密的草地上。

青塚一郎在与阿菊发生性行为的过程，总觉得好像有谁在暗中窥伺。来到山里的人，除了烧炭人，就是伐木人。虽说还是有点忐忑，但是片刻过后安心了，也开始习惯于这样的野趣情事。

他俩一个小时后爬了起来，相互拂去对方衣物上黏附的草屑，肩上背上到处都是。阿菊的褐色开襟毛线衣的后背上，还沾有好些绿色的草汁。

他俩从那里来到路上，然后下到山脚旁边的桑地，可是阿菊的篮子里必须采满山菜才能回到旅店交差，她不得不在途中与青塚一郎告别。阿菊发现的山涧那里，长有相当多的山菜，她没有把这一情况告诉给其他女服务员。如果那里没有那么多山菜，则很难从采山菜的时间里挤出与青塚一郎在一起拥抱个把小时。

他俩分手的地方，是一方悬崖峭壁的山路向下快要接近一半路程的地方，阿菊突然驻足俯瞰谷底。

"那样的地方居然有人行走。"她说。

青塚一郎也朝着那里打量。

阿菊说的"那样的地方"，只见有一男人正从谷底沿着对面山坡边抓灌木边向上攀登。悬崖裸露着灰颜色的岩肌，山脚那里的岩肌被边上矮树和杂草遮掩着。在最高处的悬崖上是翠绿欲滴的杂树林，向下延伸连接着半山腰的杉树林。

那个沿着山坡拽着灌木向上攀缘的男人，上穿黑色羊毛衫，下穿茶色裤子，头戴茶色狩猎帽。从这里望过去，只能看到他的背影，因有相当距离而分辨不清是青年男还是中年男。

望着望着，男人还在灌木山坡上向高处匍匐攀缘，但那爬坡方法看似不老练，手忙脚乱。

瞧那模样，沿山坡下到谷底后还要再次爬回到原来位置。而且，他从山脚一直走到谷底后，也似开始从那里爬上山坡。总之，山谷不会是谁办什么事的地方，因为根本没有通向那里的小路。阿菊说的"那样的地方"，不只是说满是灌木丛的山坡上。

青塚一郎心想，那男子也许"正在办"什么事，或许"已经办了"什么事。其间，男子好不容易爬上山坡，身影消失在上面的树林深处。

"那男人可疑啊！"阿菊目送着背影说。

"不像是当地人吧。"青塚一郎说。

"也许是某旅店住宿的客人，但是没怎么见过呀！"

上山温泉包括指月馆旅店在内一共只有五家，其他旅店住宿的客人阿菊大多清楚。

"下到那样的地方也就无法辨认。"阿菊俯视谷底说。

其实那是无法辨认的地方，山谷长有矮小的树木和杂草，草里裸露的尽是滚落的石块。

"多半是住宿客人去那里打发时间吧。"青塚一郎只能把那现象解释为客人的无聊行为。

总之，他俩对此并没有更多兴趣。阿菊的身体里还留有饱和的满足感，同时还因义务必须去山菜颇多的山涧那里摘采。

青塚一郎一边觉得乏味，一边沿着山路往下走去，由于脚上穿的是住宿用的杉木屐，比起上坡，下坡更难行走。

走累了，途中坐下歇歇脚，天气不错，连抽两支烟，不经意地思考今后怎么办，自己也不知道会怎样。如今已经远离花钱女人，可是要想回到原来状态又害怕警察找上门来，又模模糊糊地想起了大阪和东京，但是即便那些地方，警方好像也在等自己投案自首，还是觉得干脆去山里温泉某家旅店谋个掌柜活，姑且与阿菊共同工作一段时间，但也不能把这里说成保险箱那般安全，再说自己也没有想过要在这样的地方逗留，自己还年轻，才三十一岁大有希望，而且还有过在地方报社担任新闻记者的不凡经历，从而唤醒他对前途满满的雄心大志。

他在那里歇了三十分钟左右，昏昏沉沉地睡着了，醒来后直起腰重新迈开脚步，在下到山脚的那条山路时，青塚一郎又一次停下脚步。

这时候，青塚一郎见有人正站在这条山道连接下面村道的岔路口那里，当察觉这人就是刚才那个头戴鸭舌帽身穿羊毛衫爬上山坡的男子时，赶紧躲到树背后的荫地，其动机倒不是隐蔽，而是因为满脑瓜子直到刚才还在想着警察正在到处搜寻自己，才突然出现这样的举动。

青塚一郎从树背后朝那里眺望，只见男子头戴鸭舌帽依然站在这条山道通向下面村道的岔口上，脸的正面朝着自己站位的方向，不停地环顾周围。青塚一郎之前见到的这个男子，因距离隔得远又背朝着自己而看不清楚他的确切相貌，可是现在与他之间的距离仅有二十来米，他的长相可以尽收眼底，他清瘦，鼻挺，年龄四十六七岁，脸颊略凹，五官比较端正，因头上戴着帽子而无法知道他的发型，可能真实年龄还要大些，因戴着帽子看上去显得年轻。

正因为男子抬起头来观察这条山道，自己这才有机会看清楚他脸的正面，总之给人更确切的印象是长相端正，十足的上品绅士，似是来这里的温泉浴场游玩的大城市客人。

男子仰视山道，似想沿着这条山道上，转瞬之间又改变了主意，沿着岔路走了起来，不一会儿消失在左侧树林的遮阴处。

青塚一郎在鸭舌帽男子走后急忙沿着山道往下走，来到鸭舌帽男人刚才的站位，目送正沿着岔路朝纵深方向行走的背影，只见他身着黑色羊毛衫沿山脚与桑地之间的小路渐渐远去。

这么说，鸭舌帽男子是在上山温泉的附近旅店住宿吧。可是阿菊刚才说没见过这个人。然而，阿菊也不可能都知道其他旅店所有住宿的客人吧。就在青塚一郎思考之际，鸭舌帽男子沿着桑地的拐角转弯后无影无踪了……那天就这样过去了，青塚一郎当时也没有产生其他怀疑。

青塚一郎对鸭舌帽男子的举止产生疑窦是那天过后的第二天，也是躺在褐色榻榻米上难以消磨光阴的缘故吧，其实也没有其他什么要思考的，两眼直愣愣地望着天花板，嘴里吐出一缕缕烟圈，眼前冷不丁地浮现出鸭舌帽男子的模样来。

他是在那地方办了什么事吧……

倘若他是最近来这里浴场泡温泉的客人，不该去谷底那样的地方晃悠。就算那里有什么可以观赏的美景，也不该那么冒生命危险一睹为快吧，从外表看算是正儿八经的中年绅士。

青塚一郎起初还认为，鸭舌帽男子可能是生物学者。然而，一个生物学者敢在灌木丛生的山坡上没有章法地爬坡，让他感到不可思议，而且男子手上也没有握着采集的一草一叶。即便从没有搜寻到目标植物这一现象来看，鸭舌帽男子身上也布满了疑点。瞧他从山坡上一度下到谷底又再度向上攀爬返回到原来位置的举止，实在是让他百思不得其解，太可疑了！

——从那现象来看，鸭舌帽男子多半在山谷那里探寻什么吧。

青塚一郎突发奇思妙想，同时也引发了好奇心，这般想象也可打发光阴解闷，接下来打算脱下旅店服装换上难得穿一回的运动衫裤。因为，要是去那样的地方，杉木屐可使不得。

他换下穿久的旅店服装，换上运动衫裤和运动鞋出门，掌柜见状感到奇怪。青塚一郎还特地向他借用了登山杖，沿小路朝着桑地的方向迈开脚步。今天没有与阿菊去山里亲热的约会，即便被掌柜看见也无关紧要。要说阿菊，待会儿多半与其他女服务员去山里采山菜吧。

3

青塚一郎改变经常走的老路，而是朝着去山谷的方向，去山谷入口必须走相当路程。

　　山谷的入口，被疯长的草丛遮盖得不容易找到，右侧是树木枝繁叶茂的山坡，左侧是裸露岩石的悬崖起点，越是往里走，峭壁越是高耸，终于艰难地走到了山谷尽头。山谷朝着纵深弯曲延伸，因路面的遮挡而无法看见正面，随着不断朝里行进，悬崖渐渐地变得开阔了。从路口到悬崖峭壁尽头的距离，大约有一千五百米，青山环抱，谷底幽深。

　　青塚一郎一边用旅店借来的登山杖叩击草丛，一边不断地朝纵深处走着，须臾发现了昨日鸭舌帽男子匍匐攀缘的山坡，驻足核实，那里确实是昨日与阿菊共同见到的男子所在地点。

　　青塚一郎来到鸭舌帽男子昨日用手抓住灌木向上攀爬的山坡下面，这一带也没有可疑迹象，再朝里行走，宽敞的谷底长满了野草，也没有发现任何可疑之物，姑且决定去尽头寻找。

　　片刻后，他来到悬崖峭壁下面的草丛，那里到处都是滚落的石块。从山谷入口渐渐向上高耸的悬崖，约有十五米之高，悬崖上的杂树林绿意盎然，耀眼夺目。

　　青塚一郎在滚石之间行走，发现草丛有倾倒过的迹象，仿佛一条断断续续有谁走过的"草径"，而且是被踩倒再随着时间推移艰难直起的感觉。

　　这条倒下而又不易竖起的草径，很容易与昨日鸭舌帽男子的举止结合起来，该男子沿着山坡向上攀爬，确与这条踩倒而又竖起的草径相关，其状态清楚显示最近被人踩过的迹象。

　　青塚一郎在大小不一的滚石之间向前走着，看到相当大的滚石背后有黑不溜秋的闪光物。

　　打量后，发现那是一架被弄坏的小型照相机，碎片散落一地。毋庸置疑，照相机是被使出相当力气摔坏的，否则不会像这样四分五裂，机身也被摔裂成了两半，里盖脱落，镜头破碎，其他部件也都在草丛里散乱一地。

　　青塚一郎把照相机碎片拿在手上看，但是怎么也无法修复，还是把它扔回了原地。这当儿，发现那下面还有照相机的其他部件。凑近查看，原来是从掉落在地的照相机暗盒里滚出一长溜胶卷裸露在外，黑乎乎的卷轴也歪斜地脱落在草丛里。

　　这当口，他又发现隔有二三米前面的草丛沾有泥土，附近还有大块的滚石，用登山杖的端部拂去些许泥土，那下面的泥土被染成了红黑色，鲜血因时间长了会变成这般颜色。

　　青塚一郎屏住呼吸查看泥土的颜色，又使劲用登山杖的端部挖起那下面的泥土，察觉那里的草盖有稀薄的泥土，下面可能有真正的鲜血。果不出所料，映入眼帘的尽是染成红黑色的草。

　　看到这里，青塚一郎总算明白过来，上面盖有泥土是不让别人发现草沾有血迹。显而易见，这是人为所致。

　　青塚一郎将倒地而又竖起的草径与这里沾有血迹的草并案分析，踌躇片刻，最终还是好奇心占了上风，决定沿着草径再朝前走，可以说初夏明亮的太阳让他内心变得强大起来。

　　走到草径的尽头，便是悬崖峭壁的左端，可粗看也看不出悬崖幽深可疑之处，也看不出有什么奇异现象，谷底宽敞，万籁俱寂。

但是，悬崖的半山腰有山洞，洞口放有两块似乎用来塞住山洞的小滚石。走到山洞那里，从石块之间朝光线暗淡的深处窥探，起初什么也看不清楚，随着眼睛习惯暗黑环境后，眼前显现的是淡白色棍棒类东西。于是，青塚一郎的眼睛朝洞口凑得更近了，这时看清楚了，刚才以为白色棍棒之类的东西居然是人的腿脚。

　　青塚一郎真想大声叫喊，当意识到周围连人影也没有的时候，竟然连自己的声音也害怕起来，一股脑儿地跑回原地。

　　突然上面传来有人呼喊自己名字的叫声，虽然马上意识到是阿菊的声音，但是当时仿佛脑瓜子里灌满了糨糊。

　　"青塚君，青塚君……在那里干什么呀？"

　　阿菊不停地叫喊，她身着平日里一直穿的紫红色开襟毛线衣，站在山坡那里的山道上。

　　"哎！"

　　青塚一郎像从昏迷中苏醒似的，举起手朝着阿菊招手示意她快下来。

　　"干什么呀？"

　　阿菊从远处问他。这时候，青塚一郎的心跳还没有恢复正常，紧张得只是无声向她招手。

　　"干什么呀？奇怪！"

　　阿菊说："还是青塚君您来我这里吧。"

　　然而青塚一郎还是没有动弹，阿菊终于停止叫喊开始挪动脚步，不过无法从那里直接下到半山腰那里的山洞，需要绕远路下到这里。

阿菊的身影一度消失，一边从山谷入口踩草行走，一边在青塚一郎的视线里走了好一会儿。她还像往常那样一手提着竹篮子，也不是急匆匆小跑步，只是晃动着微胖身体，悠闲地朝这里靠近。她那张圆脸在正上方阳光的照射下，扁平得犹如一张纸。青塚一郎也朝她跟前走去。

"怎么啦？您在这地方？"她嘻嘻笑着问道。

"有人被杀了。"青塚一郎相反用很平静的声音说。

"有人被杀了……真的吗？在哪里？"阿菊惊讶地注视着青塚一郎脸上的表情。

"在那里。"他朝背后转过身手指着悬崖方向。

"您逗我！"

"怎么是逗你呢？去看一下就知道了。"

阿菊不吭声了，表情骤变，似乎也在努力回忆昨天在这座山坡上攀爬的男子。

青塚一郎把阿菊带到半山腰上，让她从洞口朝里窥探。她目不转睛地注视着。

"哎呀，还真是的。"她瞪大那双细眼说。

"光着腿脚，朝着这边裸露呢！"阿菊接着不自然地说，"也许是在睡觉。"于是，青塚一郎说了滚石附近草丛盖有泥土的事。

"血迹被稀薄泥土遮盖，肯定是在那里被杀害的，还有从草丛被拽到这里的痕迹。"

246

阿菊毫不畏惧，也许是青塚一郎在旁边的缘故。她说，想去那草丛看看。

　　青塚一郎也精神振奋，带阿菊来到那里，用登山杖的端部掘起泥土，让她看血染的部分。

　　"真的。"

　　阿菊俯瞰了好一会儿，立刻抬起头来仰望悬崖，忽上忽下地晃动脸盘，仿佛在上下比较。

　　"啊啊，明白了。"

　　她叫喊。

　　"是从那悬崖上被推下来摔死的吧，杀人真凶事后下到这里清除血迹，再把尸体拽到悬崖半山腰的山洞里，草被踩倒就是真凶拽拖尸体留下的痕迹吧。"

　　青塚一郎也明白了照相机被使劲破坏的理由。

　　阿菊东张西望地观察那一带，独自一人朝前走了五六步后朝他嚷嚷："喂，来看这里哟！岩角有被铲除的痕迹啊！"

　　青塚一郎凑近那里查看，滚石也不那么大，有被铲过的痕迹，仅那里没有灰尘，又好像被磨过似的。

　　"从悬崖上被推下来的那个人，也许是脑袋撞上这块滚石而死的吧，杀人凶手事后下到这里把滚石上的血迹铲掉的吧。"

　　他俩来到这里，共同推测形成了完整的逻辑链，青塚一郎的眼前映现出完整的故事，刹那间感到背脊拔凉拔凉的。

　　"被杀害的是女子哟！"阿菊突然说。

"你怎么知道？"

"山洞里的腿脚肤色是白的呀……还有，假若那男子是杀人凶手，被杀害的肯定是女人。这里是温泉浴场。"

正如阿菊所说，她的说法符合逻辑。

"必须向警方报案，无疑是昨天在山坡上攀缘的男子把这女人推下悬崖摔死的，然后把尸体拽到山洞里隐藏起来。"

阿菊立刻说。

"嗯，必须报案。"

青塚一郎也不假思索脱口而出，可是离开那里的时候冷不丁地想到自己目前的处境。

"最好还是别向警方报案。"

"为什么？怎么不报案了？"

"报案对我十分不利。"

阿菊忽然沉默不语，细眼发亮，直愣愣地注视着他。

"别误解！我可与这起杀人案没有关系，至于有些事情择日再说，我可不想与警方拉上什么关系。"

阿菊若有所思地点点头。

"果然像我想的那样，您……"

"想象我什么了？"

"我想您不是什么正经人，因为正经人是不会来这里无所事事闲逛。"

"你那么误会，我真是无可奈何。先跟你打个招呼，我既不是什么杀人犯，也不是什么抢劫犯或诈骗犯，只是有点事而不想报警。就算我俩不说，也会有谁发现后去警方报案的吧。"

"好呀，您既然这么说了……"

青塚一郎与阿菊一边并肩走，一边不让她察觉悄悄地从袋里取出胶卷扔到草地里。最好没有这东西，否则还不知道会受到什么牵连和怀疑，反正胶卷也要不了多久就会在草地里因日晒雨淋而腐烂吧。

4

说来不可思议，青塚一郎与阿菊两人来到东京生活后，相互经常交流的话题就是半年前昼间梦幻般亲眼看见的山洞一幕。

青塚一郎带着阿菊来到东京，拿出从汽运公司贪污的二十万日元在江户川那里租借了便宜的公寓过起了同居的生活。青塚一郎凭借曾在报社工作过的经验，如鱼得水般获得印刷厂文字校对工作，阿菊在浅草那里的鸡肉料理店担任榻榻米包房的女服务员，也是凭借曾在温泉旅店担任过女服务员时驾轻就熟的工作经历。

印刷厂校对员要上夜班，青塚一郎每天工作到很晚才能回到公寓，鸡肉料理店也要工作到很晚才下班，阿菊也喜欢这样的工作时间。上午，阿菊上班很迟，青塚一郎上班也迟于印刷厂其他工种。印刷厂每晚下班迟，时间长了也就习以为常，两人下班后都很晚到家，一边夜宵，一边聊天，早晨躺在床上也是聊天，经常提起那段往事。

"现在想来总觉得那是梦，不知道是否真有那回事。"阿菊来到东京后更胖了，胖乎乎的脸蛋忽左忽右地摇晃着说。

"但当时看到的还是真实一幕呀，不只我一个人，还有你，我俩都亲眼看见，不会有错。"青塚一郎斩钉截铁。

不得不说，证据只是在他俩眼睛里，而且已过去半年之久，难以让人信服真有那回事。

"不过，我们看到的是真实情况，这期间多半有人发现后去警方那里报案了。我们从那以后离开温泉浴场已有一个月了吧。"

阿菊的那对细眼似乎望着远方。

"一个月里难道还没有人发现吗？也不知道我们离开上山温泉后那里情况怎样了？"

"可是之后的报纸也没有报道哟！"

"只是这里的报纸没有报道而已，当地的报纸也许在这半年里报道过了吧。"

"如果那样，给藤子的信要写上这内容。"

"你还在与藤子通信吗？"

"别那么着急！您在汽运公司挪用的是小钱，警方是不会立案侦查的吧，再说那家公司也不会报警，说不定公司内部已经平账了哟。瞧，至今不是什么动静也没有吗？我和藤子之间通信，要是警方从那时就开始顺着信的线索追根刨底，那您早

250

就被刑警带走了哟。"

"我还是不能掉以轻心。"青塚一郎姑且那么说，他本人也觉得阿菊言之有理，也没有感觉到自己身边有什么警方视线。

"当时，您因过于害怕而没有去向警方报案，如果报案那就好了。"

"别说傻话！当时与现在的情况不同，再说谁都认为与警方沾边是飞蛾投火自取灭亡。"

"当时您过于害怕警方，是因为您认为自己犯了弥天大罪。后来问了您，原来是那么回事，我才不以为然。您为那么点事而担惊受怕，实在是不可思议哟！"

"你这个没心没肺的家伙。"

青塚一郎说，总觉得阿菊天生比自己胆大，她最初来东京在浅草鸡肉料理店当服务员时也是老实巴交地待在那里干活，如今与一些早就在那家店里工作的女服务员们同工同酬了。

最终，青塚一郎赴京没有甩掉阿菊。从某种意义上说，也是因为阿菊的黏力，还主要是因为自己主动向她坦白了挪用公款的软肋。人要是被别人掌握了自己的软肋，感情反而亲密无间。当然，阿菊没有被青塚一郎甩掉也不只是这个原因。阿菊担任女服务员一直待在深山温泉旅店也不是她本意，靠近青塚一郎也是把他当作改变自己命运的赌注，与他双双来东京生活工作，尽管有可能遇上厄运，然而事实恰恰相反，幸运之神降临在青塚一郎的身上。

一天，青塚一郎从报上刊登的广告得知某行业报社正在招聘记者，报社地点在本乡，报名叫《料理行业通讯》，是餐饮服务行业报纸，主要面向酒店、餐馆、料理店、食品店，报道从料理的烹制方法和最近流行的料理到企业的经营方针。报社在大楼里，编辑部办公也在同一房间。

青塚一郎有过地方报纸的记者经历，应聘投档填写了这一情况，招聘面试是在北陆报社进行，虽担心离职后在汽运公司携款逃跑的丑行曝光，要是运气不佳，不仅没有被录用，甚至还会暴露住所而招来警方抓捕或通缉之祸，但他还是决定赌一把。

最终结果却是杞人忧天，第二天那家报社委托快递公司送来了录用通知书。

月薪不高，还不如在小印刷厂担任校对的报酬，可是他有过在地方报纸工作的经历，早就耳闻行业报社记者收入不菲。记者兼广告员，带有某种恐吓要挟，目标是提取灰色收入。

事实上，报社的社长从广告费里拿出几分之一返利给广告员。谁都知道，对于兼任广告员的记者来说，佣金是收入的主要来源，月薪只能算是补贴而已。

可是，也有记者因讨厌拉广告图谋绩效工资的工作而辞职，由此记者兼广告员成了报社的紧缺资源，老是告急。站在报社社长的立场上看，暂时不招聘只会采访不会拉广告的记者。

总之，只要是擅长拉广告的记者，有多少就聘多少，报社经费不会捉襟见肘。

青塚一郎就职后的当天晚上，向阿菊打听。因为，阿菊是山里温泉旅店的女服务员，多少知道点旅店老板的营销方式，可能在拉广告方面有参考价值。

阿菊透露，即便农村的温泉旅店，也有逃税的对策，还有维系回头客的窍门。青塚一郎听着听着听入了迷，原来那样的生意经似也通用于首都料理店。

青塚一郎开始物色镇上乌冬面店，特别是生意较好的料理店，逐渐掌握要领，便把目标靶向大料理店乃至高级餐馆。这时候，他还远远没有掌握如何恐吓大酒店拉广告的技巧。

尽管那样，他也还是步子跨得太大了。青塚一郎开始贸然突入豪华料理店和高级餐馆，最初还只是停留在正面采访报道，要想拉豪华料理店和高级餐馆的广告，首先需要投其所好。

因访问对象不同而已，有的听说是《料理行业报》便敬而远之，有的一见面就是不分青红皂白地说三道四。因为，这类报纸的目的明显就是拉广告。然而，无论经营什么买卖都有见不得人的软肋，也有因恐惧遭日后报复，遂带他到事务所办公室总经理室引荐领导。

青塚一郎专门为餐饮店吹喇叭抬轿子进行正面报道，起初不跟对方提广告事，只是赞美而已。无论记者怎么报道商家，社长和总编辑什么牢骚也没有。他们知道，捧场报道的文章要不了多久就会变成真金白银。

青塚一郎瞄准斯美露餐馆，是他在加盟报社大约两个月以后。斯美露餐馆总店在赤坂，全东京共有七八家连锁店，生意火爆，随着连锁店扩大到闹市街头，顾客纷至沓来。

斯美露总部除了餐馆，还经营保龄球馆，统一冠名斯美露，繁华的商业街上有两家。据说，斯美露保龄球馆还计划创办连锁店。总之，营业利润高，资金周转快。总经理市坂秀彦年龄五十岁左右，非常精明能干。

市坂秀彦总经理关西出生，经营手腕在业界让同行刮目相看，当然也有不少流言蜚语和评论家恶语中伤，有说市坂秀彦总经理不是日本人，有说他不是斯美露的实际大老板，有说他放高利贷。但是不管怎么说，斯美露所有店铺的装饰用材都非常精致，门面设计和室内设计新颖独特，人性化，有创意，有魅力。市坂秀彦总经理的经营方式确实独树一帜，标新立异，在料理烹饪方面也有拿手绝活，传说曾是关西某西方料理店的厨师长，他本人也不否认。

青塚一郎去过斯美露总店多次，但都没有亲眼见着市坂秀彦总经理。由于下属各门店分散在东京闹市的各个街口，时而下去检查，时而出差外地，市坂秀彦几乎不在总经理室。其实仅仅是报道，对餐饮店而言也有很大收获，但凡行业报上宣传了餐饮店和菜肴，顾客就会蜂拥而至。

连续三周前往斯美露总店采访，三周后见到了市坂秀彦总经理，青塚一郎也抓住了幸运之神。

5

青塚一郎无法忘记最初与市坂秀彦总经理见面的那一幕。

青塚一郎是在不很宽敞的总经理室与他见面的，他总觉得在什么地方见过市坂秀彦总经理这张脸，额头朝上略秃，头发分得整整齐齐，鼻梁挺拔，脸盘轮廓清晰。经营西方料理店的总经理，青塚一郎原本想象为大腹便便的男人，见面后大有出乎意料之感，与此同时，面对五官长得如此端正的脸庞，先天的敬畏之感也打心底油然而生。

市坂秀彦总经理按照事先约定的十分钟时间回答了记者青塚一郎的提问，话音里好像掺杂了关西口音，柔软且安静的语调含有余韵。

因总经理室一侧光线的缘故，市坂秀彦总经理的脸庞随着讲话时不停地晃动，时有亮部和暗部的深浅变化。那张轮廓清晰的脸盘从各个角度给人以立体感，略有凹陷的脸颊使得青塚一郎若有所思。

哎呀，青塚一郎还是觉得眼前这张脸似曾见过？从忽明忽暗光线下凸显的脸盘角度，更加强化了自己的感觉，终于想起来了。这是在他走出斯美露总店前往地铁地下通道的台阶上的瞬间。

是的，眼下自己正在下到地下通道的途中，宛如站在这样的位置朝下俯视站在台阶下面朝上仰望的市坂秀彦总经理，除了鸭舌帽盖住隐去的上秃额头外，不就是自己在上山温泉山路旁从树木背后瞧见的那个中年男子吗？当时，他上着黑色羊毛衫、下穿茶色裤子，站在山道底端连接岔路的路口那里，突然仰起脸来打量山道的上端，酷似他刚才说话时的模样。

是的，当时就像现在这样的位置。青塚一郎站在前往地下通道的台阶上驻足俯视，看着人们正在台阶下面站台来往行走的模样，觉得他确实是自己当时躲在树木背后看到的那个男子。

"您不会搞错吧？"

阿菊听了青塚一郎的描述问。她从鸡肉料理店下班回来，把客人吃剩的料理打包带回家里，眼下正是她与青塚一郎夜宵小吃之际。

"我想我不会搞错，可这世上相似的人应有尽有，还不能断然肯定吧。"青塚一郎说。

阿菊正在用手指抓住鸡骨头用嘴啃上面的鸡肉，道："再确认一遍如何？"

"没有办法确认哟，我总不能对他说当时的那男人就是你吧，能这样说话吗？"

"就算是，他也不会说是呀。"

阿菊扔下啃过的鸡骨头，继续说："现在可以说啊。"

她用餐巾纸擦了擦嘴巴说。

"我俩见到被藏在悬崖半山腰山洞里的尸体后的第二天，我又悄悄地去了下川温泉，向那对面的旅店旁敲侧击地打听了哟。"

下川温泉，在青塚一郎与阿菊一起上去的那座山的对面。确切地说，斜着穿过山再往下走，上山温泉就在下川温泉的山对面。

"那么说，我俩见到山洞里尸体腿脚的前一个晚上，我晓得下川温泉那里的川田旅馆住过一对情侣，男的年龄四十七八岁，女的年龄二十七八岁呀。那对男女第二天的情况吧，我想起来了，听说那天他俩用完午餐出门散步了哟，当时那女人手拿着一架照相机。"

青塚一郎的眼前，立刻浮现出滚石背后躺着一架摔坏的照相机。

"男子穿戴也正如我看到的那样，头戴鸭舌帽、上穿黑色羊毛衫、下穿茶色裤子吗？"

"没错，是的。"

"身边那个女人情况呢？"

"听说与那男人外出散步后就没再回到旅店。男人说什么，走到上山温泉的时候，不凑巧遇上她的闺蜜也来了，因为是不期而遇，也很久没有见面了，闺蜜邀请住在她那里，因此她的行李也要送去那里。说完，那男人在收银台结完账离开了哟。女人的行李就是一只拖箱。"

阿菊一边说，一边露出心情振奋的表情。

"旅店登记簿上的姓名叫什么？"

"他俩都没有写姓名。旅店为了逃税，每晚都有两三对情侣不登账，他俩入住也没有。"

对于那个男人而言，没写姓名是幸运。

"当时，您过于担心警察追捕，我只是听听而已没当回事。如果不是那情况，肯定视作杀人案向当地派出所报案了呀！"

看到尸体腿脚后坚持不向警方报案的是青塚一郎，当时是极度恐慌与该案扯上关系。

在下川温泉对面川田旅馆投宿的那对男女，大凡疑似现场的两个当事人。阿菊这一推测毋庸置疑，照相机的残骸与阿菊的推说完全一致。

"您向报社请两三天假，悄悄去那谷底和半山腰确认一下怎么样？"阿菊劝说。

"为什么？"

"那不是和尚头上的虱子明摆的吗？如果确实是那回事，不就……"

"事到如今才报案会让警方觉得可疑哟！"

"不是为了向警方报案呀！不是听说保龄球馆最近生意红火吗？"阿菊目不转睛地看着青塚一郎。

三月中旬某日，青塚一郎头戴着一顶贝雷帽，鼻梁上架着一副墨镜，沿山路下到上山温泉的巴士车站。他除了肩挎照相机，没有带其他行李，那身打扮像是乘坐夜行列车从东京来到这里观光。他没有打算在这里住宿过夜，去现场再次勘查后乘坐夜行列车连夜赶回东京。

他经过指月馆旅店跟前用余光观察正门，没有看见掌柜的身影，记得住宿期间每次外出散步时他都会朝自己投来妙不可言的微笑。只看见女服务员们站在门里不经意地眺望来往行人，那表情即便看到青塚一郎也不会察觉。

青塚一郎沿着麦地旁边的田埂行走，经过桑地来到山脚，虽然离开还没有一年，但这里是他难以怀念的地方。眼前，似乎幻觉阿菊与其他女服务正从那里出来一同去山里采山菜的情景。

他犹豫不决，是先去山谷的谷底还是先去悬崖的崖上呢？当然是山谷的谷底更为重要，必须先去半山腰查看那个山洞，确认那具女尸是否还躺在原地。然而窥伺山洞，即便只是想象那半白骨化的腐烂尸体，胃里就会产生剧烈的生理反应。他决定把这讨厌的事放在后面做，决定先去悬崖崖上观察，于是急匆匆地沿着那条与阿菊走过多次回忆多多的山道向上走去。

终于来到山谷深处尽头的悬崖上，迄今为止也已不止一回来过这里。但现在站在那悬崖上往下俯瞰时，觉得陡峭深邃、头昏目眩。草丛里散落着许多白乎乎的滚石，其中一块沾有女子从悬崖上摔下致死后被铲除血迹的滚石，青塚一郎凭着记忆没花多少时间便找到了。

虽然来到这里核实清楚了，但是一看到山谷入口，盆地连接着这里变得开阔了，对面出现了其他山脉。这是一片多么美丽的风景，必须上到这里才能一目了然。

青塚一郎这才体会到，那对男女站在这里的理由。女人手持照相机，虽不清楚照相机是男人还是女人带上山的。但不用说，女人打算以这道风景为背景给男人拍照，没料到那男人突然把正在给他照相的女人推到了崖下。

虽然他一度那么思考，但是片刻过后又纠正了这样的想象。如果是那样，男子就必须背对着悬崖脸朝着女子，而女子所站的位置因拍照理应与男子相反。如此一来，要说被推到崖下的人，倒还不如说应该是站在悬崖边上的男人。

可现实是，被推到崖下的是拍照的女人，由此必须是她站在悬崖边上，以那里为背景用照相机拍照，而男子相反站在安全的场所。

青塚一郎那么思考后望了一眼悬崖的对面，那里的杂树山林在中央断开，呈现马鞍形状，又因两侧格外高耸、清晰浮现，而被当地人俗称"二子山"。这座二子山，青塚一郎也曾从指月馆旅店二层客房窗户眺望过，只是所处位置不同，所见到的二子山因杂树林的遮挡，只能见到接近山顶的部位，是一座低而没有趣味的山，然而从现在所站位置眺望到的那座山是完全相反的情形。

杂树林里的林间小道，也在到达对面的地方出乎意外地消失了，下川温泉就在那个方向。这就是说，可以沿着山从下川温泉来到这里。因此，那对情侣住在下川温泉的川田旅店，可以来到这里以对面风景为背景拍摄纪念照片吧。理所当然，男子是以二子山为背景站在离开崖边的安全场所，女子是拍照者，背朝悬崖所站位置是接近崖边的地方。如此一来，男子可以接近女子用双手出其不意地拼命推撞女子。女子站在崖边，易于仰天后倾，掉落到十五米下面的滚石上。

青塚一郎继续推断：

女子受到突如其来的推力掉落到崖下滚石堆里，男子从崖上朝下俯瞰，随后沿着崖边朝下行走，来到灌木和野草丛生的山坡匍匐着向下爬行，好不容易到达谷底，再接着走到女子摔死的地方，一边脚下踩着草地，一边把女尸拽到半山腰藏在山洞里，然后用小石块连砸带磨地铲除滚石上沾有的女子血迹，再用泥土盖在沾有血迹的草上，最后匆匆顺着灌木草丛沿着山坡向上攀缘逃离了现场。照相机被摔得粉碎，大部碎片就那样丢在原地了。

青塚一郎的眼前，浮现出阿菊曾经站在悬崖下的滚石边上一边想象一边诉说女子摔死的故事情境，眼下居然活生生地成了现实。

确切地说，男子没有从崖上返回山林里的林间小路，而是在青塚一郎要下去的山道前面横穿过去，沿着桑地旁边的岔路行走。现在，也一清二楚其理由了。男子是害怕独自沿着与被他杀害的女子一起来时的路返回吧，男子还害怕来时有人见过他俩结伴走过这条小路吧，男子更害怕独自沿着来时路返回的路上女子阴魂伴其左右吧，最好还是走其他路线才不会不安吧。

甚至再度见到该男子的情境，也映现在青塚一郎途中歇脚三十分钟的回忆里。男子一度爬到悬崖山坡多半重新思考：接下来从山坡迂回下到山谷入口来到那里的所需时间吧。

青塚一郎按这一推定沿着崖边朝下行走，因没有路而在树丛、灌木丛和草丛里艰难穿行，来到山谷入口时用去一定的时间。如果真是这样，三十分钟的时间足够，他愈发觉得自己的上述推测符合事实，符合逻辑。

到达山谷入口查看，这回要做的是付诸实施最后的行动，去半山腰窥探山洞里的那具女尸是否还在。青塚一郎环顾周围，只是不时地传来了鸟啼声，周围连一个人影都没有见着，地下仿佛传来了响声，寂静的地面上仿佛抹有一层懦弱得有气无力的太阳光线。

青塚一郎来到山腰洞穴的近旁，洞口垒有滚石，与当时没有一丁点儿变化，也许尸体还未被警方发现。如果有谁向警方报案，警方现场勘查后就会运走尸体，塞住洞口的滚石就会有搬动过的迹象。青塚一郎观察了好一阵子，洞口那里压根儿没有什么变化，觉得被杀害的女子尸体依旧还躺在洞里原地，白色腿脚照旧朝着洞口。

不用说，那白色腿脚眼下已经烂到露出骨头了吧。当时是五月十日见到的模样，随着时间已经过去大约半年之久，说不定那女子的肉体已经腐烂成浆水了吧。

青塚一郎没有再敢从那里继续向前迈步。他毕业于地方大学国文本科，这当儿脑海里涌现出学生时代读过的《古事记》某个章节：男神伊扎那岐窥见了黄泉国里伊扎那美的尸体。

男神伊扎那岐点亮一束火把走进黄泉国窥见伊扎那美时，只见整个尸体上爬满了蛆虫，脑部有大雷，胸部有火雷，腹部有黑雷，阴部有裂雷，右手臂有若雷，左手臂有土雷，左腿脚上有鸣雷，右腿脚上有伏雷，整个尸体上共有八个雷神。

这是对腐烂女尸骇人听闻的描述。青塚一郎此刻也在想象，躺在半山腰暗黑山洞里的女尸，肉体变得面目全非，像黑雷那样黑不溜秋，阴道口爬满了蛆虫，眼睛和鼻子被蛆虫咬得残缺不全的状态，顿时失去了靠近山洞的勇气。当时与阿菊共同见证的白色腿脚，不是鸣雷就是伏雷吧。

青塚一郎因塞在洞口的滚石还是原来模样，决定不再靠近核实还躺在原地的女尸。当他刚要返回原地时，突然想起当时见过被扔弃的胶卷，是啊，大脑里确实还有胶卷扔在这里的记忆，于是从草丛里仔细寻找，终于找到了，找到的地点与推估的地点离得很近。由于草长得很高，似乎迄今没有被人发现。这里不太会有人来，山洞仍然保留着尸体也是那个缘故吧。

他拿起胶卷，金属质地的暗盒锈迹斑斑，露出拖一地的胶卷早已变得腐烂。毋庸置疑，暗盒里的胶卷是没有拍过的，因此即便把它拿回家也成不了证据。被拍摄的部分胶卷经过日晒雨淋，也完全不起作用。然而，他还是把它包入手绢放到口袋里，就像与阿菊同行时那般。

青塚一郎返回山谷入口，站在那里重新思考，什么证据也没有得到，就这样回去，无法证实市坂秀彦总经理是真正杀害那个女子的凶手。正如阿菊所说，无法胁迫市坂秀彦总经理。

青塚一郎感到左右为难，好不容易来一次这里，什么有价值的物证都没有到手。阿菊知道这一情况后无疑会怒不可遏，她虽说没有受过教育，但是贪婪的欲望却疯狂到了那种程度。

他的脑海里终于浮现出金点子来，当然不知道那样做能否获得成功，需要再次做好节外生枝的心理准备。他从谷底上到悬崖，走到那对男女拍照的场所。他从肩上卸下照相机，背对着悬崖站着，通过取景器取背景，镜头里的杂树林从中央断开，两侧高耸，呈现出普通的二子山。

青塚一郎站在那里从各个角度拍摄，把带来的胶卷全用在了二子山景色的拍摄上，打算回到东京再去斯美露总部总经理室拜访市坂秀彦总经理，若无其事地把这些照片递给他，看他当时脸上会有什么样的表情。

青塚一郎还想过，如果他故意不露声色，满不在乎，那接下来就把市坂秀彦总经理的照片拿到下川温泉的川田旅店请他们辨认。当然，即便那家旅店认定照片里的男子住过他们旅店，但是如果市坂秀彦总经理还是一概否认，那也只能到此结束。因为，杀人事件空穴来风。

6

——那以后过去接近十个月。

青塚一郎这名字成为印刷体赫然印刷在不可思议的部位，还与市坂秀彦的名字并列，醒目地刊登在创刊不久的《新流》综合杂志的版权页上，杂志厚度约三百二十页，封面上不是最近流行的画，而是优化的美女肖像，封面角落印有小印刷体"第七号"字样。可见这本杂志已经创刊经过七个月，陈列在书店门口，摞的高度没怎么下降，读者无法认为它是一本畅销杂志，走进书店的工薪族和学生只看那本杂志目录，随后放回原处，可见不是现今社会的当红刊物。

二月中旬，住在世田谷的评论家冈本健夫的家里来了一个登门拜访的年轻男子，手上拿着一张"《新流》杂志社编辑部编辑中村忠吉"的名片以及一本《新流》杂志，他被带到一间不是很豪华的榻榻米会客厅里。

冈本健夫原是文艺评论家，即便现在也还那么熟悉文艺界，文笔精妙，有好奇心，无论什么评论都写，被部分新闻媒体视为殿堂级评论家。也不知什么时候，他的身份变得模棱两可了，既是评论家，又是随笔家。原以为他周游全国著名文化人旧居后出版了评论集，转眼间又评论起最近的思想倾向来，既评论女性风俗，又匿名评论小说，还欣然接受公关杂志的访谈，常在大庭广众面前自嘲"便民屋"，好奇猎奇，知识面广，笔头子勤，非常活跃。

中村是《新流》杂志社的青年编辑，一头飘逸的长发，见到薄发掺有银丝的评论家冈本时，赶紧递上最近发售的三月号《新流》杂志，举止温文尔雅，彬彬有礼地说：

"先生，能否请您在本月二十日前为本期写一篇约三十页社会性的评论文章啊？"

冈本随手拿起那本杂志，摘下近视眼镜翻阅目录页面。瞧那表情，好像不是很感兴趣，因为杂志上的执笔成员们都不怎么起眼。他目前交稿档期已经排满，于是婉言谢绝中村："请允许我以后再为贵刊写稿。"

"在下深知先生忙得不可开交，但还是要请先生您无论如何百忙抽空赐稿……"中村毫不气馁，"敝社杂志主编措辞严厉，关照属下务必求得先生赐稿。"

"即便那么说，我也……"

冈本再次把《新流》杂志凑到眼前，打量起主编姓名来。

"主编是叫青塚一郎吗？"

"是的。青塚主编说，必须求得先生赐稿。他是先生的铁杆粉丝，在下也是……"中村编辑慌忙加上自己。

"那难得啊，可是敝人现在有点忙不过来啊……"

冈本评论家尽管明白对方奉承自己，但也没有觉得有什么不好，只是语气显得有点迟钝。

"在下非常理解，但还是要务请先生赐稿。"

中村编辑向两侧分开额上头发，屈膝跪地，恳请赐稿。这么一来，冈本评论家脸上的表情看似有点动心了。

"敝社杂志创刊迄今时间还短，在社会上也鲜为人知，无论如何敬请先生屈驾执笔。在下以为，如蒙先生赐予大作和大名，敝社杂志将浓墨重彩，光鲜亮丽。像现在这样下去，即便去一流作家府上恳请赐稿也往往拒于门外。在下以为，只要杂志上刊登了先生大作，其他一流随笔家们就会对在下说，那好吧，于是承诺赐下原创稿件。"中村编辑满脸通红，热心说服冈本评论家。

"不，我可没有那神力哟。"

冈本评论家虽嘴上那么说，但多少有点自我陶醉扬扬得意，自己固然算不上一流作家，但比起这本杂志上的作家阵容名气略要大些。他认为，正如眼前的青年编辑所说，因刊登自己的稿件可带动其他一流作家写稿。对于不太有名而发行困难的刊物，他那拔刀相助的侠骨柔情则油然而生。

"二十日以前交稿很难，还是以后给你们杂志写点什么吧。"

冈本评论家思考后承诺写稿，推迟到下一期交稿，这样也就可以有足够时间思考是否真的给《新流》杂志写稿。青年编辑中村充满感激之情，频频鞠躬行礼，心想这下可以回去交差，青塚主编也就不会怒怼自己了。

冈本评论家再次翻开杂志目录，哗哗地翻看内容，总之，不能说这是一本富有魅力的杂志，没有焦点，杂乱无章，各栏目没有太大差异，似无重点。照说自己多次见过《新流》杂志刊登在报纸上的广告，版面也不是太小。

"《新流》杂志社在哪里办公？"

"在赤坂附近，还是一家小杂志社，在某高层大厦里租借了两个房间。"

"社长过去在哪家出版社高就？"

"不，他与出版行业完全无关，是一个对杂志犹如擀面杖吹火一窍不通的外行。"

"外行办杂志好大胆啊，那么说，不会是烧钱吧。"

"说是烧钱也不太好说，总之钱多得不计其数，据青塚一郎主编说，这本杂志就算五年里年年连续赤字也不会关门倒闭。"

"那好啊！你说社长财大气粗，那他麾下还有什么企业？"

"我来回答。"中村编辑眼睛朝下显得有点腼腆地说，"先生，您知道名叫斯美露的餐馆吗？"

"斯美露……啊啊，知道啊，新宿街口有，池袋街口有，原宿街口有，是啊，即便青山街口也有，好像好多地方都有叫斯美露名称的餐馆吧。斯美露餐馆的外观和招牌格调统一，给我留有很深印象哟。前些日子也好像在哪里见过哟，是的，好像是在自由之丘见过。"

"是啊，总店在赤坂，东京都内到处都有自营分店。"

"斯美露总经理啊，让我佩服，专营西方料理的餐馆主出版这本综合杂志。"

"斯美露不只是经营餐馆，还经营两家保龄球馆。"

"原来连保龄球馆也经营啊，最近保龄球馆非常赚钱啊。"

"据说因生意好而引来跟风仿效的经营者数量猛增，销售额最近倒也没那么直线攀升了。"

"不管怎么说，他算是有钱人吧，青年时代立志成为学者或立志成为作家，但没想到转到西方料理这一行，而现在又想通过《新流》杂志实现青年梦吧，这现象在成功的企业家里盛行啊。"

"那倒不曾听说，只是市坂社长有关杂志的经营情况一概不问，也没有具体要求。"

"市坂社长明事理啊！那么，就连希望增加销售额和获取更大利润之类的话也不说吗？"

"什么也不说。"

"原来是这样啊，看来通过餐饮和保龄球谋利的人是不会介意杂志那么一点点赤字吧。一般而言，杂志社社长都是斤斤计较编辑经费的呀。"

"市坂社长不仅不压缩编辑费用，相反还增加。我说晚了，请允许小社特别支付先生稿酬。"

"谢谢……那么，青塚一郎主编与你们编辑不管什么都可自由组稿吧。他是过去在某杂志社工作过的内行吧？"

"不是，他没有杂志编辑经历，好像在北陆一家地方报社当过记者。"

"原来是报社记者。"

冈本评论家表情有点失望，一听说是在地方报社工作过的男子，总觉得是一个熟知杂志潜规则的家伙，来到东京却被任命掌管一家杂志，结局一定是编辑发行不伦不类的杂志。

"名叫青塚的主编还年轻吧？"

"是啊，听说三十三岁。"

"杂志主编的年龄最好年轻，因为年龄上去感觉就会迟钝啊。"

但是，视线再次回到这本杂志的时候，不管怎么看，也不能说是感觉敏锐的主编，可是好在经营者财大气粗，思想上也做好了五年大出血的准备，此后或许会发生变化扭亏为盈。据说青塚主编独断专行，倘若朝着好的方向发展就会变成趣味性强的杂志，但是刚过去半年进行评论还为时尚早。

中村编辑频频鞠躬，恳请冈本评论家多多关照，说完回杂志社了。瞧那模样，出色执行了青塚主编的命令，满脸相当高兴的表情。在中村编辑看来，比起取得冈本评论家的原创稿件原稿，让他最放心的是眼下回去不会受到青塚主编的怒怼。

那以后过去没过多久，冈本评论家在某聚会上遇见了一个同行。

"你知道《新流》杂志吗？"

冈本评论家不动声色地问他。

"啊啊，是那啊！算是知道吧。"

那同行对该杂志社的情况知道得相当详细。

"也向你约稿了吗？"

"啊啊，约过，我只给他们写过一回吧，稿费比其他出版社多一些，但总觉得那本杂志不显眼呀，事实上也好像不太好卖，但是那家杂志社的社长是因餐馆连锁而名声在外的斯美露经营者，好像听说前五年里即便赤字也没有关系。杂志由青塚主编独断专行吧，编辑经费似很充足哟。"

"你果然了如指掌啊，其实也来我这里约稿了，我是写还是不写举棋未定。虽是青年编辑，但如您所说青塚主编独断专行。"

"那家伙相当蛮横吧，市坂社长也是睁一只眼闭一只眼。这话只对你说，青塚主编是个狠角色，问市坂社长要了很多编辑经费，却不怎么用在编辑本身哟，只装在自己的口袋里吧。"

"原来是那样的家伙啊！那我拒绝约稿。"他说。可是如前所述，冈本评论家本人具有很强的好奇心，觉得可以只打一次交道试试，以此为契机详细了解一下青塚主编的情况。

　　"他如此中饱私囊，想必很会玩弄两面派手法吧。"

　　"反差很大，青塚主编的另一面又是格外认真的男子哟。"

　　"嘿嘿，那，存钱吗？"

　　"青塚主编的老婆是很踏实的人吧，好像把丈夫管得很严，不准在外玩女人，不准大手大脚。也就是说，青塚主编的所得都被她收缴存入银行。传说他夫人曾在浅草一家鸡肉料理店当过女服务员。"

　　"这么说，是一个大美人吧，于是老公在老婆面前显得自卑抬不起头来？"

　　"也不是那样，我是没见过他妻子本人，但是听编辑说，夫人个头不高、胖墩结实，皮肤白如白毛猪，相貌也不咋滴，不过看上去也是一个狠角色，年龄大于丈夫，看上去比丈夫老许多。"

　　"也许因为大年龄老婆让老公觉得可爱吧，但没想到青塚主编患有那么严重的'妻管严'，太不可思议了。作为青塚主编，在杂志社里专横跋扈，也许是因'妻管严'而发泄吧，很想见识见识他是个什么样的家伙。"

　　冈本评论家打算接下来就给《新流》杂志撰稿，也可以文为契机。

第二个月，冈本评论家把三十页文稿交给了中村编辑，却没能受到青塚主编的亲自接见。

"很想见上青塚主编一面。"冈本评论家不动声色地说。

"知道了，作为收到大作的回礼，在下一定会请我们主编登门拜访先生。"

中村编辑鞠躬行礼。

"青塚主编一如既往严格吗？"

"嗯嗯，相当严格。"

"可是，杂志不太卖得动吧，真实情况呢？"

"是啊，滞销状态。"

"那么，无论怎么独裁都会给社长带来不便吧，听说青塚主编又问他要了很多编辑经费，可也不能一直这么继续下去吧。"

"您知道得很清楚啊。"中村编辑望着冈本评论家。

"没有，是听到了一些。"

"是的，市坂社长最近很讨厌青塚主编，拨编辑费似乎不像过去那么爽快了。"

"应该那样啊，市坂社长推出这本杂志也快一年了，无论怎么外行，也已经大致清楚杂志应该怎么经营的脉络了吧，不可能那么没完没了地一个劲注资吧。"

"还有，保龄球馆的营业额好像也下跌了。因为相同的保龄球馆如雨后春笋般遍地都是，竞争过当呈白热化呀！那也好像是市坂社长拨款不爽的原因吧。青塚主编恼羞成怒，大发牢骚，说必须设法让社长拨款。再怎么埋怨，也不能不顾及我们的编辑费，这是不关心我们杂志。"中村吐出香烟的烟雾说。

7

到了四月中旬，冈本评论家收到了邮递员送来的今年五月号《新流》杂志。

他看了杂志的封面，咦！过去《新流》杂志封面画都是女人肖像，但是这一期封面画却改成了风景，近景成了杂树山林，是从山林中央断开两侧高耸呈V字形间展露山貌的构图。

冈本评论家觉得封面画无聊，即便从构图看也很普通，杂树林间裸露的山貌随处可见过于平凡，画无趣意就是来自那里。像这样的封面，无法知道主编特地用风景画取代美女画的创意，顺便看了封面画角落的下款，原来是自己认识的一位叫白井的画家。

白井画家怎么会设计这样的封面呢？冈本评论家熟悉白井画家的设计风格，感到不可思议，与以往设计的主题截然不同，兴许他受到委托方无理要求而勉为其难敷衍了事吧。

邮局送来《新流》杂志过去一个星期的时候，中村编辑又来到冈本府上登门拜访。

"先生上次所赐稿件颇受好评，此次拜访还是因青塚主编责成在下上门，再请先生赐予大作发表于下期杂志，拜托您了，冈本先生。"

中村编辑还是与上次一样文质彬彬地说。

"好啊，我考虑一下吧。"

冈本评论家答道。本期刊登的评论文是因初次约稿而倾注全力，动机是显示与其他作者有所不同，在这期杂志上发表后赢得社会某种程度的反响，对他而言也很有满足之感。

"先生，哎，请您别说考虑之类的话呀，务请赐稿，在下此次拜访也是因青塚主编严令，要是被先生拒绝回去不好交差，他又会朝着在下大发雷霆。"

"青塚主编还是依然我行我素吧。"

"是啊，越来越独裁了。"

"虽似独裁，但是这期封面画是怎么回事呀，百般无聊不是吗？"

"原来您也那么认为。"

"你说这话也是那么认为吧。"

"是呀，如您所知，由于前几期封面画都是美女肖像，于是青塚主编建议给读者送新风。"

"他的建议好像也根本没有在封面画里充分体现，我知道白井君，他那画也有点过分。"

"不知道是否是这原因，听说下一期封面又要恢复原来美女肖像封面画了。"

"哎呀，封面风景画就这期吗？编辑方针朝令夕改可是办刊大忌，仅凭这点就全明白了哟。你不认为青塚主编老是奇思

274

妙想吗？"

"是呀，我本人是在全力以赴工作，心里其实也不赞成风景画，虽本期封面画效果不佳，但又立刻回到原来的封面画，总觉得不明智，表示反对，但青塚主编对于我等意见置若罔闻。"

接下来，相互继续聊了一会儿有关青塚主编的话题。冈本评论家婉转地介绍了从同行那里打听到有关青塚一郎夫人阿菊的情况，中村编辑听后不但没有否定，还补充了如下情况：

"我们也不清楚青塚主编为什么对夫人那么百依百顺，好像把工资和其他收入都交给了她，自己身上不怎么带零用钱哟，所以也不曾请我们吃过饭。"

"那有点过分啊，还有，青塚主编对女人也不怎么感兴趣吗？"

"是呀，我觉得很有可能，因为他那夫人的眼神看上去可怕而无法出手吧。总之，夫人年长，又是那种气量。青塚主编暗地里拈花惹草就不用说了吧，其实也挺喜欢泡美女哟。"

这番话让大男子主义的冈本评论家无法理解。

虽说谁都有适合自己的活法，但像青塚主编那样的活法有点让人难以理解。人说他夫人貌丑，可人各有志，各有所好，情人眼里出西施，尤其是人有这样的优点，一旦成为夫妻后也就不会介意别人评头论足吧。

"那是当然的。"

"最近，市坂社长好像又慷慨解囊，拨了大量编辑经费，青塚主编心情好了起来，兴高采烈的。虽不知道市坂社长具体给了他多少，但从他脸上的表情至少可以知道拨款是事实。"

"呵，社长这回又松开了钱袋子上的纽带吧，看来餐馆和保龄球馆经营状况好转了吧。"

"不是吧，我想不会那么快马上好转吧，倒还不如说保龄球馆的经营情况捉襟见肘十分困难，那是大资本进军保龄球业源源不断出现设备豪华的保龄球馆的缘故吧。"

"那就不可思议了呀，经营那么不景气却为什么要豁出命来拨给编辑部大量编辑经费呢？看来青塚主编手法相当高明，擅长从市坂社长那里搞钱呀。"

"也许是那样吧，可是那钱根本不会充实编辑经费，我们享受不到社长的恩泽。"

"不合情理，市坂社长知道那情况吗？"

"市坂社长好像知道，好像还是有人把这情况直接捅到他那里了，但是他似乎根本没有干预，装聋作哑，依然是一只耳朵进一只耳朵出权当耳边风。"

冈本觉得世上竟然真有神人。

过后不久，他在某聚会上与画家白井邂逅。

"看到你给《新流》杂志设计的封面哟！"冈本说了毫不顾及对方颜面的话，"尽管是你，但我还是要说你那作品会贻笑大方！你大概认为是杂志也就随便画的吧。"

"看到那封面画了吗？"

白井仰起脸来挠了挠长发问。

"嗯，其实，那本杂志我也只是打了一次交道。"

"原来是那样，我画那封面确实没上心，是主编亲临寒舍下的订单，自知画得确实很差劲。"

"来者是青塚主编吧，现在才知道是他亲自下的订单，是他要求你画那形状的山吗？"

"他带来的是照片。"白井皱起眉头说。

"他带来了照片？那上面就是……那么普通平凡的山吗？"

"是的，他带来了大约五六张都是那形状的山景照片，叮嘱我从中选择一张仿画用于封面。作为回报，他开给的画稿费是超过我说的一倍价格哟，是呀，我也就不得已仿画了哟。"

"我想多半是那么回事，那照片就是这期杂志的封面风景画吧。"

"是呀，我也无意中问过，他说得云里雾里的，不用说那模样的风景在日本可随手拈来。"

"前几期的《新流》杂志封面都是美女肖像画，下期杂志似又恢复原来的美女封面画。"

"原来是那样啊，看来我的封面画受到了相当恶评吧。"

白井显得有点无精打采。

遇上白井后过去大约两天之际，冈本收到了写有九州某城市住所寄信人野崎千枝子的一封长信，但是他怎么也想不起来亲朋好友中间有叫这名字的人。

"初次给先生寄信，请恕小女子冒昧失礼。因《新流》杂志而拜读了先生的署名大作以及平时一直拜读笔仙大作而异想天开，斗胆致函，只是所写内容与先生主业不是一回事……"

冈本读到这里，心想这是什么内容，然而读着读着，渐渐地被信函内容吸引住了。

"其实，小女子有事请求先生指教，倘若承蒙先生坚持读到本信的末尾且又赐予回信，小女子则不胜荣幸之至。有关《新流》杂志五月号封面，想必先生早已御览。这期杂志封面是山景画，小女子这些天来每次拜读它时，不知为什么心里总有一股说不出的牵挂羁绊。

"其次，小女子必须值此陈述家庭情况，家里共四口人，家父与家母今年退休，居家养老，退休前曾是地方公务员，还有大小女子六岁的姐姐，叫野崎邦江。可是，全家人都不知她目前的下落。两年前的五月八日傍晚，她外出旅行，从此一去不复返，杳无音信，那年二十七岁，未婚，此前曾是某公司职员。

"那天外出，她没有说明此行目的地是哪里，出门时随身带的是行李拖箱和照相机。她承蒙公司准假外出旅行，预定行程是五天四宿。她喜欢旅行，那年正月休假也外出旅行过，归来时还说以后找机会再去四国地区周游。最近三四年来，她没有固定的旅行目的地，独来独往，成了拖着旅行箱说走就走的旅行家。五月某日出门旅行就再也没有回家，杳如黄鹤。

"小女子给先生写这封信时，情不自禁地想起了姐姐恋爱关系旧事，记得她年轻时自由恋爱的对象不幸驾鹤西去，那以后就再也没有听她提起过恋爱事。自从她音信杳无后，小女子进行了详细的调查，还是没有找到任何线索。

　　"且说她失踪以后，小女子向警方报过案，也尽自己所能寻找过，却没有打探到有关她的行踪轨迹，只是找到姐姐前年正月去四国旅行时拍摄的照片，那上面是到处都能见到的山景。再瞧那像素，似也不是急着拍摄而成的照片，她却仔细端正地把它贴在珍贵的相册里。

　　"凭着小女子的直感与对她的了解，总觉得这张照片非同寻常，与她的神秘失踪定有瓜葛。这么说，虽是没有任何印证的空谈，但是这张照片是她在四国拍摄而成，小女子复制这张照片寄到四国那里的交通公社、铁路管理局和各市观光科求助，却都回信称，想象不出照片里的山景所在具体场所。总之困惑的是，山林的形状自身平凡得随处可见，而且与山相连的杂树林也没有很明显的特征，从而没有得到任何有价值的线索。

　　"那以后，小女子换了一个思路进行推测，既然这样的山不在四国，那就有可能在其他某地。之所以这么说，是相册里除了那张山景照片，不再有其他具有四国代表性的风景照片。她正月旅行归来确实说去过四国，因此她或许还去过其他相同山景的某地，于是采用相同办法向全国交通机关与观光机构打听，结果还是瞎子点灯白费蜡，也许不是什么名山而无法得到正确解答。

　　"只是她有过如此情况变化，正月里旅行归来后变得性格开朗了，变得动脑筋思考了。回忆她过去的精神面貌，感情不太外露。要说有什么变化，还就是从四国归来后有了这两个变化。于是，小女子去姐姐供职的公司调查，在办公桌的抽屉里发现有别人写给她的明信片、私信，但都是寄她公司地址的，寄信人也都是朋友和熟人，与姐姐失踪没有关系。

"小女子大失所望，除此以外再也没有关于姐姐的新线索了，正想半途而废打退堂鼓之际，走进一家书店突然看到了五月号《新流》杂志的封面是山景画。小女子之所以这么说，是因封面画酷似她相册里的那张山景照片，可以想象小女子当时屏住呼吸凝视许久的眼神。

"小女子急忙买下那本杂志拿回家，将封面画与她相册里的那张山景照片进行比对。岂料山景形状分毫不差，不用说封面画与照片角度略有不同，但无论是山林中央凹陷呈马鞍的形状，还是山林两边隆起的棱线，简直就是克隆再现，完全相同。

"小女子瞬间感到迷茫，类似如此形状的山景在日本到处都是，于是重新思考，觉得只不过是相同的山偶然出现在画家手绘的封面画里而已。但问题是，如果山下展开的杂树林是手绘，再如果五月号封面画是画家在某个场所写生，那只需去现场比对就可查明。当然，如果是画家凭空想象手绘而巧合，那也就无话可说了，但在查明是写生还是巧合前不会放弃。

"关于上述情况，小女子很想亲自去《新流》杂志编辑部打听，但内心总是有一种莫名的害怕，怎么也无法鼓起勇气。要说害怕什么，就连自己也回答不上来，总之就是有漠然之感，仿佛五月号《新流》杂志封面画里藏有什么惊天秘密，不敢上门请教。于是，打算直接去画家府上求教，但杂志目录里只有'画家白井'几个醒目的印刷体，没有印上他的联系方式与住址。接下来小女子也不知道怎么说好，是斗胆奢望冈本先生出手相助。在《新流》杂志上拜读了大作，心想先生与这家杂志社一定很熟吧，故而给先生写了这封求助信，心想先生一定能不费吹灰之力地从编辑部那里或者画家本人那里直接打听到封面画的来历吧。谨此，务请先生赐予鼎力。小女子还有一事恳求先生，无论向谁打听，请求先生绝对保密小女子给您写信事宜以及姐姐失踪与封面画有关事宜。承蒙百忙赐读，小女子向先生致以谢意。如果先生打听到画家写生的具体场所与封面画纯属画家想象所绘而巧合信息，也敬请回信赐教。"

冈本评论家陷入沉思是看完信之后。

白井画家曾说，他是根据青塚主编拿来的照片给五月号《新流》杂志手绘封面画的。当时他还曾说，青塚主编没有明示照片拍摄的具体场所。

这情况确实蹊跷。青塚主编为什么不说明拍照地点或者山景所在场所呢？就算竹筒倒豆子那样向白井公开也无大碍吧，难道封面画里还真藏有什么不可告人的惊天秘密吗？

照那么说，是直击中村编辑来访时道出的怪异现象，也就是指前几期《新流》杂志清一色美女封面画突然改为山景封面画的乱象。他当时还说，山景封面画仅限于本期即五月号杂志，从六月号杂志开始恢复原来的美女封面画。那为何唯独本期杂志改成了山景封面画呢？

冈本评家最初把上述乱象归集于青塚主编没有主见，觉得他可能是因杂志滞销而把美女封面画改为山景封面画。既然封面画改了，理应至少持续几期，却只改变一期再又恢复原来的封面画，无论怎么没有主见，也会让读者感到奇怪，就算青塚主编独断专行，那么快速改弦更张也显得有点不自然。

这当儿，冈本评论家冷不丁地意识到中村的话里有不可思议的地方。

中村编辑说，最近市坂社长开始增加了编辑费的额度。这么看来，不就是在山景封面画出现后的异变吗？要是那样，也可视为那张封面画可能给市坂社长的心理造成了影响。他还说，青塚主编曾因市坂社长不拨编辑经费而牢骚满腹，兴许迫使市坂社长拨款而故意改成山景封面画的吧。

冈本评论家心想，山景封面画里也许确有不可告人的秘密，还与写信人野崎千枝子的姐姐野崎邦江的离奇失踪有关联。

倘若封面山景画与相册里的照片相似，便可以想象野崎邦江去年正月假日去过那里，五月八日又去过那里。可是，虽然野崎邦江把照片贴在相册里，却没有向妹妹透露该山景所在地点。那山景所在地点，那去年正月某日，那野崎邦江自身，好像出现了什么状况。莫非那里给了她难忘的命运转折契机，从而五月八日她故地重游。野崎邦江说，山景照片是在四国拍摄的，其实是掩盖事实，相反越是掩饰事实，越是对于野崎邦江而言是举足轻重的照片，也就越是不能让别人知道的地方。那里是魂牵梦绕的地方，野崎邦江五月八日后一定发生了什么吧。

上述情况，也许与青塚主编，或许与市坂社长有关，兴许青塚主编知道与市坂社长有关抓住了这一软肋，使其给杂志大量拨款，任由青塚主编中饱私囊吧。无论青塚主编他把独裁主编形象发挥得有多极致，还是侵吞编辑公款有多贪婪，市坂社长只有忍气吞声敢怒不敢言的份儿。

冈本评论家觉得还有其他可能。市坂社长紧缩编辑费，虽有可能是保龄球馆经营不景气的原因，但是自山景画封面出现后，顷刻间形势急转形成一百八十度转弯，市坂社长又给杂志注资了。一个生意人面临生意不景气的尴尬境地，却又慷慨解囊开始拨款，让人匪夷所思……

——冈本的好奇心本来就很强烈，遂于次日给《新流》杂志社挂去电话，秘密邀请中村光临寒舍。

8

两个星期后，冈本评论家给写信人野崎千枝子寄去了回信。现在省略开头部分，其他如下：

"……综上，市坂秀彦社长与青塚一郎主编皆与封面山景画有牵连。老夫决定先从青塚主编开始调查，但没有抓手，遂向《新流》杂志中村编辑有保留地公开了概况，好在他最近对青塚主编有郁愤因而爽朗地表明愿意合作。他说，虽然知道青塚主编来自北陆，但是具体情况一无所知。老夫以为，重要疑点在于夫人阿菊比丈夫青塚大几岁，相貌又不咋的，却能让丈夫鞍前马后的现象也与本案有某种程度的关联吧，于是让中村设法探知阿菊是从哪里来到东京。

"老夫这么说了，中村编辑还是觉得无从下手，说他平时没有与青塚夫人打过交道，无法打探她的情况。就这样过去两三天后机会终于来了！青塚主编因某物品落在家里而吩咐中村编辑去他家取。中村编辑心中暗喜，真是天赐良机！遂前往青塚主编的住宅，见到了青塚夫人，说了一番恭维话后道明来意。青塚夫人也许因为来者是丈夫的同事，而没有丝毫戒备心理，将中村编辑引到榻榻米客厅，端上茶点和茶水招待。中村编辑若无其事地说到了问题点，也就是老夫交给他的任务，他当然不会直截了当地说。此后的聊天过程，青塚夫人的表情逐渐变得可疑起来。中村编辑心想，今天就到这里吧，当他正要起身告辞之际，只见银行职员来访，青塚夫人起身接待他们去了，不知是存款还是取款，总之一去花费了好长时间。

"忽然，中村编辑起身环视榻榻米房间，发现柱子上挂有信函插袋，有的因信函与明信片重叠放入而鼓鼓囊囊。他一边注意玄关那里动静，一边孤注一掷地翻阅了那只胖乎乎插袋里的信函与明信片，从中看到来自'长野县×郡上山温泉、指月馆旅店内平田藤子'寄给青塚主编夫人阿菊的明信片，从上面的句子看，似乎没什么文化。如下：

谨此致以问候。上山温泉还与两年前相同。最后，请代我向您先生青塚君问好。

284

"单凭这寥寥数语，便可知道阿菊与青塚主编两年前在长野县上山温泉那里指月馆旅店待过，阿菊好像是女服务员。曾听中村说过，青塚主编的夫人阿菊在浅草一家鸡肉料理店工作过。发现这张明信片，乃是中村编辑的一大功劳。

"不日，老夫让中村编辑请了几天假，带他乘上新宿站始发的列车。要是不在详细的地图上仔细查找，就无法发现上山温泉所在地，那是在中央线M站朝南二十公里的地方，附近还有下川温泉。

"我们到达M站后换乘巴士去了上山温泉，下车的巴士站正前方就是指月馆旅店。正门的前面，有水质澄净的小河与乡土气息浓郁的山里温泉，还有三四家古风旅店。这里是盆地。

"从巴士下车后开始，我们环视了周围的山脉，就是没有见到那模样的山，到处是杉树杂树混合的山林。

"我们被总台服务人员带到指月馆旅店二层客房，移开障子门惊奇地发现，正面朝着巴士道路，对面还正是那般形状的山顶。无论是中央凹陷部位，还是两侧在各自山岗高耸的形状，完全就是V字形山景，与白井画家手绘的《新流》杂志封面画里的山景一模一样，那也是日本随处可见的平凡得不能再平凡的山景了，老夫与中村编辑长时间屏住呼吸朝着它简直看着了迷。

"这当儿，女服务员走进房间，我问：那山叫什么名称？她道：没什么特别名称，当地人都管它叫'二子山'。

"只不过是杂志封面画的山更高耸，半山腰朝外突出。从那里仰望，只能看到接近山顶的部位，杂树林的形状也不相符，由此可见，封面画的原型，即青塚主编提供的照片是从其他高地拍摄而得。

　　"说到女服务员，她就是给阿菊寄明信片的平田藤子，已在这家旅店工作多年。当时正值午餐时间，老夫目睹膳食，菜盘里有山菜，但不是在东京吃到的晒干山菜，而是新鲜山菜。我俩与平田藤子说到了阿菊，她说，阿菊两年前也在这家旅店工作。接着问我们是怎么与阿菊相识的？老夫说是在浅草一家鸡肉料理店吃饭时认识，她提起曾在这家旅店工作过。平田藤子望着膳食里的山菜若有所思地说：阿菊在这里工作时，经常与她结伴去山里采山菜。说完伸出手，指着可从障子门间隙看到的正前方的矮山坡。

　　"平田无拘无束地说，顺便提起青塚主编，瞪大眼睛问是否知道他的情况，平田藤子接着说：他曾是旅店客人，住宿期间与阿菊对上眼了，大白天到山里约会。阿菊桑去山里采山菜时特地在半路上告别，避开我们视线独自沿着那条山道上山，是为了赴约去见青塚一郎君。其实，他俩那点事我们早就知道了哟。说完大笑，但是市坂秀彦的姓名，平田藤子没有印象。

　　"我和中村编辑照平田所说，沿着阿菊去采山菜途中特地去见青塚主编的山道，一直向上行走。那条山道的一侧，因山谷而成为悬崖，谷底长满齐腰深的野草，中间到处是散落的滚石。

　　"我们转来转去，最后来到了悬崖最高十五六米左右的崖上，站在那上面看到的，是与白井画家手绘封面画里的山景确实不差分毫，二子山与呈V字形山林确实在现实里，此刻就在我俩眼前。

"毋庸置疑，青塚主编理应早来过这里，无疑站在这位置朝着山景拍摄照片，当市坂社长看到青塚主编把象征这里的二子山作成封面画，便迫不及待地拨款，名为编辑经费而实为封口费，犹如惊弓之鸟一直受到青塚主编的要挟。

"老夫在这里从野崎邦江把二子山照片珍藏于相册的角度思考，感知她曾来过这里。首次来此是两年前的正月休假，野崎邦江嗜好说走就走的旅行，在附近的下川温泉住宿，说来也巧，与未曾谋面也来到在这里的市坂社长邂逅。老夫猜想他俩当时相恋。野崎邦江回到家里说是周游四国而归，其实是不想让你与家人以及其他人知道她与市坂社长相爱的秘密。

"那年五月八日，野崎邦江利用度假，又是一回说走就走的旅行，但是她那次不是孤家寡人，而是与东京的市坂社长双双来到留有美好记忆的山里温泉，事先与市坂社长在信函里商定旧地重游之旅，那封信函是市坂社长直接寄到野崎邦江所在那家公司。至于野崎邦江办公桌抽屉里保存的，无疑是即便被人看见也无关紧要的信函与明信片，而那封市坂社长寄来的信函信多半早已被野崎邦江处理掉了。

"要问为何知道野崎邦江与市坂社长住宿在下川温泉附近的旅店，这是后话。由于没有在上山温泉附近旅店留下寄宿的形迹，只要到下川温泉附近旅店打听便可得知。川田旅店方面说，五月九日入住过一对模样酷似他俩的男女，五月十日出门散步，只有其中的男客人回到旅店，结完账匆匆而去。中村编辑确认过了，陪同野崎邦江的男人就是市坂社长。那年正月里度假他俩尚未相识，当然是分别投宿那家旅店各住各房。那家旅店又说，他俩五月八日来时同住一室。

"五月十日，野崎邦江与市坂社长结伴从上川温泉附近的川田旅店出发，沿着山道来到悬崖的崖上，当然是我的推断。我想，正月是野崎邦江单独来此，与也是单独来此正在散步的市坂社长不期而会。从某种意义上说，这里是见证他俩相爱的圣地。也许野崎邦江想以二子山为背景给市坂社长留下珍贵的镜头。毋庸置疑，野崎邦江喜欢摄影。老夫猜想，她当时全神贯注地精心取景，全然忘了背后是悬崖峭壁，不慎脚底打滑从脚后悬崖边缘摔了下去。由于是从十五六米高空坠落，而且崖下遍地滚石，因大脑撞上滚石而当场失去生命体征。鉴于此，老夫不认为市坂社长突起杀意置野崎邦江于死地，因为他没有半点杀害你姐姐的理由。

"不过，因受到野崎邦江不幸跌落身亡的突如其来的精神打击，市坂社长神情颓废，狼狈不堪，他有家室，又是东京经营斯美露餐馆连锁店和保龄球馆的成功企业家，而野崎邦江是不慎坠崖死亡，可他又不知道警方究竟是否会认定此为不慎坠崖的死亡事件，而害怕警方误认事实，一旦认定故意杀人罪名，说是故意诱骗野崎邦江来此将她推落到崖底而被捕，该结果就会葬送他的事业，他就会名誉扫地。市坂社长多半出于这样的害怕而来到崖下，把野崎邦江的尸体藏到了某个地方吧。

　　"我们完成了上述基于实地调查的推理，只是无从知道青塚主编在此情境演变过程扮演了什么角色。可以肯定的是，他仅站在'目击者'位置。我们站在该位置进行的所有推理已经百分之五十得到了事实印证。中村编辑下到谷底到处查看核实，最终把目光停留在悬崖鼓起的半山腰的山洞，他喊我过去，共同见证了山洞里躺着一具已成白骨的尸体，腿脚朝着洞口。

　　"——现在，市坂社长与青塚主编已被警方从东京带走了。他俩此刻正在接受当地农村所辖警署的调查讯问。也请野崎千枝子小姐快来这里！"

译后记

叶荣鼎

从去年秋天开始将近半个翻译春秋过去，颇有松本清张社会派推理特色的《火与汐》中译版终于迎来杀青日。这是由《火与汐》《证言之森》《种族同盟》《山》四部中长篇构成的小说集，深层次地揭示了鲜为人知的世界，即由警方、检方、法方、律方等构成的法治领域。

说心里话，翻译《火与汐》还真有点工作量，有英美文学翻译同行说：宁可翻译一部长篇，也不愿意翻译多个中长篇构成的小说集。可我以为，虽疲惫不堪，但读者可储备许多人生不可或缺的知识，何乐而不为？作者，译者，一切都为了读者，对于读者而言，尤其司法知识，有备总比无备好，再说知识多不压身，知识是人生旅途中必不可少的食粮。

有说，翻译难，翻译文学更难，因其涉及的领域广，译者要有庞大的词汇量，宽广的知识面，丰富的社会经验。有说，译者最好是万宝全书不缺角。本书收录了《火与汐》《证言之森》《种族同盟》《山》，涉及了警官、检察官、法官、律师和评论家五个鲜为读者所知的职业，是一般读者平时少接触的神秘领域。好在赴日留学八年期间攻读过法学，跟着法学教授有过法庭体验，见过在法庭上的警官、检察官、法官和律师，此外还有过随笔评论文集的翻译体验，自己也喜欢写评论，因此，翻译起来还算得心应手，加之亲朋好友与弟子中间不乏上述职业者，他们也看我的译作，免不了相互交流。因此，兴许在其他译者看来是必然王国，但在我看来是自由王国。

《火与汐》故事梗概：资深警官和青年警官的优化组合，一反专案组易于先定嫌疑人的侦查旧习，不放过任何疑点，不放过任何知识点，坚持兼听则明，反复排查，仔细考查，反复推理，认真商讨，避免了冤假错案的形成，使具有很强反侦查能力的凶手落网。

《证言之森》故事梗概：承办警官袭用侦查旧习，从案发现场勘查那天起设定了嫌疑人，以致物证、人证与被告人的口供被一审法官否定而判决被告人免于起诉。但是，二审法官迫于压力颠覆了一审判决，将有着严重主观性的证言、被告人在刑讯逼供下形成的口供与蹊跷且模棱两可的物证作为判决理由，判决被告人有罪服刑七年。被告人提起上诉，然而到了再审法官那里，尽管否定了作为二审判决理由的大部证言与物证，还是将被告人最初口供和模棱两可的物证作为驳回上诉维持原判理由。被告人入狱后，却出现了啼笑皆非的戏剧性一幕。

《种族同盟》故事梗概：国选辩护人是国家出资为请不起律师的当事人配备，可是几乎所有的国选辩护人在开庭前不与当事人见面，却能在法庭上与公诉人侃侃而辩，只要有三寸不烂之舌能说会道，就可使公诉人放弃抗诉，就可让法官判定当事人无罪。虽赢得律师同行的喝彩声，虽迎来媒体记者竞相报道，而一夜成名后他却与关系暧昧的助理对被告人起了杀意……

　　《山》故事梗概：评论家的作用是净化社会，可谓写作评论是人为之奋斗一生的事业。优秀的评论不但能赢得社会反响，还能使近似滞销的杂志出现转机，更能以书会友联系读者帮助读者解忧排难。主人公评论家为读者破获了一起失踪长达两年被藏匿山洞的女尸案，而该案是读者两年前已向警方报案，最终却由评论家侦破，让警察是国民安全保护神成了一句空话。

　　警官办案一开始就设定某某某为"嫌疑人"，就会在侦查、推理中反复认定"嫌疑人"是罪犯，而"嫌疑人"拒不认罪，办案警官就有可能利用手中的权力拼凑人证和物证，从而忽视其他疑点放跑真正罪犯，酿成冤假错案。

　　法官断案，或误认事实，或误读常识，或误用法律，就会一叶障目，滥用自由裁量权指鹿为马，颠倒黑白，造成当事人锒铛入狱及其家人遭受不该遭的苦难。法院有一审与二审的审判程序，如果二审即终审法槌敲下，无论公平正义与否，当事人都必须服判执行，即便是冤假错案，也意味着走完一个程序。当事人如果不服申请再审，这要看法官是否启动审判程序，如果驳回则又走完一个程序。当事人如果申请最高法院提审则难于上青天。不过尽管司法程序已经走完，但不妨碍当事人对错案的继续申诉纠正。司法王国众多规则让请不起律师的当事人犹如丈二和尚，如果因此放弃申诉，错判就有可能一错到底，成为类似案件的参考。

检察官如果因律师无懈可击的辩护词而放弃提起抗诉，凶手就会逍遥法外；如果漠视满怀希望申请法律监督的当事人，冤假错案就会丛生，司法的公信力就会受到无法弥补的伤害。

律师如果追求名利，评论家如果助纣为虐，好端端的社会就会响起此起彼伏的不和谐之音。按理说，事实胜于雄辩，法律还原真相，但司法者是人，往往因能力因压力致法律变异。

正如前述，松本清张有过因宣传红色理论被捕入狱的经历，才能写出让有过那些被害经历的读者产生共鸣和同感，让没有那些被害经历的读者储备知识增加免疫力的好作品。

松本清张是战略性社会派推理作家，持有高度的社会责任感和使命感，深知仅拨开黑雾和剖析根因还不够，要使社会长治久安，健全法治尤其重要，而重中之重的是，如何架构业务水平高、满满正能量的警官、法官、检察官、律师与似啄木鸟的评论家合成的司法体系。

如前所述，翻译难，翻译文学更难，从表面看，是一种语言文字转换成另一种语言文字，其实，文学翻译是一种文化承载另一种文化，也就是两种不同文化的交融，译者与作者的神交。为了使译笔流畅、神足，要精炼再创思维，提炼原创思维。一个能引领时代的优秀文化，势必持续汲取异国文化的精华部分。从这个意义上说，译者始终是改革开放不可或缺的急先锋。

中文版《火与汐》的诞生凝聚着许多同仁的心血，谨此，感谢四川文艺出版社总编辑张庆宁、责任编辑彭炜及相关工作人员，感谢宣传推介本书的新闻媒体，感谢读者对我翻译作品的青睐。谢谢！

2020年国际劳动节 写于上海虹桥东华美寓所